dtv
premium

Judith Bergmann

Gerecht ist nur der Tod

Kriminalroman

dtv

Ausführliche Informationen über
unsere Autoren und Bücher
www.dtv.de

MIX
Papier aus verantwortungsvollen Quellen
FSC® C083411
FSC
www.fsc.org

Originalausgabe 2020

Umschlaggestaltung: buerosued.de unter Verwendung
eines Fotos von Arcangel Images/Anja Weber Decker
Satz: Greiner & Reichel, Köln
Gesetzt aus der Sabon 10,6/15,5˙
Druck und Bindung: CPI books GmbH, Leck
Printed in Germany · ISBN 978-3-423-26252-1

Prolog

Der Anruf erreichte mich im Gewühl der Kölner Innenstadt. Rufnummer und Namen hatte ich für einen einzigen, klar definierten Zweck vor etwa zwei Monaten gespeichert, daher wusste ich, worum es gehen würde. Trotzdem meldete ich mich mit Namen, denn ich begann Gespräche nur dann mit »Hallo«, wenn ich den Anrufer gut genug kannte. Das war hier nicht der Fall.

»Reich.«

»Schellenberg. Es geht los.«

»Wo?«

Er nannte einen Ort am Rande der Innenstadt, den ich kannte, und fragte, wann ich dort sein könne. Ich realisierte, dass ich keine Ahnung hatte, wo genau in der Fußgängerzone ich mich gerade befand, und versuchte, zwischen all den Menschen und Ladenschildern um mich herum einen Orientierungspunkt auszumachen. Schätzungsweise würde ich zehn Minuten brauchen. Schellenberg murmelte noch etwas Unverständliches und legte auf. Ich war nicht überrascht, dass er kurz angebunden war, denn vermutlich stand er bereits an dem Tatort, den ich nun ebenfalls zu erreichen versuchte, eilig und ungeduldig angesichts des Widerstands, den die träge Masse bummelnder Menschen mir entgegensetzte. Es war exakt fünfzehn Uhr siebenunddreißig.

Rückblickend kann festgehalten werden, dass selbst für Rolf Schellenberg, einen der erfahrensten Ermittler der Kripo Köln, zu diesem Zeitpunkt unmöglich zu erkennen war, in welchem Ausmaß die Ereignisse, die an diesem Tag ihren Anfang nahmen, das Leben aller Beteiligten verändern würden. Einigen widerfuhr Gerechtigkeit, anderen großes Unrecht. In etlichen Fällen ist die Zuordnung nicht leicht, vielleicht sogar unmöglich. Deshalb schreibe ich auf, was sich wirklich zugetragen hat. Ob diese Zeilen aber jemals gelesen werden? Ich wage keine Prognose, denn meine Zukunft ist so ungewiss wie die Lotto-Gewinnzahl der nächsten Woche.

Samstag, 12. Mai, 15:00–16:00 Uhr

Bei meinem Eintreffen war der Bereich um St. Maria im Kapitol bereits weiträumig abgesperrt, eine Menge von deutlich über hundert Schaulustigen drängte sich hinter dem Absperrband. Die Anzahl der Gaffer überraschte mich nicht, hatten doch viele schon vor dem Mord auf Reimer gewartet. Nicht, um ihn sterben zu sehen, sondern, um einen Blick auf ihn selbst und seine illustren Gäste zu erhaschen und hinterher als Augenzeugen von der glamourösesten Hochzeit des Jahres erzählen zu können. Hajo Reimer, siebenunddreißig Jahre alt, erfolgreicher Unternehmer, schillernde Figur der örtlichen High Society und bis vor wenigen Minuten der vermutlich begehrteste Junggeselle der Stadt, war auf dem Weg zum Traualtar erschossen worden.

Außer Atem blieb ich in der zweiten Reihe hinter dem rot-weißen Absperrband stehen, dessen Wirksamkeit von einer Handvoll uniformierter Polizisten überwacht wurde. Vor mir standen einige Kolleginnen und Kollegen, sowohl Bild als auch Text, aber ich machte mich nicht bemerkbar, sondern schluckte unauffällig eine Tablette.

Das Zittern meiner Hände ließ nach.

Jenseits des Flatterbandes stieg die neue Freitreppe der romanischen Kirche empor, in der die Hochzeit hatte stattfinden sollen. Reimers Leiche lag am oberen Ende der Treppe und war aus dieser Perspektive gerade noch sichtbar. Details konnte ich nicht erkennen. Braut und Gäste wurden im Kirchenraum seelsorgerisch betreut, wie ich den Bemerkungen der Umstehenden entnehmen konnte.

Für einen Moment öffnete ich meinen Schutzwall und gestattete mir, die Gefühle der Menschen um mich herum wahrzunehmen. Die Stimmen, die ich hörte, klangen betroffen, erschüttert oder sensationslüstern. Die Gründe, warum die Leute noch hier standen, waren sicher ebenso verschieden wie ihre Emotionen. Einige blieben in der Nähe anderer Menschen, um mit dem grausamen Erleben nicht allein zu sein. Ihnen half auch der Auftritt der Kripo, die kam, um wieder Ordnung zu bringen in eine Welt, die durch den Gewaltakt in Unordnung geraten war. Vermutlich machten sich die wenigsten klar, dass die Kripo auch durch die Aufklärung eines Verbrechens die Tat nicht rückgängig machen, die Ordnung also nicht wiederherstellen konnte. Diese grausame Erkenntnis blieb den Betroffenen vorbehalten. Einige Schaulustige, die aus Sensationsgier blieben, wollten die Leiche sehen und aus erster Hand erfahren, was die Ermittler am Tatort entdeckten. Mit etwas Glück würden sie ein Detail aufschnappen, mit dem sie abends bei Freunden, Bekannten oder Sportkameraden angeben konnten. Die unterschiedlichen Reaktionen unbeteiligter Zeugen eines Gewaltverbrechens waren ein interessantes Forschungsgebiet und gäben Stoff für eine ganze Reihe guter Artikel her, waren aber heute nicht mein Thema.

Ich wandte meine Aufmerksamkeit den Ermittlern zu.

Die Leute von der Spurensicherung waren an ihren weißen Overalls gut als solche zu erkennen. Gleichzeitig bot ihnen der Überzug Anonymität, denn es war unmöglich, einzelne Personen zu erkennen. Ob sie selbst das so empfanden, fragte ich mich kurz, oder ob sie fluchten, weil sie an diesem schwül-warmen, sonnigen Tag in den hoch geschlossenen Kapuzenanzügen schwitzten? An ihren Bewegungen war die Antwort nicht abzulesen, sie gingen konzentriert ihrer Arbeit nach.

Nur einige wenige der Menschen am Tatort waren in Zivil. Schellenberg, mit seiner stattlichen Größe von gut eins fünfundachtzig war leicht erkennbar. Ich überlegte, ob ich ihn auf mich aufmerksam machen sollte, entschied mich aber dagegen, da die Angehörigen meiner Zunft um mich herum begannen, das Geschehene zu kommentieren.

»Dass der Reimer sich im letzten Moment vor der Ehe drückt, wundert mich nicht«, lästerte eine junge Frau, »aber dass er diesen Weg wählt, hätte ich ihm nicht zugetraut.«

Sie erntete Gelächter.

»Ich habe um einen Kasten Bier gewettet, dass er heute Abend noch Single ist«, sagte ein anderer. »Auch ein toter Single ist ein Single, oder? Also habe ich gewonnen.«

»Sein Vater soll ihn zur Ehe gezwungen haben, sonst wollte er ihm seine Anteile am Unternehmen nicht überlassen«, wusste ein Dritter beizusteuern. »Reimer sollte heiraten, damit die Weiber in der Firma sich endlich auf ihre Arbeit konzentrieren und nicht immer nur versuchen, den Chef zu vögeln.«

»Als ob ein Ehering die Weiber davon abgehalten hätte.«

»Oder Reimer!«

Die Meute prustete los.

Dieselben Leute würden später am Tag ergreifende Nachrufe verfassen, in denen sie Hajo Reimer als den erfolgreichen Unternehmensretter darstellten, der er zweifellos gewesen war. Sie würden seine meist erwiderte Zuneigung zum weiblichen Geschlecht nicht ganz aussparen, aber gewiss deutlich zurückhaltender formulieren. Und sie würden seine geplante Trauung als Beweis dafür anführen, dass er mit dem wilden Leben abgeschlossen und sich jetzt ganz der Treue zu seiner Frau verschrieben hatte. Insgeheim jedoch hofften sicher alle, dass die Mordermittlung eine andere Seite von Reimer ans Licht brächte, die man der schockierten Öffentlichkeit häppchenweise enthüllen und in kleinen Schritten zum Skandal aufbauschen könnte. Aus dem Gesellschaftsteil auf die Titelseiten – grandios.

Zu dieser Art von Journalismus hatte ich immer den größtmöglichen Abstand gewahrt.

Schellenberg kam mit mehreren Spurensicherern und einer Frau in Zivil die Treppe hinunter, entdeckte mich hinter der Absperrung, machte dem Uniformierten vor mir ein Zeichen, mich durchzulassen, und kam mir entgegen. Er war ähnlich gekleidet wie bei unserem ersten Treffen zwei Monate zuvor: schwarze Jeans und eine Art Safarijacke in Kastanienbraun, darunter ein Freizeithemd mit hellgrünen Streifen. Wäre ich ihm unvoreingenommen begegnet, hätte ich eher auf Erdkundelehrer als auf Kriminalermittler getippt. Sein Bauchansatz hielt sich in Grenzen, das kurze, ehemals schwarze Haar war an den Schläfen völlig grau, ansonsten unentschieden. Ein Dreitagebart hätte gut zur Kleidung gepasst, aber Kriminalhauptkommissar Schellenberg war klassisch glatt rasiert. Ich schätzte ihn auf Anfang bis Mitte fünfzig. Die seelischen Belastungen seines Berufes hatten den Schultern die Spannkraft genommen. Zumindest wirkte er so, denn sein Körperbau zeugte von besseren Tagen, vielleicht sogar von einer athletischen Vergangenheit. In wenigen Jahren würde er deutlich älter wirken, als er war. Falls er so lange durchhielt.

Die Pressemeute ließ mich notgedrungen vorbei.

»Backstage-Besuch am Tatort«, murmelte Andreas vom Stadtanzeiger.

»Willst du der Leich' ins Auge blicken, musst du erst die Kripo ficken«, reimte Ulf, der für das auflagenstärkste Schmierblatt der Region schrieb. Aufgrund der unterentwickelten lexikalischen Fähigkeiten seiner Leserschaft musste er in den wenigen Textzeilen, die seine Herausgeber ihm gewährten, weit hinter seinen sprachlichen Möglichkeiten bleiben, weshalb er sie gern im Umgang mit Kollegen auslebte. Ich hatte großes Verständnis für seinen stetig wachsenden Frust über den Schwachsinn, den sein Chefredakteur von ihm verlangte, und glaubte, dass er eigentlich ein netter Kerl war. Allerdings kannte ich ihn nicht gut genug, um beurteilen zu können, ob diese Einschätzung stimmte. Ich wich seinem Blick aus und bückte mich unter dem Flatterband durch.

Schellenberg musste einige der Bemerkungen gehört haben, ignorierte sie aber ebenso wie ich selbst. Die Konzentration aufs Wesentliche war mir bereits bei unserem ersten Treffen im Büro des Polizeipräsidenten positiv aufgefallen.

»Ein Schuss.« Sein Händedruck war warm und fest, meiner feuchtkalt, aber er zeigte keine Reaktion. »Mitten ins Herz. Sehr professionell. Wollen Sie ihn sehen?«

Ich nickte. Natürlich. Dafür war ich hier. Ich wollte alles sehen, was die Mordkommission sieht, alles hören, was sie hört. Ich wollte alle Gedanken erfahren, die die Ermittler denken, alle Gefühle, die sie zulassen, und auch solche, die sie unterdrücken, weil sie sonst nicht leben können mit ihrem Job. Ich wollte wissen, ob ihre Ermittlungsstrategie auf Fakten basiert oder auf Intuition, wollte dabei sein, wenn sie Zusammenhänge erkennen, und Schlüsse ziehen, wenn die Ermittlung einen Durchbruch erzielt oder eine viel versprechende Spur sich als Sackgasse erweist. Ich wollte wissen, wer die Männer und Frauen sind, die diese Arbeit machen. Was sie antreibt, was sie berührt, was sie frustriert. Den Druck spüren, der auf ihnen liegt. Alles, einfach alles wollte ich über diese Ermittlung in Erfahrung bringen und aufschreiben.

Das war der Auftrag.

Ich folgte Schellenberg die Freitreppe hinauf. Reimer lag vor der Kirche auf dem Rücken. Seine Gesichtszüge waren entspannt, die Augen geschlossen. Außergewöhnlich war nur die Tatsache, dass kein Lächeln auf seinem Gesicht lag. Kein jungenhaftes, draufgängerisches, siegessicheres, zynisches, eroberndes oder spöttisches Lächeln. So ernst hatte die Öffentlichkeit Hajo Reimer nie zuvor gesehen.

Jackett, Weste und Hemd des Mordopfers waren aufgeknöpft, aber wieder ordentlich übereinandergelegt worden. Hatte man Wiederbelebungsversuche unternommen? Vielleicht klebte unter der Kleidung sogar noch eine Elektrode auf seiner Haut. Sanitäter, oft noch vor der Polizei am Tatort eines Verbrechens, taten alles Mögliche, wenn Angehörige herumstanden, die um Hilfe bettelten, sich an eine verzweifelte Hoffnung klammerten, selbst dann, wenn es keine mehr gab.

Der Einschuss war erst auf den zweiten Blick zu erkennen,

das Eintrittsloch hob sich kaum vom dunklen Stoff des Anzugs ab. Die Weste verdeckte den Blutfleck auf dem Hemd fast vollständig, aber eben doch nicht ganz. Rotes Blut auf weißer Seide. Ein Bild blitzte in meiner Erinnerung auf, mein Magen hob sich und ich schluckte trocken.

»Ich hoffe, Sie kotzen unserem exquisiten Opfer nicht auf den Smoking«, sagte plötzlich eine Stimme neben mir. »Nicht, dass es dem da noch etwas ausmachen würde, aber die Kollegen von der Spusi würden Sie gleich kaltmachen und danebenlegen.«

»Bitte«, sagte Schellenberg in seinem ruhigen, mir bereits vertraut klingenden Tonfall, ohne sich zur Sprecherin umzudrehen. »Sibel, das ist Ina Reich, die Journalistin.« Dann schaute er mich an und wies auf die Hinzugekommene. »KK Bulut. Sie gehört zum Team.«

Kriminalkommissarin Bulut tat noch nicht einmal so, als übersähe sie meine ausgestreckte Hand. Sie blickte darauf, ergriff sie aber nicht, sondern nickte mir nur kurz zu. Ihr Alter war schwer zu schätzen, aber ich tippte auf Anfang vierzig. Zweifellos war sie die schönste Frau, die ich seit langem gesehen hatte. Ihre Gesichtszüge waren vollkommen ebenmäßig, die Augenbrauen kühn geschwungen, die Wimpern lang und pechschwarz über riesigen dunklen Augen. Die Nase war schmal, aber nicht spitz, der Mund ein bisschen zu groß, sehr sinnlich und knallrot geschminkt. Er verzog sich zu einem spöttischen Grinsen, das ich als Kommentar zu meiner knochigen Figur, dem mittelblonden, schulterlangen Haar und der langweiligen Kombination aus grauer Leinenhose und weißer Bluse verstand. Ich wusste, dass mein Kleidungsstil eher zu einer Sechzigjährigen passte als zu einer

Frau von vierunddreißig, aber ich wurde als graue Maus geboren und fühlte mich in bunter Kleidung kostümiert. Das einzige Zugeständnis an ein jugendlicheres Erscheinungsbild war mein hellroter Lippenstift, ohne den mein Allerweltsgesicht keinerlei Wiedererkennungswert besaß. Unter Buluts Blick fühlte ich mich winzig, obwohl ich mit einem Meter siebzig einen halben Kopf größer war als sie.

»Ihre erste Leiche?«, fragte sie.

Wieder blitzten Bilder vor meinem geistigen Auge auf. Es war keine der Leichen, die ich in meiner ehrenamtlichen Arbeit beim Kriseninterventionsteam gesehen hatte, obwohl etliche dieser Unfall- oder Mordopfer schlimm zugerichtet gewesen waren. Nein, es war immer die eine, die ich sah. Ich hatte gelernt, mir nichts anmerken zu lassen, aber die letzten Wochen hatten die Mauern meiner Selbstbeherrschung brüchig werden lassen. Diese Sache hier machte es nicht besser.

»Nein.«

Ihr Blick war stechend. Zum ersten Mal seit langer Zeit fürchtete ich, dass sich der Spieß umdrehen und ich selbst Gegenstand einer ausführlichen Betrachtung werden könnte. Das war mir immer schon zuwider, aber nie wäre der Zeitpunkt so absolut unpassend gewesen wie gerade jetzt.

»Sind Sie sicher, dass Sie die ganze dreckige Ermittlung mitmachen wollen?«, fragte Bulut in einem Ton, von dem ich nicht wusste, ob er spöttisch oder verächtlich klang. »Tag und Nacht? Nicht essen, nicht schlafen, nicht ficken. Nur ermitteln. Während die Öffentlichkeit, aufgehetzt durch die Presse«, sie spie das Wort förmlich aus, »nach Ergebnissen schreit?«

Mit äußerster Kraftanstrengung hielt ich ihrem Blick stand, nickte, fragte mich flüchtig, ob sie diese Aggressivität auch in ihrem Job pflegte, und konnte mir nicht vorstellen, dass ein Zeuge noch vernünftige Auskunft geben konnte oder wollte, wenn diese Frau ihn in ähnlichem Ton anherrschte. Aber vermutlich reservierte sie die Spezialbehandlung für mich. Als Journalistin war ich aggressives Verhalten gewohnt. Das Wissen, dass mein Beruf – und die damit verbundenen bohrenden Fragen – Angst erzeugte und dass diese Angst oft in Aggressivität ihren Ausdruck fand, war keine neue Erkenntnis.

Tatsächlich Ziel solcher Angriffe zu sein, war etwas ganz anderes und tat immer wieder weh.

»Warum?«, fragte sie.

»Mädels«, sagte Schellenberg sehr leise, »ihr dürft euch im Damenklo des Präsidiums streiten, so viel ihr wollt, aber nicht an meinem Tatort über meiner Leiche vor hundert Zuschauern.«

Mädels? Seine Wortwahl überraschte mich. Außerdem hätte ich das Wort Damentoilette erwartet statt Damenklo.

»Wo ist Benny?«, fragte Bulut. Sie gab durch keine Regung zu erkennen, ob sie die Zurechtweisung überhaupt wahrgenommen hatte.

»Benjamin Heitershausen«, erklärte Schellenberg mir, »der Dritte im Team. Steckt im Stau.«

Bulut steckte sich einen Kaugummistreifen in den Mund, rollte das Papier zu einer kleinen Kugel zusammen, die sie in die Tasche ihrer Lederjacke steckte, und wandte sich ab.

»Hören Sie«, sagte Schellenberg, während seine leicht zusammengekniffenen Augen langsam umherwanderten wie die eines Schiffsausgucks auf der Hut vor Piraten. »Ein Tatort ist immer Stress. Besonders, wenn er öffentlich zugänglich und das Opfer ein Prominenter ist.«

Ich nickte. Tatsächlich hatte ich erwartet, dass Schellenberg das Wort Prominenter komplett aussprach und nicht die leicht abfällige Abkürzung Promi benutzte.

»Wenn Sie mir also einen Gefallen tun wollen, dann halten Sie sich im Hintergrund und heben sich eventuelle Fragen für später auf, okay?«

Ich war nicht hier, um Schellenberg einen Gefallen zu tun, aber mir war klar, dass ich, um mein Ziel zu erreichen, auf das Wohlwollen aller Beteiligten angewiesen war. »Natürlich«, antwortete ich deshalb beflissen.

Schellenberg brach die Inaugenscheinnahme der Umgebung ab, blickte mir fest in die Augen, nickte kurz und ließ mich stehen. Mir wurde klar, dass ein nicht unerheblicher Anteil meiner Arbeit darin bestehen würde, gegen Widerstände anzukämpfen, die die Ermittler mir entgegenbrachten. Mal offen aggressiv wie Kommissarin Bulut, mal aus Sachzwängen resultierend wie bei Schellenberg, aber immer hinderlich. Zeitraubend. Nervenaufreibend.

Ich biss die Zähne zusammen.

Man bekommt im Leben nichts geschenkt.

Wer wüsste das besser als ich.

Wieder stellte ich fest, dass die konzentrierte, penible Arbeit der Ermittler am Tatort eine Atmosphäre der Sachlichkeit schuf, die meine flatternden Nerven etwas beruhigte. Das wenig dramatische Äußere des am Boden liegenden Opfers mochte zur Deeskalation beitragen. Insgesamt war die ganze Situation vollkommen unspektakulär.

Bis zum Auftritt des Rechtsmediziners.

In einen langen, weißen Mantel gekleidet, stürmte ein Mann die Stufen hoch, der absolut jedem, der in dieser Stadt Zeitung las oder fernsah, bekannt sein musste. Doktor Günther Zweig liebte die Medien und sie liebten ihn. Der Mann war ein Phänomen, Experte und Entertainer in einer Person, was seiner Glaubwürdigkeit erstaunlicherweise keinen Abbruch tat. Komplizierte Dinge erklärte er in einfachen, oft sehr direkten Worten, oder er veranschaulichte Zusammenhänge durch Geschichten, die er gern mit den Worten: »Stellen Sie sich vor …« einläutete. »Stellen Sie sich vor, Sie wollten einen Menschen töten, der einen ganzen Kopf größer und vierzig Kilo schwerer ist als Sie.« Damit hatte er in den Köpfen der meisten Menschen ein Bild erzeugt, auf dem er aufbaute, um einen Tathergang anhand von Blutspuren zu rekonstruieren. Mehrere Fernsehanstalten hatten ihm bereits Rollen im ›Tatort‹ angeboten, aber seine Antwort war immer dieselbe: Für eine Rolle, die ihm vorschreibe, wann er was zu sagen habe, sei er nicht geeignet.

»Na, wie geht's uns denn heute?«, fragte er den Toten, als er sich neben ihn hockte. Der Mediziner stellte seinen Koffer ab, holte Handschuhe aus den Manteltaschen und zog sie mit viel Schwung über. Dann verschränkte er die Hände, ließ die Fingerknöchel knacken und wandte seine ganze Aufmerksamkeit der lang neben ihm hingestreckten Leiche zu.

»So eine Hochzeit lässt einem das Herz aufgehen, was?« Er setzte sich einen breiten Ring aus Plastik auf den Kopf, an dem ein Vergrößerungsglas so angebracht war, dass er es vor ein Auge rücken konnte. Ein derartiges Utensil hatte ich zum letzten Mal vor ungefähr zwanzig Jahren bei dem Allgemeinarzt in unserem Dorf gesehen. Der Dorfarzt war damals sicher schon über siebzig gewesen, der Rechtsmediziner war höchstens vierzig, sehr sportlich und auf eine lässig-elegante Art attraktiv. Wenn man von dem lächerlichen Ding auf seinem Kopf absah.

Er beugte sich mit dem Glas vor Augen so nah über Reimer, dass es fast schien, als wolle er seinen Brustkorb abhören.

»Du hättest Amor nicht provozieren sollen«, fuhr er murmelnd fort. »Von dem lässt man sich einen gefiederten Pfeil ins Herz schießen, aber man duelliert sich nicht mit ihm. Jetzt hast du den Salat.«

Der Arzt beendete die Inspektion des Brustbereichs und wandte sich dem Kopf zu, den er langsam von links nach rechts bewegte. Dabei sprach er weiter vor sich hin. Er hob Reimers Hände an, betrachtete sie ausführlich, schob erst die Manschetten des Hemdes hoch, um die Handgelenke zu betrachten, dann die Hosenbeine, um einen Blick auf Schienbeine und Waden zu werfen.

Mir fiel auf, dass die Gaffer vollkommen still geworden waren. Gebannt starrten sie auf das seltsame Schauspiel, auch wenn sie von ihrer tiefer gelegenen Position am Fuß der Treppe sicher nicht viel sehen konnten. Stattdessen reckten sie, sobald die Uniformierten gerade nicht hinsahen, ihre Handys in die Höhe, um aus der erhöhten Position ihre Filmchen zu drehen, bis endlich ein paar Stellwände herangetragen wurden, die auch noch den letzten Blick verbauten.

Die Untersuchung der Leiche ging weiter. Der Arzt kroch förmlich auf allen vieren um den Toten herum, linste abwechselnd durch sein Vergrößerungsglas oder daran vorbei und machte sich zwischendurch Notizen.

Unfähig, den Blick vom Geschehen zu wenden, war ich zugleich fasziniert und abgestoßen. Ich wurde Zeugin eines zutiefst intimen Vorganges und bezweifelte, dass Hajo Reimer zu Lebzeiten einen fremden Menschen so nah an sich herangelassen hätte. Nun hatte er keine Wahl mehr. Sein Recht auf Privatsphäre war mit dem letzten Atemzug verflogen, der zurückgebliebene Körper nur ein lebloses Stück Fleisch, das von einem öffentlichen Beschauer begutachtet wurde.

Ich dachte an eine andere Zeit, einen anderen Ort, eine andere Leiche und stellte mir vor, wie vielleicht genau dieser Arzt eine gleichartige Untersuchung durchführte. Meine Kehle wurde eng, kalter Schweiß trat auf meine Stirn. Ich konzentrierte mich auf meine Atmung, entspannte die Schultern, die sich reflexartig gehoben hatten, und versuchte, alle Erinnerungen und Gefühle auszublenden, wie ich es in der Therapie gelernt hatte.

Es hatte schon besser funktioniert.

Die Sorgfalt, mit der der Arzt vorging, schien mir vollkommen übertrieben, denn die Todesursache war nach Schellenbergs Aussage ein gezielter Schuss ins Herz gewesen. Dafür gab es Hunderte Zeugen. Trotzdem spulte der Arzt sein Programm ab. Es dauerte eine gefühlte Ewigkeit, bis er aufstand, Schellenberg winkte, die Arme ausbreitete und mit lauter Stimme rief: »Er ist tatsächlich tot.«

Schellenberg nickte, ungehalten, wie mir schien, und sprach in sein Handy. Kurz darauf kamen zwei Männer mit einem Transportsarg und brachten Reimer weg.

In diesem Moment stürzte die Braut aus der Kirche und lief laut schreiend hinter dem Sarg her. Eine Frau im Blouson der Notfallseelsorge folgte ihr eilig. Vom Fuß der Treppe war das hektische Klicken der Fotoapparate zu hören. Schellenberg trat so schnell zwischen den Sarg und die Braut, dass sie nicht mehr stoppen konnte und an der breiten Brust des leitenden Kriminalbeamten landete, wo sie laut klagend zusammenbrach. Schellenberg geriet durch die Wucht, mit der die Frau in seinen Armen landete, selbst ins Straucheln und hatte Mühe, auf den Beinen zu bleiben. Seine trippelnden Schritte, mit denen er das Gleichgewicht wiederzugewinnen versuchte, erinnerten an einen unbeholfenen Tanz. Es waren diese Bilder, die am selben Abend im Lokalfernsehen und in den nächsten Tagen in den Zeitungen zu sehen sein würden.

Die Spannung der Zuschauer, die mit dem Auftritt der verzweifelten Braut und dem Abtransport der Leiche einen Höhepunkt erreicht hatte, flaute wieder ab. Eine erste Welle des Aufbruchs sorgte für Unruhe unter den Schaulustigen, etliche Gaffer aus der zweiten Reihe drängten nun nach vorn, auch dorthin, wo die Fotografen ihre Plätze geräumt hatten. Wenn sie abzogen, war klar, dass die Show vorbei war, aber immer noch standen etwa fünfzig Menschen an den Absperrungen und beobachteten die weiteren Vorgänge, denn die Arbeiten am Tatort waren noch lange nicht abgeschlossen.

Für mich veränderte sich die gesamte Atmosphäre mit dem Abtransport der Leiche. Ich spürte eine Anspannung von mir abfallen, die ich vorher nicht wahrgenommen hatte. Reimers Anwesenheit war wie eine Anklage an uns gewesen, die Überlebenden, an diejenigen, aus deren Mitte er gerissen worden war. Nun war der Kläger weg. Wo eben noch Beschuldigungen die Luft in Schwingungen versetzt hatten, kehrte Stille ein. Ich fragte mich, ob außer mir noch jemand so empfand.

Inzwischen baute ein Mann ein Vermessungsgerät an der Stelle auf, an der eben noch Reimers Leiche gelegen hatte. Er versuchte offenbar, die Flugbahn der Kugel nachzuvollziehen. Schellenberg trat zu ihm und folgte der Blickrichtung des Spezialisten zur Großbaustelle auf der gegenüberliegenden Straßenseite. An diesem Samstag ruhten die Arbeiten, trotzdem konnte ich hinter den Schutzplanen Bewegungen ausmachen. Weiß gekleidete Gestalten huschten von Zeit zu Zeit durch die wenigen Sichtfenster der Fassadenverhüllung.

»Himmel«, hörte ich Schellenberg murmeln. »Das sind etliche tausend Quadratmeter Fläche.«

»Ich will es nicht beschwören«, sagte der Mann am Vermessungsgerät, »aber ich denke, dass der Schütze in einem der beiden mittleren Stockwerke stand.«

Schellenberg gab die Information unkommentiert über sein Handy weiter, schaltete das Gerät aus und wandte sich ab, als sein Telefon erneut klingelte.

»Hier ist etwas«, sagte der Anrufer so laut, dass ich ihn hören konnte. »Ein Zettel.«

Schellenberg stoppte mitten in der Bewegung und schaute wieder zur Baustelle hinüber.

Ich trat näher.

»Wo?«, fragte Schellenberg.

Aus seiner Stimme konnte ich keine Anspannung heraushören.

»Oberstes Stockwerk, mittleres Fenster.«

Durch eine kleine Lücke in den Schutzplanen war an einem der angegebenen Fenster eine Person in weißem Overall zu sehen.

»Was für ein Zettel?«, fragte Schellenberg.

»Moment, wird gerade fotografiert.«

Einige Sekunden war nur das Rauschen aus dem Funkgerät zu hören, dann kam die Stimme wieder durch. »Zwei dividiert durch zwei.«

»Was?«, fragte Schellenberg zurück.

»Auf dem Zettel steht eine Zwei als Ziffer, ein Doppelpunkt und noch eine Zwei«, erläuterte die Stimme.

»Heilige Scheiße«, murmelte Schellenberg, und der Kraftausdruck aus seinem Mund ließ mir eine Gänsehaut über den Rücken kriechen. »Das hat mir gerade noch gefehlt.«

Er versank in düsteres Schweigen.

»Was sagt Ihnen diese Nachricht?«, fragte ich.

Schellenberg sah mich irritiert an. »Keine Ahnung.« Sein Blick wurde kurz glasig, bevor er wieder fokussierte. »Das Problem …« Nach einem Räuspern gewann seine Stimme ihre Kraft zurück. »Es ist die Existenz der Botschaft an sich. Normalerweise schreiben Mörder keine Zettel für die Kripo. Das gibt es nur in Kriminalromanen.«

Ich nickte kurz, wollte seinen Gedankengang nicht durch eine Zwischenfrage unterbrechen.

»Genauso außergewöhnlich sind die sonstigen Umstände der Tat: die Öffentlichkeit, der Ort, der Zeitpunkt.«

Er machte eine Pause, seufzte. »Hinter einem außergewöhnlichen Mord steht ein außergewöhnlicher Mörder.«

Die Frage, was einen gewöhnlichen Mörder charakterisierte, verkniff ich mir.

Samstag, 12. Mai, 16:00–24:00 Uhr

Die Spurensicherer hatten ihre Arbeit an der Freitreppe beendet und gingen hinüber zur Baustelle, um den Kollegen dort zu helfen. Schellenberg legte dem Mann am Vermessungsgerät kurz die Hand auf die Schulter und wandte sich dann an mich.

»Wir gehen in die Kirche. Hoffen wir, dass die Hochzeitsgäste bei einigermaßen klarem Verstand sind. Wo ist Bulut?«

»Ich habe sie eben unten bei der Absperrung gesehen.«

Wir stiegen die Treppe hinunter und fanden Kommissarin Bulut mit einem uniformierten Kollegen in einer Traube von Menschen. Sie notierten die Personendaten der Zeugen, die als Schaulustige zu Reimers Hochzeit gekommen und nun Zeugen seiner Ermordung geworden waren. Auf einigen Gesichtern lag noch immer ein Schimmer von Begeisterung. Sicher war es viel aufregender, einem echten Mord beizuwohnen als dem üblichen jovialen Winken eines frisch vermählten Brautpaares. Der Fairness halber sei hinzugefügt, dass nicht wenige Gesichter auch Spuren von Tränen aufwiesen.

»Sibel, wir machen bei den Hochzeitsgästen weiter«, raunte Schellenberg seiner Kollegin zu. »Können Sie das hier allein übernehmen?«, fragte er den Uniformierten, der kaum von seiner Arbeit aufsah, aber zustimmend nickte. Bulut klappte ihren Notizblock zusammen und steckte ihn zusammen mit dem Stift in die Innentasche der Jacke. Eigentlich war die Lederjacke zu warm für die frühsommerlichen Temperaturen, aber vielleicht trug sie das Kleidungsstück als Handtaschenersatz.

Zu dritt stiegen wir die Treppe hoch.

»Nur fürs Protokoll«, sagte Bulut. »Die Anwesenheit der Presse in der Kirche ist eine Zumutung. Keine Angehörige will morgen in der Zeitung lesen, wie scheiße sie mit einem verheulten Gesicht aussah.«

»Frau Reich ist auf ausdrücklichen Wunsch des Polizeipräsidenten hier«, erwiderte Schellenberg leise und ohne Bulut eines Blickes zu würdigen. »Sie bleibt. Aber wie schon mehrfach von höchster Ebene betont wurde, kannst du dich von dieser Soko befreien lassen, wenn dir ihre Anwesenheit nicht gefällt.«

Bulut ließ zur Antwort eine große Kaugummiblase laut platzen. Ich fragte mich, warum sie Schellenberg provozierte, und nahm mir vor, den Grund dafür herauszufinden. Die Beziehungen innerhalb eines Teams sind für dessen Arbeit viel wichtiger, als die meisten Menschen annehmen. Und zu dem Team, um das es hier ging, gehörte im weitesten Sinne nun auch ich.

Die Atmosphäre in der Kirche war eine Mischung aus Verzweiflung und Aggression. Das war nicht ungewöhnlich, denn viele Menschen ertragen Wut besser als Hilflosigkeit. Bis zu unserem Eintreten hatte dieses Gefühl noch kein Ventil gefunden, aber das tauchte nun in Person von Kriminalhauptkommissar Schellenberg auf. Er trat nach vorn, stellte sich vor und erklärte, dass er mit jedem Anwesenden kurz sprechen wollte.

»Warum werden wir hier festgehalten wie Verdächtige?«, fragte ein Mann in der zweiten Bankreihe. Ich war kurz verwirrt, weil ich das Gefühl hatte, ihn zu kennen, während ich gleichzeitig sicher war, noch nie mit ihm gesprochen zu haben. Dann fiel mir ein, dass er im Fernsehen einen Kommissar spielte.

»Sie sind keine Verdächtigen, sondern wichtige Zeugen und ...«

»Ich habe nichts gesehen, das habe ich bereits mehrfach betont.« Der Schauspieler war aufgestanden, zeigte auf einen unglücklich dreinblickenden Uniformierten und stemmte dann die Hände in die Seiten. »Von mir werden Sie nichts erfahren, also macht es keinen Sinn, dass ich noch länger hier warten muss.«

Sein Gebaren war mir zuwider, zumal er zu der ganztägigen Hochzeitsfeier gekommen war und somit kaum einen anderen Termin verpassen konnte. Aber ein schreckliches Erlebnis bringt nicht unbedingt die besten Seiten der Menschen zum Vorschein. Vielleicht war er auch einfach nur überfordert. Zum Glück war ich heute nicht Teil des Kriseninterventionsteams, denn ich hatte in meiner jahrelangen ehrenamtlichen Tätigkeit die Erfahrung gemacht, dass heterogene Gruppen nach einem Unglück eine sehr ungesunde Dynamik entwickeln konnten.

Inzwischen war Bulut zu dem Schauspieler getreten, hatte ihn aus der Bank herausgewunken und redete leise auf ihn ein. Seine Körperhaltung entspannte sich. Diese Frau, die selbst gern durch Aggressivität provozierte, wusste mit ihm umzugehen. Wieder überlief mich ein leichter Schauer. Ich würde mich vor ihr in Acht nehmen müssen.

Bei der Befragung der Hochzeitsgäste hielt ich mich an Schellenberg, aber die Gespräche erbrachten wenig Neues. Die meisten, darunter auch die Braut und Reimers Eltern, standen noch so unter dem Eindruck des schockierenden Erlebnisses, dass sie sowieso kaum zusammenhängend sprechen konnten. Diejenigen, die bei Sinnen waren, sagten alle das Gleiche. Reimer kam fünfzehn Minuten vor der Zeit bei der Kirche an und stieg die Treppe hoch zu den bereits eingetroffenen Gästen, die er begrüßte. Wenige Minuten vor Beginn der Hochzeitsmesse fuhren die Braut und ihr Vater vor. Die beiden stiegen aus dem geschmückten Rolls Royce und gingen die Treppe hinauf. In diesem Moment fiel der Schuss. Reimer fiel rückwärts um und rührte sich nicht mehr.

Niemand reagierte. Die Festgäste, die Braut, der Brautvater – alle standen wie erstarrt da und sahen auf den Mann, der ausgestreckt auf dem Boden lag. Dann brach das Chaos aus. Die Braut stürzte die Stufen hinauf zum Bräutigam, einige Hochzeitsgäste drängten ebenfalls zu ihm, andere liefen weg, weil sie fürchteten, dass weitere Schüsse fallen würden.

Der Brautvater hatte, gemeinsam mit seiner Tochter, den besten Blick auf das Geschehen gehabt. Er hatte Reimer ins Gesicht gesehen, als der Schuss fiel, und konnte jedes Detail beschreiben. Den Knall, den Ruck, der durch Reimer ging, als das Geschoss ihn traf und nach hinten warf, das Geräusch, als Reimers Kopf auf dem Boden aufschlug. Ja, er habe gleich gewusst, dass der tot sei, sagte der Brautvater. Er nannte das Opfer nicht beim Namen, sprach auch nicht vom Schwiegersohn. »Der« sei sofort tot gewesen, das habe man sehen können.

Schellenberg ließ nicht erkennen, wie er über die offen

zum Ausdruck gebrachte Abneigung des Brautvaters dachte, und stellte auch keine entsprechenden Fragen. Sicher hatte er einen Grund für diese Zurückhaltung, und ich war gespannt darauf, ihn zu erfahren.

Während der Brautvater den Stuhl für den nächsten Zeugen freimachte, ließ ich kurz meinen Blick durch die Kirche schweifen. Die meisten Hochzeitsgäste, deren Aussagen bereits zu Protokoll genommen worden waren, hatten die Kirche verlassen. Nur noch eine Handvoll Menschen wartete darauf, dass entweder Schellenberg oder Bulut die Personalien aufnahm und die wenigen Fragen stellte, auf die sie sich geeinigt hatten. Und unter diesen wenigen Menschen saß einer, der mich unverwandt anstarrte. Obwohl ich ihn weder je im schwarzen Anzug gesehen hatte noch mit Vollbart, erkannte ich ihn sofort. Johannes. Wir starrten einander an, während die Umgebung in meinem Gesichtsfeld zurückwich, ausfranste und im Nebel verschwand, bis ich nur noch ihn sah, den Mann, den ich fast geheiratet hätte.

Ausgerechnet Bulut rettete mich, denn Johannes war ihr nächster Zeuge. Ich rang um Fassung und hoffte, dass Schellenberg meinen rasenden Puls, das Pochen meines Herzens und die in mir aufsteigende Hysterie nicht bemerkte. Ausgerechnet jetzt, ausgerechnet hier musste Johannes mir über den Weg laufen. Aus dem Augenwinkel beobachtete ich ihn, seine knappen Antworten, die sparsame Gestik. Alles so vertraut und gleichzeitig fremd, fremdartig sogar, wie eine künstliche Kreatur, die sich in dem schmalen Sakko hölzern bewegte. Ich fürchtete, dass er nach seiner Aussage auf mich zukommen würde, aber eine schwarzhaarige junge Frau in einem mintgrünen Kleid hatte offenbar nur auf ihn gewartet, hängte sich bei ihm ein und verließ die Kirche an seinem Arm.

Der Rest der Befragungen lief wie ein experimenteller Film vor meinen Augen ab, ohne Handlung, ohne Ton, ohne Vorwarnung auf das plötzliche Ende. Ich stieß meinen Stuhl um, als ich aufstand, um Schellenberg nach draußen zu folgen, und verhedderte mich in den Stuhlbeinen, als ich versuchte, ihn wieder aufzustellen. Der Lärm, den das Geklapper machte, schien den gesamten Kirchenraum auszufüllen. Endlich trat ich hinaus in die Wärme, wo die Sonne die Schattenwesen um mich herum auflöste und vertrieb.

Nur die Kälte in meinem Inneren blieb.

»Sind Sie mit dem Auto da?«, fragte Schellenberg mich am Fuß der Treppe, als wir uns unter dem Absperrband hindurchbückten.

Mein Wagen stand immer noch ungefähr einen halben Kilometer vom Tatort entfernt an der Stelle, an der ich ihn morgens abgestellt hatte. Es wäre möglich gewesen, ihn schnell zu holen, aber ich wollte mit Schellenberg und Bulut gemeinsam zum Präsidium fahren, daher schüttelte ich den Kopf. Schellenberg bedeutete mir mitzukommen, Bulut zog ein langes Gesicht.

Obwohl ich mich für Autos nicht interessierte, erkannte ich, dass es sich bei Schellenbergs Wagen um einen mindestens dreißig Jahre alten, nicht sehr gepflegten Porsche handelte. Hätte ich mir überhaupt Gedanken über sein Fahrzeug gemacht, wäre mir wohl ein Volvo Kombi in den Sinn gekommen. Aber ein Sportwagen mit herausnehmbarem Dach und Spoiler? Ich verkniff mir eine Bemerkung, selbst als mein Blick auf die Rückbank fiel, die diese Bezeichnung kaum verdiente. Schellenberg fragte Bulut, ob sie bereit sei, hinten zu sitzen, da sie kleiner sei als ich, aber sie ignorierte die Bemerkung, öffnete die Beifahrertür, klappte den Sitz nach vorn und ließ mich nach hinten klettern. Da sie weder den Sitz vorschob noch die Lehne senkrechter stellte, musste ich mich seitlich setzen und die Füße auf die Lederbank legen. Schellenberg kümmerte sich nicht um uns. Er fuhr schweigend und konzentriert durch den dichten Verkehr. Wenn ihm die Feindseligkeit, die Bulut mir entgegenbrachte, Sorgen bereitete, so zeigte er es nicht.

Da Schellenberg und Bulut schwiegen, nutzte ich die ungemütliche Fahrt, um mein Handy anzuschalten. Augenblicklich gingen mehrere Nachrichten von Redakteuren ein, für die ich, seit ich freiberuflich tätig war, bereits gearbeitet hatte. Sie hatten von meiner Anwesenheit im innersten Kreis der Mordermittler erfahren und fragten an, was ich ihnen liefern konnte. Ich drückte alle Nachrichten weg. Dann gab ich Johannes' Namen in die Suchmaschine ein, fand seine Homepage und kontrollierte die im Impressum angegebene Adresse. Er wohnte immer noch in unserer ehemals gemeinsamen Wohnung. Meine Hände zitterten, als ich das Browserfenster hektisch schloss, trotzdem war ich nicht schnell genug gewesen. Schon verdichteten sich Farben zu Bildern, blau der Ausschnitt des Himmels, den wir vom Bett aus sehen konnten, rot die Espressotassen, die wir aus einem Italienurlaub mitgebracht hatten, gelb die Wand neben dem winzigen Esstisch. Dabei war es nicht die Wohnung gewesen, die mir zum ersten Mal in meinem Leben das Gefühl von Geborgenheit gegeben hatte, sondern er. Es hätte überall sein können, es war überall gewesen, das Zuhause, das Johannes mir bot.

Bis ich ihn verlassen hatte.

Ich hoffte, dass wir uns nicht wieder über den Weg laufen würden.

Im Präsidium war bereits ein Raum vorbereitet, an dessen Tür ein Blatt Papier hing, auf das jemand mit einem dicken Filzstift SOKO REIMER gekritzelt hatte. In der Mitte des Zimmers standen vier zusammengeschobene Tische, die Whiteboards an den Wänden glänzten frisch gewischt. Ein Schreibtisch mit Drucker stand an der rechten Wand, ein halbhoher Aktenschrank der Tür gegenüber. Ein junger Mann war dabei, mehrere Stapel Papiere auf dem Konferenztisch zu verteilen.

»Hallo, Benny«, sagte Schellenberg, als wir eintraten. »Schade, dass du nicht mit am Tatort warst, aber gut, dass du hier schon mit der Arbeit begonnen hast.«

Benjamin Heitershausen war schmal und etwa einen Meter achtzig groß. Aus der Nähe stellte ich fest, dass er doch nicht mehr ganz so jung war, eher mein Alter, also Mitte dreißig. Mit der kleinen Brille und mehreren Kugelschreibern in der Hemdtasche sah er aus wie ein Wissenschaftler. Oder ein Nerd. Tatsächlich sei er der Aktenführer, erklärte Schellenberg, was auch immer das sein mochte. Sein Händedruck war überraschend trocken und fest, aber sein Blick traf meinen nur für die Länge eines Wimpernschlags.

»Frau Reich ist Journalistin und wird an der gesamten Ermittlung teilhaben«, erklärte Schellenberg.

Heitershausen riss überrascht die Augen auf.

»Nach dem, nun ja, unerfreulichen Bild, das die Öffentlichkeit von der Kölner Polizei hat, möchte der Präsident mit einer Transparenzoffensive das verlorene Vertrauen wiederherstellen.«

»Das unerfreuliche Bild ist übrigens nicht vom Himmel gefallen, sondern von der Presse herbeigeschrieben worden«, warf Bulut dazwischen.

Schellenberg überging ihren Einwand. »Wir alle werden Frau Reich nach Kräften unterstützen. Ihr Fokus liegt nicht auf dem Mordfall, sondern auf der Ermittlungsarbeit. Ihre Veröffentlichung wird zu einem späteren Zeitpunkt und vollständig anonymisiert erscheinen. Wer damit nicht einverstanden ist, kann die Soko verlassen. Es wird niemandem ein Nachteil daraus entstehen.«

Heitershausen zuckte die Schultern, nickte kurz in meine Richtung und wandte sich wieder seiner Arbeit zu. Selten habe ich weniger Aufmerksamkeit bekommen als von ihm. Ich war froh darüber.

Bevor die Besprechung begann und alle nach den vorbereiteten Unterlagen griffen, schenkten sie sich aus einer großen Kanne Kaffee ein, die auf dem Tisch stand. Jeder hatte seinen eigenen Kaffeebecher mitgebracht, unterschiedlich in der Ausstattung, groß, klein, bunt, wie man sie in allen Büros findet. Ich hatte keine Tasse, wollte den Raum auch nicht verlassen und lehnte mich daher zurück, beobachtete und hörte zu.

Schellenberg referierte kurz die bisherigen Erkenntnisse. Heitershausen, der von allen Benny genannt wurde, schrieb die Fakten auf eines der Whiteboards. Hajo Reimer war um vierzehn Uhr fünfzig aus ungefähr hundert Metern Entfernung vor der Kirche erschossen worden.

»Wer kann sowas?«, fragte Bulut. »Mitten ins Herz!«

»Der Schütze muss gut, bei der Entfernung aber nicht unbedingt brillant sein«, sagte Benny.

Die weiteren Fakten wurden ohne Unterbrechung vorgetragen.

»Meinungen«, forderte Schellenberg schließlich.

»Die Sache war hervorragend vorbereitet«, sagte Benny. »Der Mörder hat den denkbar besten Standort gewählt. Schon deshalb, weil er von der Rückseite der Baustelle problemlos verschwinden konnte.« Er zeigte auf eine Luftaufnahme der Tatortumgebung, die er an eine der Tafeln pinnte. Ob es ein offizielles Foto des Katasteramtes oder ein Ausdruck aus dem Internet war, konnte ich nicht erkennen.

»Die Umstände sind ein Statement«, sagte Bulut.

»Was für eins?«, fragte Schellenberg.

Bulut zuckte die Schultern.

»Nun«, sagte Benny zögernd. »Reimer war ein Mann der Öffentlichkeit und so ist er auch gestorben.«

»Aber warum an seinem Hochzeitstag?«, fragte Schellenberg.

Schweigen.

Benny räusperte sich. »Er war beim Rosenmontagszug auf einem Wagen mit dabei.«

»Karneval wäre gut gewesen«, nuschelte Bulut um ihren Kaugummi herum. »Da sind sowieso alle Zeugen besoffen, die Bullen überlastet und die Stadt ein einziges beschissenes Chaos.«

»Vielleicht gab es das Motiv an Karneval noch nicht«, sagte Benny.

Die Überlegungen zur Bedeutung der Botschaft auf dem am Tatort gefundenen Zettel verliefen ähnlich vage, wobei

Benny zumindest kurz in Frage stellte, ob es sich überhaupt um eine Botschaft des Mörders oder vielleicht nur um die Notiz eines Handwerkers handelte. Bis zum Beweis des Gegenteils musste das Fundstück allerdings als Teil des Tatorts behandelt werden.

Zwar war ich noch nie bei einer Mordermittlung gewesen, aber ich hatte den Eindruck, dass diese Besprechung auch für die Ermittler ungewöhnlich war. Immer wieder glitten ihre Blicke ins Leere, als wäre das, was vor ihnen lag, zu groß, zu unübersichtlich, zu wenig greifbar. In Vorbereitung dieses Auftrags hatte ich Statistiken studiert und wusste, dass die Mörder meist aus dem direkten Umfeld des Opfers kamen. Das allerdings schien in diesem Fall praktisch unmöglich. Das gesamte soziale Umfeld des Brautpaars war in oder vor der Kirche gewesen. Damit schieden die üblichen Verdächtigen aus – es sei denn, jemand hatte einen Killer beauftragt. Oder es war, wie in der Geschichte von Dornröschen, die berühmt-berüchtigte dreizehnte Fee, die nicht geladen war und sich dafür rächte. Ungewöhnlich auch die minutiöse Planung und erst recht natürlich die Nachricht des Mörders, die Schellenberg so verunsichert hatte. Was ging angesichts dieser Situation in den Köpfen der Kommissare vor sich? Ich hoffte, sie später danach fragen zu können.

Schellenberg stand auf und schrieb einige Fragen auf ein leeres Whiteboard:

Warum Öffentlichkeit?

Warum nicht Karneval?

Warum Hochzeitstag?

Warum Botschaft (2:2)?

Was bedeutet die Botschaft?

An wen richtet sich die Botschaft?

Dann sah er auf die Uhr. »Okay, die ersten Zeugen dürften zur Vernehmung da sein.«

Die Zeugen, die zur Kirche gekommen waren, um Reimers Hochzeit zu beobachten, waren am Tatort kurz befragt worden. Diejenigen, die keine weiteren Aussagen machen konnten, durften nach Feststellung der Personalien nach Hause gehen, die anderen waren ins Präsidium gebeten worden zur eingehenden Befragung, die von Schellenberg, Bulut und drei oder vier weiteren Beamten durchgeführt werden sollten. Ich blieb an Schellenbergs Seite und hörte mir wieder und wieder dieselben Aussagen in leicht abgewandelter Form an. Erst nach und nach verstand ich, worauf Schellenberg besonderes Augenmerk legte. Wie hatte die Braut reagiert, wie die Eltern des Bräutigams, wie der Brautvater? War jemand vielleicht gar nicht so überrascht gewesen, hatte sich jemand auffallend verhalten, wer war wohin gerannt? Hatte vielleicht sogar jemand zur Baustelle hinübergeblickt, bevor der Schuss gefallen war?

Schellenberg stellte die Fragen so subtil, dass die Mehrheit der Zeugen deren Relevanz vermutlich gar nicht begriff, sondern auch nach der Befragung noch der Meinung war, dass der Zeitpunkt des Schusses und die Richtung, aus der der Knall kam, von besonderem Interesse für die Ermittlung waren.

Da die Augenzeugenberichte wenig Neues ergaben, richtete ich meine Aufmerksamkeit bald auf Schellenberg. Er begrüßte jeden Zeugen mit Handschlag, stellte sich mit Namen und Dienstgrad vor, erkundigte sich, ob der Zeuge oder die Zeugin sich in der Lage fühlte, einige Fragen zu beantworten. Er war sachlich, freundlich, empathisch und geduldig.

Als aber ein junger Mann Schellenberg während der Befragung mit seinem Handy filmte und sich dabei erwischen ließ, zeigte der Leiter der Soko, dass er auch unangenehm werden konnte.

»Warum waren Sie vor Ort? Sind Sie ein Fan von Hajo Reimer?«

Mirko Gellertsen lehnte sich mit trotzig verschränkten Armen zurück. »Sehe ich so aus, als ob ich auf Schnösel stehe?«

»Warum dann?«

»Einfach so.«

»Weil Sie wussten, was passieren würde?«

»Nö.«

»Warum also?«

»Nur so, hab ich doch schon gesagt.«

Schellenberg nahm sein Handy, tippte eine Nummer ein, fragte, ob in den Arrestzellen noch Platz sei, und kündigte an, gleich mit einem renitenten Zeugen zu kommen, der erkennungsdienstlich behandelt und dann für mindestens vierundzwanzig Stunden Hausgast werden sollte.

»Hey, ich habe nichts gemacht!« Gellertsens Blick wurde unruhig. Die Maske des coolen Möchtegern-Gangstas fiel von ihm ab.

»Haben Sie Fotos oder Videosequenzen von dem Mord oder dem, was danach passiert ist?«

»Und wenn?«

»Sie können mir Ihr Smartphone freiwillig aushändigen oder darauf warten, dass wir es während Ihrer Ingewahrsamnahme von einem Experten auf sachdienliche Informationen untersuchen lassen. Das dauert erfahrungsgemäß einige Wochen.«

Schellenberg sprach gelassen, fast gelangweilt. Gellertsen

schluckte trocken, bemühte sich um Coolness und scheiterte kläglich. Niedergeschlagen legte er sein Smartphone auf den Tisch.

»Zeigen Sie mir die Aufnahme!«

Mit zusammengekniffenen Augen sah Schellenberg auf das Display. Ich fragte mich, ob er eine Lesebrille brauchte, aber es konnte auch eine Frage der Konzentration sein.

»Sie haben gar nicht Reimer gefilmt«, stellte Schellenberg fest. »Er ist eher zufällig im Bild, als er getötet wird.«

»Sag ich doch!«

»Und wer ist die Frau?«, fragte Schellenberg. Er ließ den Film erneut laufen.

Gellertsen wurde rot. »Livia Buonanno. Die Trauzeugin. Ich bin in sie verknallt, okay?«

»Warum nicht gleich?«, murmelte Schellenberg. Er diktierte Gellertsen eine E-Mail-Adresse, an die er das Video senden sollte, und entließ den Zeugen, nachdem dies geschehen war, mit dem Hinweis, das Angebot mit der Arrestzelle gelte immer noch, wenn Gellertsen weitere Informationen zurückhalte oder die Ermittlungen behindere.

Als die Arbeit schließlich auf den nächsten Morgen vertagt wurde, hatte ich längst einen Einblick bekommen, worauf Bulut mit ihrer Frage, ob ich wirklich die ganze Ermittlungsarbeit mitmachen wolle, angespielt hatte. Zumindest dieser Teil der Mörderjagd war nicht spannend oder aufregend, sondern zäh und im Grunde quälend langweilig. Alle drei Ermittler hatten Ringe unter den Augen. Bulut und Benny verabschiedeten sich und waren schon aus der Tür, als Schellenberg mich fragte, ob ich noch Zeit für eine Pizza hätte. Ich sagte zu, gespannt, was er auf dem Herzen hatte.

Zunächst hatte er vor allem Hunger. Ich war einigermaßen überrascht festzustellen, dass es mir ähnlich erging. Wir orderten Pizza und Salat und beschäftigten uns mit Telefonaten und Mails, bis das Essen kam. Dann setzten wir uns an den Besprechungstisch auf der Brücke, wie Schellenberg das Büro der Soko nannte.

»Wer hat sich das ausgedacht?«, fragte ich.

Schellenberg zuckte die Schultern und schlang einen Bissen hinunter, ohne lange zu kauen. Seine Anspannung hatte offenbar noch nicht nachgelassen.

»Benny, glaube ich«, sagte er schließlich. »Er ist ein Fan von ›Star Trek‹ oder ›Raumschiff Enterprise‹, ich kann mir den Unterschied nicht merken. Wie war der erste Tag für Sie?« Wieder biss er in die Pizza.

»Insgesamt überraschend wenig emotional.« Damit meinte ich die Arbeit der Kripo und hoffte, dass Schellenberg die Aussage auch auf mich bezog. Ich lächelte, um den folgenden Worten die Schärfe zu nehmen. »Wenn man von Ihrem Tanz mit der Braut absieht.«

Schellenberg seufzte. »Was mich am meisten daran stört, ist, dass sich selbst das öffentlich-rechtliche Lokalfernsehen nicht entblödet, diese Bilder zu zeigen.« Er deutete auf sein Handy. Auch ich hatte den Film bereits auf mehreren Nachrichtenportalen entdeckt.

Ich wartete darauf, dass er fortfuhr, aber stattdessen nahm er einen weiteren Bissen.

»Macht es für Sie einen großen Unterschied, dass der Tote ein Prominenter ist?«, fragte ich.

»Für mich persönlich nicht, aber für die Ermittlungen ist es gut.«

Ich verschluckte mich fast vor Überraschung.

Schellenberg nickte. »Öffentliche Aufmerksamkeit führt zu Hinweisen aus der Bevölkerung. Außerdem haben wir bereits einen eigenen Raum und zusätzliche Leute.«

Obwohl ich die Antwort kannte, fragte ich: »Sind Sie drei schon lange ein Team?«

»Mit Sibel arbeite ich seit fünf Jahren zusammen, Benny ist relativ neu.«

Was mich in Wahrheit viel mehr interessierte war die Frage, welches Verhältnis Schellenberg und Bulut pflegten. Ich hatte mir im Laufe des Tages eine Vorstellung davon gemacht, die nun bestätigt wurde. Schellenberg empfand für Bulut kollegialen Respekt, mehr nicht.

»Ist Diversität ein Vorteil?«

Er grinste. »Oh ja!«

Ich wartete, aber er führte die Antwort nicht aus. Stattdessen leerte er die halbe Falsche Cola in einem Zug, nahm das letzte Viertel der Pizza in die Hand und fragte, als sei es völlig nebensächlich: »Sie haben selbst ein Gewaltverbrechen erlebt, oder?«

Die meisten Menschen, mit denen ich in den letzten Jahren beruflich zu tun hatte, haben mir diese Frage gestellt, interessanterweise erst, seit ich Journalistin bin. Als ich Psychologie studierte, dann als Therapeutin arbeitete und ehrenamtlich im Kriseninterventionsteam tätig war, interessierte sich niemand für meine Motivation. Aber eine Journalistin, die sich einem einzigen Thema verschrieb, warf Fragen nach der persönlichen Betroffenheit auf.

Wie gern hätte ich über dieses Klischee lächelnd den Kopf geschüttelt, hätte verwundert gefragt, wie der oder die Fragende denn darauf gekommen sei, als sei die Idee abwegig, aus der Luft gegriffen, geradezu lächerlich. Leider hatte

Schellenberg recht, und obwohl ich mit der Frage gerechnet hatte, spürte ich, wie sich mein Puls beschleunigte und meine Handflächen nass wurden. Allerdings hatte ich diese Frage noch nie wahrheitsgemäß beantwortet und würde heute ganz sicher nicht damit beginnen. Zumal es einen Aspekt meiner Geschichte gab, der, sollte er gerade jetzt bekannt werden, die Durchführung meines Projektes abrupt beenden würde. Und dieses Risiko wollte ich auf keinen Fall eingehen. Also biss ich erst von meiner Pizza ab, kaute langsam und schluckte, während ich spürte, dass mein Puls sich etwas beruhigte.

»Ich möchte im Moment nicht darüber sprechen«, sagte ich. »Ein andermal, okay?« Ich bemühte mich, ebenso unbeteiligt zu klingen wie er. Ob er es mir abnahm, weiß ich nicht, aber er war höflich genug, das Thema fallen zu lassen.

Meine Zurückhaltung hatte unserem Gespräch die Luft herausgelassen und so aß Schellenberg schweigend auf, während ich drei Viertel meiner Pizza kalt werden ließ. Ich schloss den Pizzakarton, stand auf und verabschiedete mich.

An Feierabend war noch nicht zu denken.

Ich hätte nicht sagen können, wie ich überhaupt bemerkte, dass ich verfolgt wurde. Zumal ich zunächst vom Polizeipräsidium ein Taxi in die Stadt nahm, wo mein Auto stand. Vielleicht war es Intuition, vielleicht eine Folge der Anspannung, unter der ich seit Tagen stand, und die seit Schellenbergs Anruf am frühen Nachmittag um ein Vielfaches zugenommen hatte. Jedenfalls nahm ich die Scheinwerfer wahr, die sich hinter mich setzten, als ich aus dem Parkhaus fuhr. Vermutlich fielen sie mir auf, weil sie von dieser neuen Sorte waren, die wie Augen wirkten: ein normaler Scheinwerfer mit einer in Form gebogenen Lichterkette darüber. Sie folgten mir durch fast leere Straßen, hielten mal einen größeren Abstand, schlossen wieder auf. Die Tatsache verwirrte mich und machte mir Angst. Wer sollte ein Interesse daran haben, mir zu folgen? Und was, wenn ich es nicht bemerkt hätte? Nicht auszudenken! Ich war unterwegs zu einem Ziel, das niemanden etwas anging. Das geheim zu halten ich mir immer die größte Mühe gegeben hatte.

Fast wären all meine Vorsichtsmaßnahmen umsonst gewesen.

Ich spürte, wie das Zittern meiner Hände auf den ganzen Körper übergriff, und hatte nur noch einen Gedanken im Kopf: Ich musste den Verfolger abschütteln. Aber wie? In meinem ganzen Leben war ich nicht in einer solchen Situation gewesen, aber natürlich hatte ich Geschichten gehört, die die Investigativen erzählt hatten. Regel Nummer eins: Ruhe bewahren. Sehr witzig. Regel Nummer zwei: Wenn du nicht sicher bist, dass du den Verfolger abhängen kannst, such dir ein unverfängliches Ziel in der Richtung, in die du unterwegs bist, und bleib dort, bis der Verfolger aufgibt. Das konnte dauern. Und welches Ziel konnte ich ansteuern? Ich zwang meine Atmung in einen ruhigen Rhythmus, wie ich es in der Therapie gelernt hatte. Zwang meine Gedanken, sich auf die Frage nach einem Ziel zu konzentrieren, stellte mir den Stadtplan vor und meine Bewegungsrichtung. Vom Präsidium aus war ich nach Südosten gefahren, in dieser Richtung gab es nicht viel. Den See in Gremberghoven, Baden verboten. Die Auffahrten zu drei Autobahnen. Dieser Gedanke weckte das dringende Bedürfnis in mir, abzuhauen und alles hinter mir zu lassen, einfach weiterzufahren, egal wohin, nur raus aus meinem Leben. Aber das ging nicht. Ich wollte diese Sache vernünftig beenden. Hektisch überlegte ich weiter, welches Ziel ich ansteuern könnte, damit es so aussah, als hätte ich von vornherein dorthin gewollt. Und dann kam mir der Geistesblitz: das Autokino.

Deutlich ruhiger navigierte ich zurück auf die B 8, bremste, sobald die Ampel gelb wurde, und bemühte mich, meinen Verfolger nicht zu verlieren. Endlich bog ich in die Einfahrt, hielt am Kassenhäuschen, zahlte das Eintrittsgeld und suchte mir einen Platz, der von der Einfahrt aus schlecht zu sehen war. Dann schaltete ich die Innenbeleuchtung aus, kroch zur Sicherheit auf der Beifahrerseite aus dem Auto, zog meine dunkle Jacke über die helle Bluse und lief in einem großen Bogen zurück. Hinter mir hatte kein Auto die Einfahrt passiert, mein Verfolger war also entweder schon weg oder wartete draußen auf der Straße. Im Schutz der Büsche schlich ich hinter dem Kassenhäuschen auf die Straße. Dort stand ein Auto mit ausgeschalteten Scheinwerfern. Ich war sicher, dass es sich um meinen Verfolger handelte. Ich merkte mir das Kennzeichen und wollte gerade wieder zurückschleichen, um nicht bemerkt zu werden, als der Wagen gestartet wurde. Ich sprang zurück ins Gebüsch und starrte auf die dunkle Silhouette auf dem Fahrersitz. Kurz bevor der Wagen aus meinem Blickfeld rollte, erkannte ich im Schein der Straßenlampe die roten Lippen und die schmale Nase unter kühn geschwungenen Augenbrauen von Kriminalkommissarin Sibel Bulut.

Warum, zum Teufel, folgte diese Frau mir? Aus reiner Neugier? Hatte sie Angst, dass ich gleich nach dem Verlassen des Präsidiums Kollegen traf und ihnen brühwarm berichtete, was in der Soko vorging? Oder was sonst erhoffte sie sich von dieser Beschattung?

Unkonzentriert eilte ich zurück zu den Stellplätzen und brauchte eine ganze Weile, bis ich mein Auto wiedergefunden hatte. Ich stieg ein, starrte auf die Leinwand, ohne der Handlung auch nur ansatzweise folgen zu können, und warf, nachdem ich mir mehrere Minuten lang eingeredet hatte, auch ohne Pille zu funktionieren, eine Tablette ein. Mein einziger Verbündeter war die Zeit, also musste ich so viel wie möglich davon totschlagen, ohne im Auto einzuschlafen. Nach einer Stunde startete ich den Motor, rollte leise vom Platz und hoffte, dass Bulut die Verfolgung tatsächlich aufgegeben hatte, mit ein bisschen Glück nicht nur für diese Nacht.

Sonntag, 13. Mai, 09:00–14:00 Uhr

Wir trafen uns um neun Uhr vor der Adresse, die Schellenberg mir genannt hatte. Meinen Wagen hatte ich ein Stück die Straße hinunter geparkt, um den letzten Parkplatz vor dem Haus freizulassen, den Schellenberg kurz darauf nutzte. Er brachte Bulut mit, die mich und meinen Gruß ignorierte und stattdessen zielstrebig und mit ausgreifenden Schritten in Richtung Haustür marschierte. Portal wäre der passendere Begriff für das säulenbewehrte Entrée der wuchtigen Villa. Neo-Neoklassizismus in seiner protzigsten Variante. Schellenberg schaute seiner Kollegin kurz hinterher, blickte dann mich an und schluckte eine Bemerkung hinunter.

Ich wusste, dass ich schrecklich aussah. Schon im Normalfall ist meine Haut extrem blass, nach der mehrheitlich schlaflosen Nacht war sie auch noch trocken und grau, was das beste Make-up nur bis zu einem gewissen Grad verbergen konnte. Die Fingernägel waren gestern bereits abgekaut gewesen, aber jetzt hatte sich auch noch das Nagelbett am rechten Zeigefinger entzündet, weshalb dort ein Pflaster klebte, das beim Händeschütteln auffiel. Es war wasserfest und mit bunten Fischen bedruckt. Lächerlich, das wusste ich selbst, aber ein anderes hatte ich dort, wo ich übernachtete, nicht gefunden.

Gegen vier Uhr morgens war ich endlich eingeschlafen, und das auch nur mit rezeptpflichtiger Unterstützung. Um sieben Uhr hatten drei Wecker mich dem seligen Vergessen entrissen. Die glänzende Guten-Morgen-Pille, die griffbereit neben dem Sofa lag, scheuchte die Dämonen in die dunklen Zimmerecken zurück, aus denen sie sich nachts auf mich stürzten, und bescherte mir die Kraft, mich diesem Tag zu stellen. Nach einem Frühstück bestehend aus zwei Bissen von der gestrigen Pizza, einigen Pocket-Coffee-Pralinen und Vitaminpillen war ich immerhin wach genug gewesen, hierherzufinden.

Ich nickte Schellenberg schweigend zu und folgte Bulut.

Auf das Klingeln reagierte zunächst niemand, dann wurde die Tür von einer etwa fünfzigjährigen Frau in schwarzer Kleidung geöffnet. Schellenberg widersetzte sich ihrer ebenso lautstarken wie gestenreichen Zurückweisung und ermöglichte uns den Zutritt in die halbrunde Eingangshalle. Dort ließ die Frau uns stehen, während sie selbst die doppelflügelige Tür zum Wohnzimmer mit dramatischem Schwung öffnete und hindurcheilte. Bevor sie die Türen wieder schloss, konnten wir einen Blick auf mindestens sieben schwarz gekleidete Frauen erhaschen, die auf den weißen Ledermöbeln wie Krähen auf einem frischen, mit Neuschnee bedeckten Grab wirkten. Derartig absurde Bilder überfielen mich häufig, wenn ich unter Schlafmangel litt. Ich musste mich zusammenreißen, was besonders gut funktionierte, wenn ich etwas zum Zählen fand. Vier Türen gingen von der Halle ab, wenn man die Doppeltür als zwei einzelne rechnete, eine Treppe mit sechzehn sichtbaren und vermutlich acht weiteren Stufen führte ins Obergeschoss, ein langer Flur ohne Türen ging nach links. Von der Eingangs- bis zur Flügeltür lagen zwölf Fußbodenplatten aus Marmor, der Kronleuchter, der in der Mitte der Halle von der Decke hing, bestand aus vierundzwanzig Lichtern. Zwei Wandleuchten griffen das Dekor des Leuchters auf, eine Bodenvase mit geschätzten hundert langstieligen roten Rosen stand auf einem kleinen Sockel. Bevor ich die Anzahl verifizieren konnte, öffnete sich die Wohnzimmertür und die Braut erschien.

Evangelia Theodoridis war, nach Sibel Bulut, die zweitschönste Frau, die ich seit langem gesehen hatte. Den zweiten Platz erhielt sie wegen ihrer fast kindlichen Stupsnase, die mit Sicherheit operativ verkleinert worden war, denn sie passte überhaupt nicht in ihr ausdrucksstarkes klassisches Gesicht.

Die »verführerische Eva«, wie die Presse die rassige Schönheit wenig fantasievoll genannt hatte, sah selbst mit rotgeweinten Augen und dunklen Ringen darunter noch wie ein Model aus. Genau das war sie, als sie Reimer kennen lernte. Jeder, der regelmäßig Klatschblättchen las, kannte die Geschichte vom Schokoriegel, der Reimer Glück gebracht hatte. Wirtschaftlich, weil das Produkt ein Renner wurde, und privat, weil das Model, das für den Schokoriegel Werbung machte, die Frau in Reimers Leben wurde. Die *eine* Frau in seinem Leben, denn an Frauen allgemein hatte es ihm auch bis dahin nicht gemangelt. Sie allerdings hatte ihn gezähmt. Ihre öffentlichen Auftritte waren legendär. Mal hatte sie Reimer vor laufenden Kameras leidenschaftlich geküsst, ein anderes Mal ebenso leidenschaftlich geohrfeigt. In beiden Fällen erklärte sie ihr Verhalten mit einem achselzuckend gemurmelten Hinweis auf ihr südländisches Temperament. Die Fotografen, vor allem die männlichen Kollegen, lagen ihr zu Füßen.

Ich fragte mich kurz, was nun aus ihr würde. Ob sie ihre Model-Karriere wiederaufnehmen, ein Buch schreiben oder eine Talkshow-Moderation übernehmen würde. Wie auch immer ihre berufliche Zukunft aussah, die Publicity, die sie als berühmteste Fast-Witwe des Landes bereits erlangt hatte, würde ihr viele Wege ebnen.

Ich beneidete sie nicht.

Sie bedachte Schellenberg mit einem freundlichen, Bulut mit einem abschätzenden und mich mit einem flüchtigen Blick. Mit einer kleinen Geste forderte sie uns auf, ihr zu folgen, und ging zielstrebig in die Küche, wo sie zwei Espressotassen unter den Kaffeeautomaten stellte. Dabei zitterte sie so stark, dass die Tassen heftig aneinanderschlugen. Zaghaft drückte sie auf den Knopf und lehnte sich dann gegen den Kühlschrank. Ihre Hände, in denen sie am Tag zuvor fast ununterbrochen ihr Gesicht versteckt hatte, wussten einen Moment nicht, was sie tun sollten, dann verschränkte Evangelia Theodoridis die Arme vor dem Körper, als wolle sie sich wärmen. Der schwarze Hausanzug aus Nickistoff und die lose zusammengebundenen Haare wirkten, als habe sie keinen Gedanken an ihr Aussehen verschwendet. Ich fragte mich, ob sie sich bewusst so zurechtgemacht hatte, oder ob der stilsichere Auftritt ihr tatsächlich derart in Fleisch und Blut übergegangen war, dass sie selbst in einer solchen Situation automatisch nach dem passenden Outfit griff.

Schellenberg, Bulut und ich nahmen auf den uns zugewiesenen Hockern an der Theke Platz. Die Maschine machte einen Höllenlärm, als sie die Kaffeebohnen mahlte und das schwarze Gebräu in die Tassen presste, dann bereitete Evangelia Theodoridis zwei weitere Espressi zu. Bulut hatte noch keine einzige Kaugummiblase platzen lassen.

Schellenberg sprach der Hinterbliebenen nochmals sein Beileid aus, was sie mit einem trockenen Schluchzen quittierte. »Sind Sie in der Lage, uns einige Fragen zu beantworten?«

Sie nickte.

»Wir wissen das sehr zu schätzen.«

Mit einem winzigen Kopfnicken würdigte Evangelia Theodoridis die freundliche Bemerkung.

»Wenn es Ihnen hilft, können Sie gern eine Ihrer Verwandten hinzuziehen.«

Die Hausherrin ließ ein überraschend unpassendes Schnauben hören. »Ich bin froh, dass ich den Klageweibern entkommen bin. Sie erdrücken mich.«

Meine Einsätze im Kriseninterventionsteam hatten immer nur so lang gedauert, bis die Betroffenen stabil waren und wussten, wie es nun weitergehen würde. Dazu gehörten nicht nur Informationen über die Abläufe der polizeilichen Ermittlungen im Fall eines Gewaltverbrechens oder die Erläuterung des weiteren Vorgehens bei Unfällen, sondern auch die Vermittlung von Hilfe. Wenn Familienangehörige, Freunde oder Bekannte kommen konnten, war das ein wichtiger Schritt auf dem Weg aus dem Schockzustand zurück ins Leben. Aber ich hatte es oft genug erlebt, dass Betroffene die falschen Menschen um Hilfe gebeten hatten und die vermeintlichen Unterstützer selbst zum Problem wurden. So schien es auch hier zu sein.

»Haben Sie eine Idee, wer Ihrem Verlobten nach dem Leben getrachtet haben könnte?« Schellenbergs Stimme klang mitfühlend, aber keineswegs klebrig und amtlich. Ich hätte ihm diese feine Nuancierung nicht zugetraut.

»Meinem Mann«, widersprach Evangelia Theodoridis schnell. »Die standesamtliche Trauung war letzte Woche.«

»Entschuldigung«, murmelte Schellenberg.

Die Medien hatten Evangelia Theodoridis weiter als Reimers Braut bezeichnet, auch in den Besprechungen der Mordkommission war der Begriff gefallen. Mir schien, dass Schellenberg sich über seinen Fehler ärgerte.

»Hajo war ein Mann mit einem starken Willen und der Kraft, ihn durchzusetzen. Das ruft immer Neider auf den Plan«, sagte sie.

Das klang so sehr nach einer Standardantwort, dass ich meinen Blick schnell auf den Espresso in meiner Hand senkte, um die Witwe nicht ungläubig anzustarren. Hatte ihr jemand diese Formulierung eingetrichtert? Oder legte sie sich selbst solche Sätze zurecht, um einer persönlichen Antwort aus dem Weg zu gehen?

»Haben Sie jemanden im Sinn?«, fragte Schellenberg.

Sie wandte uns den Rücken zu, während sie an der Kaffeemaschine hantierte. Sie zögerte einen Moment zu lang. »Nein.«

Hatte sie schon eine Ahnung, was ihr bevorstehen mochte? Wusste sie, dass mit einer Mordermittlung sorgfältig gehütete Geheimnisse, geheime Liebschaften und gut getarnte Flecken auf einer angeblich weißen Weste ans Licht gezerrt werden konnten? Je mehr unbequeme Wahrheiten die Angehörigen über die Verstorbenen erfahren mussten, desto schwerer fiel ihnen die Trauer, desto stärker wuchs der Zorn. Oft logen Angehörige deshalb bei diesen Fragen, weil sie zwar ahnten, dass unter der glänzenden Oberfläche etwas Dunkles lauerte, sie aber auf jeden Fall verhindern wollten, dass diese Schatten den Ruf ihres Angehörigen und die Erinnerung an ihn beschmutzten. Schellenberg, Bulut und ich hätten Evangelia Theodoridis zwar versichern können, dass Leugnen sinnlos war, dass man die Wahrheit nicht unterdrücken konnte, aber es hätte nichts geändert. Sie befand sich noch ganz am Anfang einer Entwicklung, über die sie keine Kontrolle hatte. Die Frage war nicht, ob, sondern nur, wie schlimm es werden würde.

Schellenberg nahm endlich einen Schluck Kaffee und lockerte nacheinander die rechte und die linke Schulter. Das hatte ich bereits mehrfach beobachtet, es schien eine Art Entspannungsübung zu sein, mit der er sich auf besonders unangenehme Situationen einstellte. In diese Kategorie fiel auch das, was dann folgte.

»Erzählen Sie uns von Ihrem Mann, Frau Theodoridis.«

»Reimer«, korrigierte sie scharf. »Meinen Mädchennamen behalte ich nur als Künstlernamen.«

»Entschuldigung.«

»Unabhängig davon sagen Sie bitte Eva. Alle nennen mich so.«

»Gern.«

Ich konnte mir vorstellen, dass Schellenberg langsam ungeduldig wurde, aber er hatte sich perfekt im Griff.

»Hat Ihr Mann sich in letzter Zeit anders verhalten? Wirkte er besorgt? Oder hat er vielleicht sogar ganz explizit über Probleme gesprochen, etwas erwähnt, das ihn besonders beschäftigte? Oder jemanden?«

»Nein.«

Wieder kam die Antwort so schnell, dass es sich vermutlich um eine reine Abwehrreaktion handelte.

»Das reicht uns nicht, Eva.«

Schellenbergs Stimme war immer noch freundlich, verbindlich, verständnisvoll. Keine Spur von Gereiztheit. Selbst

Bulut hielt, bis auf eine unauffällige Gewichtsverlagerung, weiter still.

»Was wollen Sie hören?« Evas Stimme war scharf. »Soll ich mir etwas ausdenken?«

»Wir haben am Tatort einen Zettel mit einer Notiz gefunden. Eine Zwei, ein Doppelpunkt, noch eine Zwei. Sagt Ihnen das etwas?«

Die Verwirrung auf ihrem Gesicht war echt, sie schüttelte den Kopf.

»Gab es besondere Vorkommnisse in den letzten Tagen?«

Eva stieß ein bitteres Lachen aus. »Wir haben eine Hochzeit mit dreihundert geladenen Gästen vorbereitet. Jeder Tag war von morgens bis abends mit besonderen Vorkommnissen angefüllt.«

»Wie stand Ihre Familie zu der Hochzeit?«

Eva zuckte sichtlich zusammen, hatte sich aber schnell wieder im Griff. »Wie meinen Sie das?«

Eine klassische Frage, um Zeit zu gewinnen. Ich hatte nicht lang recherchieren müssen, um herauszufinden, dass Eva zwei Halbbrüder hatte und ihre Mutter vor sechs Jahren gestorben war. Zu ihrem Vater, der gerade seinen achtzigsten Geburtstag hinter sich hatte, pflegte sie offenbar ein sehr enges Verhältnis, denn auf vielen Fotos waren die beiden gemeinsam zu sehen.

Bulut räusperte sich, bevor Schellenberg antworten konnte. Sie lehnte sich vor, wobei sie sich auf die Ellenbogen stützte und ihre winzige Kaffeetasse mit beiden Händen hielt, als wolle sie eigentlich in Ruhe ihren Kaffee trinken, müsse nur schnell noch eine Bemerkung loswerden. »Sie sind Griechin, Ihr Vater ist Grieche, Sie heiraten einen deutschen Mann.« Sie trank einen Schluck Kaffee. »Wir sind Türken, ich habe einen deutschen Mann geheiratet. Wenn bei Ihnen nur halb so viel Theater darum gemacht wurde wie bei uns, dann haben Sie eine mittlere Katastrophe erlebt.«

Evas Blick wurde abweisend und kalt. »Sie irren sich. Erstens bin ich Deutsche und zweitens hat mein Vater kein Problem mit der Wahl meines Ehemannes.«

Bulut blickte sie einen Moment zu lang an, bevor sie mit einem feinen Lächeln nickte. »Da haben Sie aber Glück gehabt.«

Bevor wir gingen, bat Schellenberg Eva um eine Liste der engsten Freunde ihres Mannes.

»Sie sind verheiratet?«, fragte ich Bulut, als wir vor dem Haus standen.

»Nein«, entgegnete sie wie beiläufig, während sie ihre tiefschwarze Sonnenbrille aufsetzte, obwohl Wolken aufgezogen waren. »Wie kommen Sie darauf?«

Schellenberg lächelte leicht. »Das war gut, Sibel.«

Bulut gab sich sichtliche Mühe, ihre Selbstzufriedenheit zu verbergen, aber es gelang ihr nicht ganz. »Danke, Chef.«

»Dass der Vater der Braut den Schwiegersohn nicht ausstehen kann, ist nicht nur mir aufgefallen, oder?«, fragte Schellenberg.

Bulut schnaubte durch die Nase. »Mich hat nur gewundert, dass er nicht auf die Leiche gespuckt hat, ansonsten hat er mit seinen Gefühlen nicht hinterm Berg gehalten.«

»Dann nehmen wir uns den Vater und die Brüder als Nächste vor.«

Wir fuhren getrennt. Ich öffnete das Fenster und hoffte, dass die über Nacht abgekühlte, feuchte Luft meine Kopfschmerzen vertreiben würde, aber über den Punkt, da solch einfache Mittel noch halfen, war ich seit langem hinaus. Ich schluckte also zwei Schmerztabletten, von denen ich wusste, dass sie meinen Magen in ein Säurebad verwandeln würden, und warf eine Magenschutztablette hinterher. Nach dieser Sache würde ich eine Auszeit nehmen, so oder so. Bis dahin musste ich noch durchhalten, auch wenn die Tage wie eine Bergkette vor mir lagen, jeder höher und steiler als der vorherige, jeder Absturz ins Dunkel der Nacht tiefer. Ich musste das Thema, das mein berufliches Leben in den Himmel gehoben und mein Privatleben in die Hölle gestürzt hatte, endlich abschließen.

Während ich den Blinker setzte, um zur angegebenen Adresse zu fahren, wurde der Drang, einfach immer weiter geradeaus zu fahren, fast übermächtig. Was tue ich hier? Was verspreche ich mir davon? Warum kann ich es nicht hier und jetzt beenden? Diese Fragen stellte ich mir nicht zum ersten Mal, und ich kannte die Antworten, hatte sie tausendfach wiederholt. Die Zweifel aber waren nie ganz verstummt und kehrten nun in brüllender Lautstärke zurück. Die Gedanken hämmerten noch immer hinter meinen Schläfen, als ich den Wagen in eine Parklücke bugsierte und kurz die Stirn auf das Lenkrad legte, bevor ich ausstieg und mich zu Schellenberg und Bulut gesellte, die bereits auf mich warteten.

Die Luft um die beiden knisterte wie bei einem heftigen Gewitter. Worüber hatten sie sich dieses Mal gestritten? War wieder ich der Anlass? Oder überschätzte ich meine Bedeutung? Wenn der Blick, den Bulut mir im Vorbeigehen zuwarf, als Indiz taugte, hatte der Konflikt sehr wohl mit mir zu tun. Hatte sie Schellenberg erzählt, dass sie mir gefolgt war? Durfte ich ihrer Wut entnehmen, dass er sie dafür nicht etwa gelobt, sondern gerügt hatte? Einen Teil meiner ohnehin angegriffenen Nervenkraft würde ich darauf verwenden müssen, mich vor dieser Frau vorzusehen.

Evas Vater wäre eigentlich schon auf dem Rückweg nach Bremen gewesen, aber auf Bitte der Kripo hin und zur Unterstützung seiner Tochter blieb er vorerst in der Stadt. Wir trafen ihn in der orthodoxen Kirche, wo er mit seinen beiden Söhnen im stuhlfreien Innenraum stand. Sie hielten sich an den Händen und hatten die Köpfe wie zum Gebet gebeugt.

Vielleicht dankten sie Gott, dass er sie von dem Deutschen erlöst hatte.

Der Gottesdienst war gerade erst vorbei und die von Weihrauch geschwängerte Luft dämpfte das Strahlen des Goldes, das seinen Ursprung in der Ikonostase nahm und vom Messing der Raumteiler gespiegelt wurde. Fast augenblicklich füllten sich meine Augen mit Tränen, mir wurde schwindelig. Ich tastete nach einer Säule und lehnte mich dagegen.

Weihrauch stieg mir immer zu Kopf. Anfangs war er wie eine Glücksdroge, weil er nach Hoffnung roch, nach Wärme und Geborgenheit. Unzählige Male hatte ich in der Kirche gestanden und gebetet, dass die Liebe Gottes auch zu meiner Mutter finden, ihr Herz erweichen und es für mich öffnen möge, was aber nie geschah. Und obwohl das Gerede von der allumfassenden Liebe mir meinen Mangel erst recht vor Augen führte, hatte ich den Gottesdienst als tröstlich empfunden, war eins gewesen mit den Gemeindemitgliedern um mich herum, ganz besonders mit den beiden Menschen, die mich mitgenommen hatten in diese für mich ganz neue Welt. Bis ich schmerzlich erfahren hatte, dass Predigten und Gebete hohle Phrasen sind, die jenseits der Kirchentür verpuffen.

Dass die Menschen zwar viel über die Kraft sprechen, die der Glaube ihnen verleiht, aber den Schwanz einziehen, sobald sie Stärke beweisen müssten. Seitdem kann ich keinen Weihrauch mehr ertragen. Ich spürte, wie mein Blickfeld sich verengte und ich an der Säule entlang nach unten rutschte.

Dann tauchte ein Schatten neben mir auf, zog mich hoch, legte mir einen Arm um die Taille und führte mich aus der Kirche. Schellenberg.

»Ich vertrage keinen Weihrauch«, murmelte ich in der Hoffnung, das Problem klinge wie eine Allergie, etwas ganz und gar Physisches, das nichts mit meiner geistigen oder nervlichen Verfassung zu tun hatte.

»Sie müssen nicht jede Sekunde unserer Arbeit mitmachen«, sagte Schellenberg. »Ich hätte allergrößtes Verständnis, wenn Sie auch mal eine Pause bräuchten.«

»Danke.« Ich versuchte zu lächeln. »Es geht schon. Ich war nur nicht darauf gefasst, dass es in dieser Kirche überhaupt keinen Sauerstoff gibt.«

»Natürlich, kein Problem.« Er glaubte mir nicht. Seine Augen, deren Farbe an die Nordsee bei Gewitter erinnerte, ruhten auf mir, nachdenklich, forschend, aber auch – sanft? Oder bildete ich mir das ein, weil mich die Erinnerung so verletzlich gemacht hatte?

Ich kramte eine Wasserflasche aus meiner Tasche und trank gierig. Die Luft, eben noch angenehm kühl, war deutlich wärmer, aber nicht trockener geworden. Schwül und klebrig kroch sie zwischen Kleidung und Haut und umgab mich wie eine Blase. Gedämpft hörte ich die Leute auf dem Vorplatz der Kirche Griechisch und Deutsch durcheinanderreden und lachen, aber ich verstand kein Wort.

Besser wurde es erst, als ich meine Aufmerksamkeit auf

Theodoridis fokussierte, der mit seinen Söhnen die Stufen hinunterkam. »Müssen Sie uns am Sonntag in der Gemeinde stören, anstatt den Mörder meines Schwiegersohns zu suchen?«, fragte er deutlich verärgert, als er Schellenberg erkannte.

»Wir suchen ihn ja«, erwiderte Bulut.

Die drei Männer, die noch nicht bemerkt hatten, dass sie hinter ihnen stand, fuhren erschrocken herum.

»Und zwar genau hier«, setzte sie nach.

Reichlich provokant, fand ich, und auch Schellenberg warf Bulut einen beschwichtigenden Blick zu, bevor er sich an Evas Familie wandte.

»Können wir uns irgendwo ungestört unterhalten?«

Wenig später saßen wir zu sechst an einem langen Tisch, der seitlich im Kirchenschiff stand. Zum Glück verzog sich der Weihrauch langsam, aber sicher, trotzdem spürte ich noch immer eine gewisse Übelkeit.

»Hier gibt es an Feiertagen zu essen, eine Art Buffet.«

»Das interessiert die Polizei nicht«, knurrte einer der Söhne. Sie waren beide etwa Mitte vierzig und sahen einander extrem ähnlich, wenn sie sich auch in Kleidung und Frisur stark unterschieden.

Kosta, der sich gerade zu Wort gemeldet hatte, trug einen schmal geschnittenen Anzug mit Krawatte und sah aus wie ein Anwalt, was er wohl auch war. Der andere, Jannis, hatte sich mit Wollhose und Pullover auf eine intellektuellere Art ebenfalls fein gemacht. Er wirkte wie ein Professor für Politik oder Philosophie, war aber Erzieher in einem Kinderheim, wenn ich Buluts Informationen richtig verstanden hatte. Sie hatte absichtlich leise gesprochen, und ich hatte ihr die Genugtuung nicht gegönnt, nachzufragen.

»Was mochten Sie an Hajo Reimer nicht?«, fragte Schellenberg freundlich.

Evas Vater, dem man seine achtzig Jahre nicht ansah, strich die graue Krawatte glatt, zupfte die Manschetten des weißen Hemdes unter dem dunkelblauen Anzug hervor, und sah Schellenberg mit zur Seite geneigtem Kopf an.

»Sitzen Sie hier mit uns, weil wir Ausländer sind?«

»Ich denke, Sie sind Deutscher«, warf Bulut ein.

»Bitte, Vater, du hast gestern wirklich deutlich genug gemacht, was du von Reimer hältst.« Jannis, der Erzieher.

»Ich lebe seit neunzehnhundertsechzig in Deutschland, werde aber immer noch als Ausländer betrachtet.«

Ich fragte mich, ob der Vater Anzeichen von Demenz zeigte, aber er wirkte nicht verwirrt. Fast sechzig Jahre Wut sprachen aus ihm. Welch eine Energieverschwendung.

»Wir mochten ihn alle nicht, weil er ein durch und durch respektloser Mensch war«, sagte Jannis. »Gottlos, selbstgefällig, skrupellos.«

Evas Vater nickte. »Ich halte, Entschuldigung, ich hielt ihn für den unwürdigsten Mann, den meine Tochter sich aussuchen konnte. Aber sie wollte ihn heiraten, also habe ich ihr meinen Segen gegeben. Nun ist sie untröstlich, aber auf lange Sicht ist es besser so. Ich hoffe, dass sie das eines Tages einsehen wird.«

»Haben Sie dafür gesorgt, dass es auf lange Sicht besser ist?«, fragte Bulut.

»Ich kenne diese Taktik der Provokation«, sagte der Anwalt und lächelte schmallippig. »Aber Hajo Reimer war zu unbedeutend, als dass wir uns für ihn über die Gesetze Gottes und der Menschen hinwegsetzen müssten.«

»Für Ihre Schwester war er wichtig«, erwiderte Bulut.

»Für unsere Halbschwester«, korrigierte Jannis. »Nicht, dass wir sie deshalb weniger mögen würden, aber wir waren schon aus dem Haus, als unser Vater mit seiner zweiten Frau noch ein Baby bekam. Ein süßes Kind, zweifellos, aber der Altersunterschied ist so groß, dass wir Eva kaum kennen.«

»Wo leben Sie beide?«

»Frankfurt«, sagte Kosta.

»Athen.« Jannis.

»Wie lange bleiben Sie noch in der Stadt?«

»Wir müssen morgen wieder arbeiten, fahren also heute noch zurück.«

»Haben Sie Ihre Halbschwester juristisch beraten?«, erkundigte sich Bulut bei Kosta. »Bei ihren Model-Verträgen? Vielleicht auch bei einem Ehevertrag?«

Kosta nickte. »Ich habe alle ihre Verträge geprüft und ihren Ehevertrag aufgesetzt. Damit ist gesichert, dass sie ihr Geld behält, selbst wenn ihr Mann sein Unternehmen gegen die Wand fährt.«

»Ich dachte, Reimers Firma läuft gut«, mischte Schellenberg sich ein. »Außerdem ist es eine GmbH, er haftet also gar nicht mit seinem Privatvermögen.«

Kosta lächelte geringschätzig. »Es gibt etliche Szenarien, in denen der Geschäftsführer mit seinem Privatvermögen haftet, die Insolvenzverschleppung ist nur ein Beispiel.«

»Haben Sie genaueren Einblick in die wirtschaftliche Situation des Unternehmens?«

Kosta schüttelte den Kopf. »Wichtig ist nicht zu wissen, was ist, sondern abzusichern, was kommen kann.«

»Dann ist Ihre Schwester also finanziell abgesichert?«

»Ja.«

»Ich habe den Mann nicht umgebracht, auch wenn ich

ihn nicht mochte«, fuhr Evas Vater in diesem Moment energisch dazwischen und machte auf diese Weise klar, dass er das Gespräch beenden wollte. »Damit hätte ich mich gegen Gott versündigt, ich hätte gegen das Gesetz verstoßen und ich hätte meine geliebte Tochter unglücklich gemacht.« Er legte das Gesicht in die Hände und begann zu schluchzen. Die Söhne legten ihre Arme um seine Schultern und warfen uns böse Blicke zu, als wir die Kirche verließen.

Der Familiensitz der Reimers war ein typisches Beispiel ebenso plumper wie aufdringlicher Protzerei der Achtzigerjahre. Die Klingel befand sich an einem eisernen Tor, dessen Riegel mit einem lauten Geräusch aufsprang, nachdem Bulut ihren Finger deutlich zu lang auf den Knopf gehalten hatte. Schellenberg warf ihr einen warnenden Blick zu.

Dass unser Besuch eine Belästigung war, machten die Eltern des Mordopfers klar, bevor sie überhaupt erschienen. Sie ließen uns warten. Bulut hatte ausreichend Zeit, in quälender Regelmäßigkeit ungefähr zwanzig Kaugummiblasen platzen zu lassen, bevor die Tür zum Salon aufging, in den uns die ganz in Schwarz gekleidete Hausangestellte geführt hatte.

Reimer senior kam in dunkelgrauer Hose, blauem Hemd und Tweedjackett auf mich zu. Alle Fotos, die ich im Zeitungsarchiv oder im Internet gefunden hatte, zeigten ihn entweder so oder, bei feierlichen Anlässen, im schwarzen Anzug. Falls er Jeans und Pullover besaß, trug er sie heimlich. Er war an die zwei Meter groß, grobknochig und schwerfällig. Seine einundsiebzig Jahre waren nicht spurlos an ihm vorübergegangen. Die hängenden Schultern, der schlurfende Gang und die Tränensäcke waren schon vorher im Ansatz erkennbar gewesen, seit dem Mord an seinem Sohn aber deutlich ausgeprägter. Elisabeth Reimer, zehn Jahre jünger als ihr Mann, trug ein schwarzes Kostüm. Ihre Haare waren zu einer kunstvollen Frisur hochgesteckt, Perlenkette und Ohrringe waren aufeinander abgestimmt. Sie war nicht geschminkt, ihre Augen waren gerötet.

Beide gaben reihum die Hand, sein Händedruck war fest, ihrer so flüchtig, dass er den Widerwillen gegen unser Eindringen nochmals deutlich betonte. Reimer ließ sich schwerfällig in den imposanten Ledersessel neben dem Kamin sinken und bot uns mit müder Geste Platz auf dem Sofa und im Sessel an, während seine Frau einen Stuhl mit gerader Lehne heranzog, auf dem sie uns alle überragte.

»Entschuldigen Sie, dass wir Sie haben warten lassen.« Seine Stimme war so tief, wie ich angesichts der Körpergröße erwartet hatte, aber kraftlos.

Sie hatte bisher noch keinen Ton gesagt.

Obwohl ich schon viel mit Opfern von Gewaltverbrechen zu tun hatte, war ich immer wieder erstaunt, wie unterschiedlich die spontanen Reaktionen auf ein solches Ereignis waren. Manche Menschen brachen von einem Moment zum anderen völlig zusammen und waren nicht einmal mehr imstande, aufzustehen und einen Schluck Wasser zu trinken. Andere standen eine Zeitlang unter Schock, waren aber noch in der Lage, ihren Alltag zu bewältigen. Die wenigsten aber taten so, als sei das Gewaltverbrechen etwas Lästiges, das die Tagesordnung störte und deshalb schnell bearbeitet, geregelt und beiseitegelegt werden musste.

Genau diesen Eindruck vermittelte Elisabeth Reimer. Sie saß reglos auf dem Stuhl und sah Schellenberg an. Bulut und mich würdigte sie nach der flüchtigen Begrüßung keines Blickes mehr. Ich vermutete, dass sie sich in der Phase befand, in der sie sich des erlittenen Kontrollverlusts bewusst wurde. Vielleicht realisierte sie sogar, dass ihrem Sohn ein grässliches Unrecht angetan worden war. Aber dass er tot war, endgültig und unwiederbringlich aus ihrem Leben geschieden, das hatte Elisabeth Reimer noch nicht verinnerlicht.

Schellenberg klappte das Notizbuch auf, das er vor sich auf den niedrigen Tisch gelegt hatte, nahm den Kugelschreiber und blickte die beiden Reimers nacheinander ernst an. »Wir werden uns bemühen, die Sache kurz zu halten.« Seine Stimme war, soweit ich das nach unserer kurzen Bekanntschaft beurteilen konnte, neutral. Jedenfalls konnte ich kein Mitleid heraushören. Es wäre in dieser unterkühlten Gesellschaft ohnehin unpassend gewesen.

Henning Reimer nickte, zupfte sich die Manschetten seines Hemdes aus den Jackettärmeln und lehnte sich zurück. Seine Frau ließ nicht erkennen, ob sie Schellenberg überhaupt gehört hatte.

»Haben Sie eine Vorstellung, wer einen Grund haben könnte, Ihren Sohn zu töten?«, kam Schellenberg schließlich zur Sache.

»Nein«, sagte Frau Reimer.

Schellenberg wandte sich ihr zu. »Es würde uns sehr helfen, wenn Sie sich die Zeit nähmen, über diese Frage ernsthaft nachzudenken.«

»Das habe ich bereits getan.« Der Tonfall ihrer Antwort ließ keinen Zweifel daran, dass sie allein die Unterstellung eines Versäumnisses impertinent fand.

»Nun, irgendjemand war der Meinung, er hätte einen

Grund, Ihren Sohn zu töten«, gab Schellenberg freundlich zu bedenken.

»Diesen Jemand kenne ich nicht«, entgegnete Frau Reimer. »In unseren Kreisen ist diese Art der Konfliktlösung unüblich.«

Ich musste an mich halten. Überheblichkeiten dieser Art waren das Gift meiner Kindheit gewesen, an dem ich fast erstickt wäre. Noch dazu gab es gerade bei Gewaltverbrechen keinen Anlass zur Arroganz, denn gemordet wurde in jeder gesellschaftlichen Schicht. Warum also leugnete Elisabeth Reimer so hartnäckig, was doch offensichtlich war?

»Sie denken, dass ein Konflikt der Grund für den Mord an Ihrem Sohn war?«, fragte Schellenberg. Falls er von der kaltschnäuzigen Art der Dame des Hauses unangenehm berührt war, zeigte er es jedenfalls nicht.

»Ich habe Ihnen bereits gesagt, dass ich mir keinen Grund vorstellen kann.«

Elisabeth Reimer saß noch immer stocksteif da. Die schlanken, mit einem Ehering und einem Diamantreif geschmückten Hände lagen ineinander verschränkt im Schoß, die Finger vollkommen ruhig. Ihre Füße standen exakt nebeneinander auf dem Boden, als wären sie dort angeschraubt. Ihre Haltung wirkte auf mich so starr, als könne man sie von ihrem Stuhl heben und wegtragen, ohne dass sie die Spannung verlöre. Vielleicht stand sie unter dem Einfluss starker Medikamente, auch wenn sie dann vermutlich weniger präsent gewirkt hätte. Möglicherweise war es ihr eiserner Wille, der sie aufrechthielt.

Reimer senior hingegen schien kraftlos. Bei ihm war ich mir sicher, dass er das ganze Ausmaß des Schicksalsschlags, der seine Familie ereilt hatte, verstand.

»Könnten Sie uns Personen nennen, die Ihrem Sohn besonders nahe standen?«, fragte Schellenberg. »Seine engsten Freunde, Leute, mit denen er viel Zeit verbrachte, vielleicht auch ein paar Namen aus dem Karnevalsverein?«

»Natürlich«, sagte Elisabeth Reimer.

»Wie sieht es auf der geschäftlichen Seite aus?«, fuhr Schellenberg fort.

Reimer senior legte die Fingerspitzen aneinander und straffte die Schultern. Selbst dieser bemitleidenswert erfolglose Versuch, Haltung anzunehmen, schien ihn körperlich zu erschöpfen. »Es gibt in unserer Branche eine harte Konkurrenz, aber wohl niemanden, der meinen Sohn auf dem Weg zu seiner Trauung erschießen würde.«

»Ihr Sohn leitete das Unternehmen?«

Sicher kannte Schellenberg die Antwort. Da das Unternehmen ein wichtiger Arbeitgeber der Stadt und Hajo Reimer ein exzellenter Selbstdarsteller war, lieferte der Eintrag seines Namens in eine beliebige Suchmaschine eine Fülle von erstklassigen Ergebnissen.

Ich hatte diese Erfahrung selbst gemacht.

Zusätzlich hatte die Kripo vermutlich Zugriff auf alle möglichen Datenbanken, aber in diesem Bereich kannte ich mich nicht aus.

»Er war seit zwei Jahren Geschäftsführer und sollte in diesem Jahr auch alle Anteile übernehmen. Ich wollte mich vollkommen aus der Firma zurückziehen.« Ich hatte den Eindruck, dass Reimer ein verzweifeltes »Daraus wird jetzt wohl nichts« hinzufügen wollte, aber er tat es nicht.

Schellenberg hatte kaum zwei Sätze in sein Notizbuch geschrieben. Nicht verwunderlich, denn die Reimers waren verschlossen wie Austern.

»An der Stelle, an der der Schütze stand, wurde ein Zettel mit einer Notiz gefunden. Zwei, Doppelpunkt, Zwei. Sagt Ihnen das etwas? Haben Sie eine Idee, was damit gemeint sein könnte?«

Auch hier sprachen die verwirrten Gesichter Bände. Schellenberg bat das Ehepaar, ebenso wie zuvor Eva, diese Information geheim zu halten.

»Wann wird die Leiche meines Sohnes freigegeben?«, fragte Frau Reimer.

Schellenberg avisierte wenige Tage. »Wenn es sonst nichts gibt ...«, beendete er das Gespräch.

Er hinterließ seine Visitenkarte, erinnerte das Ehepaar an die Namensliste, die er gern so schnell wie möglich hätte, und erhob sich. Der Abschied war kurz und von Frau Reimers Seite ebenso frostig wie das ganze Gespräch. Ich atmete auf, als wir auf die Straße traten.

Einen Augenblick sah es so aus, als wollte Bulut etwas sagen, aber das Klingeln von Schellenbergs Handy kam ihr zuvor. Er meldete sich, hörte zu, dankte und beendete das Gespräch.

»Wir fahren zu Joachim Duisenberg, dem Vorsitzenden von Reimers Karnevalsverein«, erklärte er kurz angebunden und gab mir die Adresse. »Er hat sich bei Benny gemeldet und möchte eine Aussage machen.«

Wieder hätte ich eine Menge dafür gegeben, zu hören, was Bulut und Schellenberg während der Fahrt besprochen hatten, denn erneut brannte die Luft, als sie ausstiegen. Wann endlich zog Bulut Konsequenzen? Warum tat sie sich so schwer damit, die Soko zu verlassen? Weil sie an Schellenbergs Seite bleiben wollte? War da mehr im Spiel als kollegialer Respekt? Der Gedanke kam mir lächerlich vor, war es aber natürlich nicht. Es gab keinen Grund, warum eine schöne, erfolgreiche, extrovertierte Frau wie Bulut nicht ihren fünfzehn Jahre älteren Vorgesetzten lieben sollte. Das kam täglich überall auf der Welt vor. Warum also hatte ich nicht früher daran gedacht? Die Antwort war einfach: Bulut flirtete nicht. Sie klimperte nicht mit den Augen, suchte keine körperliche Nähe und machte keine neckischen Bemerkungen.

Das musste allerdings nichts heißen. Die Tatsache, dass sie – offensichtlich widerwillig – immer noch Teil der Soko war, bedeutete mehr als ein koketter Augenaufschlag. Vielleicht empfand sie mich als Konkurrenz? Diese Fragen beschäftigten mich, während wir durch das Gartentor traten und an geometrischen Kiesschüttungen vorbei auf die Haustür zugingen, die geöffnet wurde, bevor wir sie erreicht hatten. Der Hausherr konnte es offenbar kaum erwarten, jemanden eines Mordes zu bezichtigen.

»Ich weiß nicht, ob es richtig ist, die Sache anzusprechen.« Duisenberg war ein großer, schmaler Mann, der einen sportlichen Eindruck machte. Ich schätzte ihn auf Mitte vierzig, konnte aber auch weit danebenliegen, denn Männer ohne Haare wirkten auf mich irgendwie alterslos. »Deshalb habe ich auch gestern in der Kirche nichts gesagt, weil ich nicht weiß, ob es überhaupt relevant ist. Aber dann habe ich mir gedacht, dass Sie das am besten selbst entscheiden. Es ist ja nicht so, dass ich ihn verdächtige, aber vielleicht sollten Sie es einfach wissen.«

Nervös erhob er sich, wir blieben in den modernen Sesseln sitzen, die mit mehreren winzigen Glastischchen zu einer Sitzlandschaft zusammengestellt waren. Mein Blick fiel durch die Glasschiebetüren in den Garten, der so gepflegt war, dass er schon fast künstlich wirkte. Kurzer Rasen ohne jegliches Unkraut, Buchsbäume in perfekten Formen und ein rechteckiger Teich wirkten wie die perfekte Nachbildung einer natürlichen Szenerie.

»Wir verurteilen niemanden, nur weil sein Name einmal genannt wird«, erwiderte Schellenberg ruhig. »Aber es ist wichtig, dass wir das Umfeld des Opfers und seine Beziehungen kennen, um uns ein Bild zu machen. Deshalb sind wir sehr dankbar, dass Sie uns helfen wollen, Hajo Reimers Welt besser kennenzulernen.«

Ich bewunderte Schellenbergs Talent, in jeder Situation die richtigen Worte im richtigen Tonfall zu finden. Hier jedenfalls hatte er eindeutig sein Ziel erreicht, denn Duisenberg faltete seine lange Gestalt wieder in den Sessel und legte die Hände auf die Lehnen. Seine Fingernägel waren ebenso kurz gekaut wie meine.

»Es geht um Dieter und Betty Hauck. Dieter war Vorsitzender unseres Vereins, Betty seine Frau. Hajo hatte ein Verhältnis mit ihr.«

Duisenberg schaute uns erwartungsvoll an, aber weder Bulut noch Schellenberg reagierten.

»Ja, also, die hatten was miteinander«, fügte er unsicher hinzu. »Die beiden. Hajo und Betty.«

»Gut«, sagte Schellenberg. »Beziehungsweise nicht gut, richtig?«

»Aber hallo!« Duisenberg war, nachdem Schellenberg offenbar zumindest den Zusammenhang, wenn auch nicht die Tragweite kapiert hatte, wieder in seinem Element. »Der Dieter hat die Betty vergöttert. Und dann fängt sie was mit dem Hajo an. Kein Wunder, dass das in einer Katastrophe endet.«

»In welcher Katastrophe?«, fragte Bulut. Sie lehnte sich vor, was Duisenberg dazu veranlasste, sich noch tiefer in seinen Sessel zu drücken, obwohl Bulut sicher drei Meter entfernt saß.

»Das soll Ihnen der Dieter lieber selbst erzählen.«

Draußen checkte Schellenberg die Uhrzeit. »Wir müssen zur Besprechung. Dieter Hauck heben wir uns für später auf. Ich fahre mit Frau Reich.« Er drückte Bulut seinen Autoschlüssel in die Hand. »Sibel, du kennst die Regel: Knöllchen zahlst du selbst.«

Die einzige Antwort war ein Schulterzucken.

»Da du ja schneller bist, kannst du in der Rechtsmedizin vorbeifahren und den Bericht abholen.«

»Ich bin doch nicht der Briefträger.«

»Und besorg bei der Gelegenheit bitte auch gleich noch ein paar Teilchen für das Meeting«, fuhr Schellenberg seelenruhig fort.

Wortlos stieg Bulut ein und röhrte davon. Schellenberg schüttelte den Kopf, während wir die wenigen Meter zu meinem Polo zurücklegten.

Ich freute mich, ein paar Worte mit Schellenberg allein reden zu können, wenngleich ich mich wunderte, dass er seine Kollegin derart provozierte. Eigentlich hatte ich erwartet, dass Schellenberg in jeder Situation deeskalierend handeln würde. Aber vielleicht hatte er einfach beschlossen, die Spannungen zwischen Bulut und mir zu ignorieren.

Während ich den Wagen aus der engen Parklücke herauskurbelte, bemerkte ich, dass Schellenberg das gesamte Innere meines Kleinwagens aufmerksam musterte. Ich wusste, was er mit seiner Beobachtung bezweckte, weil ich selbst mich in Autos anderer genauso verhielt. Autos sagen viel über ihre Besitzer aus.

Mein Auto war sauber. Niemals ließ ich Müll herumliegen, auch keine Jacken, Schirme, Kekse oder sonstigen Kram. Erstens, weil herumliegende Dinge im Auto die Wahrscheinlichkeit eines Einbruchs erhöhen. Zweitens, weil herumliegende Dinge im Auto etwas über den Besitzer aussagen. Mochte Schellenberg sich nun denken, dass ich entweder ein Kontrollfreak war oder etwas zu verbergen hatte, ich sprach das Thema nicht an. Er auch nicht. Aber sicher hatte er sich eine Meinung gebildet.

»Warum haben Sie Ihre Kollegin so verärgert?«

»Ich lasse mich von den Befindlichkeiten meiner Kollegin nicht davon abhalten, meinen Job zu machen.«

War er ignorant oder klug? Würde Buluts Aggression ins Leere laufen wie die Brandung an einem langsam ansteigenden Sandstrand, während Wasser, das gegen eine Klippe toste, zerstörerische Macht besaß?

»Sie machen Ihren Job, indem Sie mit mir fahren?«, erwiderte ich. »Ich bin nur Zuschauerin in dieser Ermittlung.«

Schellenberg lächelte. »Sie sind eine Koryphäe in der Frage, wie Opfer von Gewaltverbrechen mit diesem Erlebnis umgehen, richtig? Das war Schwerpunkt Ihres Psychologiestudiums und Thema Ihrer Abschlussarbeit. Sie haben als Therapeutin sowie als Ehrenamtliche im Kriseninterventionsteam Erfahrungen gesammelt und, seit Sie Journalistin sind, unzählige Artikel darüber verfasst. Gute Artikel, wenn ich mir die Bemerkung erlauben darf.«

Natürlich war mir klar gewesen, dass man meinen Werdegang durchleuchten würde, bevor ich die Genehmigung erhielt, an einer aktuellen Mordermittlung teilzunehmen, aber dass der leitende Ermittler meine Artikel gelesen hatte, erstaunte mich.

»Danke für die Blumen.«

»In unserem Job ist Empathie ein gefährliches Talent. Wir brauchen sie für die Ermittlung, denn ohne Empathie gibt es auch keine Intuition. Gleichzeitig kann Mitgefühl oder Mitleid eine starke Belastung sein, sie kann einen Ermittler lähmen, aushöhlen geradezu, so dass er seinen Fokus verliert und seine Kraft.«

Ich hätte ihn gerne gefragt, ob er von sich selbst sprach, befürchtete aber, damit die Atmosphäre der Vertrautheit zu zerstören, die plötzlich in dieser von der Außenwelt abgeschnittenen Blechblase entstanden war. Also ließ ich Schellenberg einfach fortfahren.

Er strich sich mit der rechten Hand übers Gesicht und schüttelte dann den Kopf. »Bei Elisabeth Reimer versagt meine Intuition, ihr Verhalten ist mir ein Rätsel. Sollte ich Mitleid mit ihr haben, weil sie nicht einmal trauern kann, oder soll ich sie beneiden, weil sie über einen Schutzmechanismus verfügt, der sie vor dem Schmerz über den Verlust ihres Sohnes schützt?«

Den gibt es nicht, hätte ich ihm sagen können. Es gibt keinen Schutz, der ewig hält. Irgendwann kommt die Erkenntnis, irgendwann kommt der Schmerz und je länger er unterdrückt wurde, desto tiefer schlägt er seine Zähne in dein Herz.

»Bemitleiden Sie sie«, sagte ich leise. »Die Wahrheit zu verleugnen und Trauer nicht zuzulassen ist keine Lösung.«

»Was heißt das für unsere Ermittlung? Werden wir von ihr jemals mehr erfahren als diesen Quark, den sie sich da zusammenspinnt?«

Ich zwang mich zu einem Lächeln. »Sie glaubt an das, was sie sagt, frei nach dem Motto: Es kann nicht sein, was nicht sein darf.«

»Sie meinen, Frau Reimer redet sich eine heile Welt ein und verdrängt die Tatsache, dass ihr Sohn ermordet wurde?«

»Ja.«

»Und ihr Mann?«

»Ist Realist.«

»Was heißt das für unsere Ermittlung?«

»Er hat verstanden, dass es jemanden gibt, der seinen Sohn so sehr hasst, dass er ihn töten musste. Wenn er über ein Verdachtsmoment stolpert, kann er es vermutlich erkennen. Allerdings bleiben zwei Fragen, die ich nicht beantworten kann. Erstens: Hat er bereits einen Verdacht? Und falls ja: Würde er ihn uns mitteilen?«

Wir schwiegen eine Weile. Es fühlte sich gut an. Ich war diejenige, die das Schweigen brach. »Darf ich auch etwas fragen?«

»Natürlich.«

»Haben Sie letzte Nacht geschlafen?«

Er schwieg so lange, bis ich dachte, er werde die Frage nicht beantworten.

»Nicht viel«, sagte er schließlich leise. Fast so, als spräche er zu sich selbst. »Es wird schwieriger mit der Zeit, nicht besser. Als junger Polizist dachte ich noch, dass man sich nur erst an die Arbeit gewöhnen muss. Aber was heißt das schon? Wie soll man sich daran gewöhnen, dass dieselben Fehler immer und immer wieder gemacht werden?«

»Fehler?«, fragte ich überrascht.

»Natürlich«, sagte Schellenberg. »Die meisten Täter bereuen ihre Tat unmittelbar danach. Und selbst wenn der Täter nicht bereut, ist doch sein Leben auch zerstört.«

Ich hoffte, dass das Dröhnen meines Herzschlags nicht zu hören war und Schellenberg nicht auffiel, wie weiß meine Fingerknöchel am Lenkrad wurden. »Haben Sie Mitleid mit den Tätern?«, fragte ich.

»Würde es Sie schockieren, wenn es so wäre?«

»Ja«, sagte ich ehrlich.

»Die Antwort ist: Nein. Für Mord gibt es keine Entschuldigung.«

Erst wirkte er, als wollte er noch etwas hinzufügen, aber dann schwieg er doch. Ich drang nicht weiter in ihn.

Sonntag, 13. Mai,
14:00–22:00 Uhr

Einen Moment lang hatte ich mich gefragt, warum im Zeitalter der elektronischen Datenübertragung ein Obduktionsbericht abgeholt werden musste, aber als ich die Brücke betrat, verstand ich Schellenbergs Bitte. Dem Bericht beigefügt waren einige stark vergrößerte Fotografien von Reimers Leiche. Am Tatort, auf dem Edelstahltisch der Rechtsmedizin, bekleidet, unbekleidet. Dann mehrere Aufnahmen von der Schusswunde und einige Detailaufnahmen von der Obduktion. Die Fotos wurden an die Pinnwände gehängt und von Schellenberg und Benny ausgiebig betrachtet, während Bulut sich auf einen Stuhl warf, in eine Rosinenschnecke biss, einen großen Schluck Kaffee trank und so tat, als ginge sie die ganze Sache nichts an.

Schellenberg wandte sich an Bulut. »Was steht im Obduktionsbericht?«

»Später«, nuschelte sie mit vollem Mund.

Schellenberg zögerte einen winzigen Moment, bevor er sich an Benny Heitershausen wandte. »Was gibt es bei dir Neues?«

Benny stellte seine Kaffeetasse ab, schluckte hektisch ein großes Stück Puddingbrezel hinunter, rückte seine Brille zurecht, wobei er fettig-zuckrige Fingerabdrücke auf dem Glas hinterließ, und griff nach dem unordentlich zusammengeschobenen Stapel Papier, der vor ihm lag. Das oberste Blatt war voller handschriftlicher Notizen. Offenbar hatte Benny die diversen Berichte bereits durchgearbeitet.

»Der Ballistiker bestätigt den Standort des Schützen. Der Schuss kam vom oberen Stockwerk der Baustelle gegenüber, von dort, wo der Zettel gefunden wurde.« Er hielt seine Notizen in der linken Hand und schrieb die Fakten an die Tafel, während er weitersprach. »Die Spusi hat Schuhabdrücke. Einige sind viel versprechend, weil sie sich im Bereich der Abschussposition befinden und aufgrund ihrer Anordnung mit einiger Wahrscheinlichkeit dem Täter zugerechnet werden können. Trotzdem werden genauere Aussagen noch mindestens vierundzwanzig Stunden dauern.«

Schellenberg seufzte.

»Keine Patronenhülsen, kein Taschentuch, keine Spuren außer den Schuhabdrücken.«

»Tatwaffe?«

»Das Projektil ist ein Teilmantelgeschoss Kaliber sieben mal siebenundfünfzig. Gängige Jagdmunition. Am Geschossrest sind die Felder und Züge der Waffe erkennbar, aber wir haben für diese Waffe noch keine Daten im System.«

»Sonst noch etwas?«

Benny schüttelte den Kopf.

»Sibel, was sagt die Obduktion?«

Bulut griff betont gelangweilt nach dem Bericht und blätterte darin herum.

»Hajo Reimer starb an, puh, viel Latein. Kurz gesagt: Das Projektil hat seine Herzkammer zerfetzt.«

Heitershausen schrieb an der Wandtafel mit.

»Allerdings hat der Mörder Reimer vielleicht nicht um allzu viele Jahre betrogen.«

Schellenbergs Kopf fuhr herum. »Warum?«

Bulut genoss ihren Auftritt sichtlich und machte eine Kunstpause, bevor sie die Bombe platzen ließ. »Reimer war krank. Er hatte«, sie schaute auf den Bericht, »toxoplasmotische Zysten, eine auffallende Gewebeveränderung im Hirn und einen schlechten körperlichen Gesamtzustand. Da er von Geburt an nur eine Niere hatte, ist schon Bluthochdruck für ihn gefährlich.«

»Was bedeutet das für uns?«, fragte Schellenberg.

»Wir verlassen hier den schriftlichen Obduktionsbericht und begeben uns in die nebelverhangenen Niederungen der persönlichen Ansichten des Doktor Frankenzweig.«

Ich hörte Zweigs Spitznamen nicht zum ersten Mal, fand ihn aber unpassend. Sosehr mir das theatralische Gehabe des Rechtsmediziners in der Öffentlichkeit gegen den Strich ging, sosehr musste ich doch seine Professionalität bewundern. Außerdem behandelte er sowohl seine Patienten, wie er sie zu bezeichnen pflegte, als auch Angehörige mit Respekt und einem Feingefühl, das man ihm nicht zutraute, wenn man nur seine Auftritte vor Publikum kannte. Zumindest hatten mir das Menschen erzählt, die ihn in seiner professionellen Funktion notgedrungen kennengelernt hatten.

»Er ist sich ziemlich sicher, dass Reimer eine Autoimmunkrankheit hatte. Das kann alles Mögliche sein, im Zweifelsfall auch AIDS. Wenn du es genau wissen willst, musst du eine weitergehende Untersuchung beantragen – oder seinen Arzt oder Apotheker fragen.«

Schellenberg verzog keine Miene. »Wie lang hätte er noch gelebt?«

»Viele Jahre«, sagte Bulut. »Allerdings nicht so wie heute.

Die Krankheit selbst und die Nebenwirkungen der Medikamente hätten ihn mit der Zeit deutlich gezeichnet.«

»Wie hat er das bisher geheim gehalten?«, fragte Benny.

»Das ist eine gute Frage«, lobte Schellenberg. »Reimer wurde behandelt, also gab es Leute, die Bescheid wussten. Sein Arzt gehört dazu, der Apotheker, seine Frau …«

»Die es aber nicht für nötig befunden hat, uns darüber zu informieren«, warf Bulut ein.

Schellenberg dachte einen Moment mit gesenktem Kopf nach, dann richtete er sich zu voller Größe auf. »Benny, du besorgst alle Informationen über Hajo Reimer privat und sein Unternehmen. Ich will Finanzen, Immobilienbesitz, Lebensversicherung mit Begünstigtem, Anzeigen gegen Reimer oder welche, die er selbst erstattet hat, Strafzettel, das ganze Programm.«

Benny nickte, machte sich rasch eine Notiz, steckte Block und Stift in eine Mappe und verließ die Brücke.

»Du, Sibel, klärst, was er wirklich hatte. Finde seinen Arzt und sprich mit ihm. Lass dir Reimers Gesundheitszustand haarklein darlegen. Ich will nicht nur wissen, was die Krankheit für ihn bedeutete, sondern vor allem auch für seine Umwelt. War sie ansteckend? Und wenn ja: wie lange schon?«

»Ein Mann, der sich durch die Weltgeschichte vögelt wie Casanova auf Ecstasy und dabei die Pest verbreitet? Das hat uns gerade noch gefehlt«, murmelte Bulut.

Schellenberg schloss für einen winzigen Moment die Augen. »Frau Reich fährt mit dir.«

»Ich geh nur noch schnell aufs Klo, bevor ich die trauernde Witwe um die Kontaktdaten des Arztes bitte. Das darf ich allein, ja?« Bulut griff nach ihrer Jacke und schenkte mir ein zuckersüßes Lächeln, bevor sie den Raum verließ.

»Es kann sein, dass der Arzt in Ihrer Gegenwart nichts sagt«, warnte Schellenberg mich. »Die meisten Ärzte nehmen die Schweigepflicht zwar ernst, geben der Kripo in einem Mordfall aber durchaus brauchbare Informationen. In Anwesenheit der Presse allerdings …«

»Wenn der Arzt es wünscht, werde ich den Raum verlassen«, versprach ich, denn mir war vollkommen klar, dass Bulut mich in aller Deutlichkeit als Journalistin vorstellen würde. Da ich die Ergebnisse des Gesprächs bei der nächsten Lagebesprechung sowieso erfahren würde, machte ich mir um die Faktenlage keine Sorgen, zumal sie für meinen Artikel keine Rolle spielte. Bulut bei der Arbeit zu beobachten dagegen interessierte mich brennend.

Zehn Minuten später, nach einem Besuch auf der Damentoilette des Präsidiums und einem Blick auf den Parkplatz, auf dem eben noch Buluts Alfa Romeo gestanden hatte, war klar, dass ich ausgetrickst worden war. Schellenberg schaute auf, als ich auf die Brücke zurückkehrte und mich ihm gegenüber an den großen Tisch setzte.

»Sie hat Sie reingelegt«, sagte er.

Ich nickte. »Wie kommen Sie normalerweise mit ihr klar?«

Er überlegte einen Moment. Diese Ernsthaftigkeit, mit der er jede Antwort abwägte, war seine auffallendste Eigenart. Sie gefiel mir gut.

»Sie ist eine hervorragende Ermittlerin, weil sie beides kann: mit dem Kopf denken und mit dem Bauch. Ihre Intuition ist legendär. Außerdem ist sie eine Frau, was unseren Auftritt als Team für die Menschen weniger bedrohlich macht. Sie ist ein sehr starker Faktor in unserer Arbeit. Nur im Umgang manchmal etwas schwierig.«

»Sie selbst sind doch auch mit Herz und Hirn dabei«, warf ich ein.

Er verschränkte die Arme vor der Brust. »Ich muss mich um emotionale Distanz bemühen.«

Die Formulierung hatte er sich sicher nicht selbst ausgedacht. »Das klingt nach Psychologenlatein.«

Er nickte müde. Mir wurde klar, dass Schellenberg entweder schon ein Burn-out hinter sich hatte oder die Sorge hegte, kurz davorzustehen. Er war deswegen in psychologischer Behandlung gewesen oder hatte zumindest ein paar Gespräche mit dem Polizeipsychologen geführt. Ich fühlte mich schuldig, weil ich ein zusätzlicher Stressfaktor in seinem Leben war, und verwarf die Idee, ihm von Buluts Verfolgung am Vorabend zu erzählen.

»Sie ignorieren Buluts Provokationen bewusst, nicht wahr?«, wechselte ich das Thema.

Schellenberg lächelte. »Wenn ich darauf einsteigen würde, käme ich den ganzen Tag zu nichts anderem mehr.«

»Wie kann sie mit ihrer Arbeit leben, wenn sie keine emotionale Distanz wahrt?«, fragte ich.

Er bedachte mich mit einem langen Blick, den ich nicht deuten konnte. »Und Sie?«

Wenig später saß ich neben Schellenberg in seinem Auto und wünschte, ich hätte eine Abhöreinrichtung dabei, die ich unter dem Sitz verstecken könnte. Ich war nicht als investigative Journalistin tätig und daher nicht geübt in solchen technischen Dingen, aber durch Kollegen ziemlich gut informiert. Gerade als Fotograf hatte Johannes gern Aufzeichnungsgeräte genutzt, da er für umfangreiche Reportagen neben den Bildern auch viele Informationen benötigte, aber nicht gleichzeitig fotografieren und schreiben konnte. Die schreibenden Kollegen ließen Aufnahmen mitlaufen, selbst wenn sie Notizen machten, um später den Wortlaut prüfen zu können. Und die investigativen Kollegen nutzten alles, was der Markt hergab, um an Informationen zu kommen, die niemand vor der Presse laut aussprechen würde. Ihre Mitschnitte waren tatsächlich oft illegal, während die anderen nur ihrem Gedächtnis auf die Sprünge halfen. Mir wurde bewusst, dass ich gerade ernsthaft erwog, die Kripo heimlich und gesetzeswidrig abzuhören. Einigermaßen bestürzt stellte ich fest, dass der Gedanke mich nicht schockierte.

Das Reihenhaus von Dieter Hauck, den wir aufgrund des Hinweises von Reimers Karnevalskollegen besuchten, war das mittlere von fünf Häusern. Alle waren verklinkert, jeweils die beiden äußeren hatten Blumenschmuck an den Fenstern und luden ihre Besucher mit einfallslosen, aber gepflegten Vorgärten ein, näher zu treten. In dem ganz rechts gelegenen Vorgarten hockten zwei Jugendliche auf einer kleinen Steinterrasse und bastelten an einem Mofa herum.

Das Haus in der Mitte war wie aus einer anderen Galaxie hierhergebeamt. Was nebenan die Vorgärten waren, war hier eine Fläche, für die der Begriff »verwildert« nicht annähernd ausreichte. Das Gras war lang gewachsen und umgeknickt. Es bildete faulende Matten, zwischen denen der Löwenzahn blühte. Die Zweige der wuchernden Sträucher griffen nach unseren Jacken. Und wirklich gruselig war der Sperrmüll, der offensichtlich aus einem der oberen Fenster geworfen worden war. Kommodenschubladen hatten ihren Inhalt über halb kahle Büsche verteilt. Büstenhalter und Slips, Socken,

T-Shirts und Nylonstrümpfe. Modeschmuck. Ein zerbrochener Spiegel, ein Hocker. Schuhe.

Da ich Schellenberg die wenigen Meter über den Plattenweg zur Haustür folgte, konnte ich sein Gesicht nicht sehen, aber er drehte den Kopf nach rechts und links und dachte sich sicherlich sein Teil.

»Lasst mich raten, Ihr seid die Bullen. Ich hatte euch schon gestern erwartet.«

Die Tür war geöffnet worden, bevor wir sie erreichten. Der Mann, der uns empfing, musste sich am Griff festhalten, um nicht umzufallen. Er lallte stark, war unrasiert, trug einen speckigen Jogginganzug voller Flecken auf der Brust und versuchte, aus stark geröteten Augen geradeaus zu blicken, was ihm immer nur für Momente gelang.

»Ich habe ihn nicht umgebracht, aber ich bin dem dankbar, der's getan hat.«

»Dürfen wir trotzdem reinkommen?«, fragte Schellenberg.

Ich wünschte, Hauck hätte Nein gesagt. Das Haus war in einem ebenso schlechten Zustand wie er selbst. Im Flur standen lehmverkrustete Stiefel, Dreck knirschte unter unseren Schuhen. Das Wohnzimmer war übersät mit leeren Flaschen, leeren Chipstüten, Pizzakartons und ähnlichem Müll, es stank nach Schweiß und Erbrochenem. Hauck fegte zwei Sessel frei, landete aber, weil er zu viel Schwung genommen hatte, auf allen Vieren. Kopfschüttelnd zog er sich auf das Sofa, das, der Decke nach zu urteilen, auch sein Schlafplatz war, und stierte uns mit glasigem Blick an.

»Herr Hauck, Sie wissen, das Hajo Reimer tot ist?«, begann Schellenberg. Er hatte, ebenso wie ich, den Sessel gründlich inspiziert, bevor er sich niedergelassen hatte.

»Dem Schützen gebührt der Friedensnobelpreis«, antwortete Hauck, wobei er mehrfach ansetzen musste, um das Wort einigermaßen korrekt auszusprechen.

»Was haben Sie gestern gemacht?«, fragte Schellenberg.

Hauck stieß seltsame Geräusche aus, die ich erst nach einigen Sekunden als Lachen erkannte. »Was ich seit dem zwölften Dezember mache: saufen.«

»Was war am zwölften Dezember?«, fragte Schellenberg.

»Die Sache mit dem Erkältungssaft.«

Fast hätte ich gelacht, so lächerlich klang der Satz in dieser Umgebung, aber Hauck wirkte todernst. Mit viel Mühe bekam Schellenberg heraus, dass Betty Hauck erkältet gewesen war und einen frei verkäuflichen Saft aus der Apotheke genommen hatte, der ihr ruhige Nächte bescherte, nicht zuletzt aufgrund der Mischung von Schlafmitteln und Hustenstillern, die die Hauptbestandteile des Arzneitranks ausmachten. Am zwölften Dezember trank sie eine halbe Flasche, um ihren Kummer zu verschlafen. Seitdem litt sie unter Halluzinationen und Wahnvorstellungen und befand sich in psychiatrischer Behandlung. Schellenberg runzelte ungläubig die Stirn, aber ich kannte die Gefahr, die von Dextrometorphan und anderen Inhaltsstoffen der frei verkäuflichen Arznei ausging, nur zu gut von früheren Patienten. Leider waren die Mittel, trotz der bekannten Nebenwirkungen, weiterhin auf dem Markt.

»Möchten Sie wissen, welchen Kummer sie verschlafen wollte?«, fragte Hauck.

Obwohl die Frage rhetorisch war, nickte Schellenberg.

»Der Grund heißt Hajo Reimer.« Hauck hustetet und spuckte einen Schleimbatzen aus, der auf der Lehne meines Sessels landete. Ich zuckte zurück, aber Hauck bemerkte es gar nicht. »Reimer hat letztes Jahr im Karneval eine Affäre mit ihr begonnen. Als er genug von ihr hatte, hat er sie abserviert. Aber Betty war ihm regelrecht verfallen und glaubte, dass es noch mal was mit ihnen wird. Als sie erfuhr, dass er heiratet, ist ihre Welt zusammengebrochen.«

»Und Sie wussten die ganze Zeit, dass Ihre Frau eine Affäre mit Hajo Reimer hatte?« Ich bewunderte Schellenberg, der die Frage vollkommen sachlich formulierte und auch im Tonfall keinerlei Wertung durchblicken ließ.

Hauck schluckte. »Ich hab's erst gemerkt, als er sie fallen ließ. Da war sie am Boden zerstört.«

»Aber Sie haben ihr verziehen.«

»Ich wollte, dass es wieder so wird wie früher.« Er wischte sich Rotz am Ärmel ab. »Ich habe meinen Job verloren und meine Freunde, weil die alle im Karnevalsverein sind und sich keiner gegen Reimer stellt. Nächste Woche ist der Zwangsräumungstermin, dann bin ich auch noch obdachlos.« Er starrte den verschmierten Ärmel an, fand ein bereits benutztes Taschentuch und schnäuzte sich. »Glauben Sie mir, wenn ich den Mut hätte, hätte ich Hajo umgebracht, aber nicht mit einer Kugel. Ich hätte ihm so lange Hustensaft eingetrichtert, bis er ein sabbernder Idiot geworden wäre. Und dann hätte ich gefilmt, wie er sich selbst bepisst, und das Filmchen ins Internet gestellt.«

Schellenberg saß noch zwei Minuten reglos auf dem Sessel und betrachtete Hauck, der jetzt so stark zitterte, dass ich glaubte, seine Knochen aneinanderschlagen zu hören. Dann stand er auf, berührte Haucks Schulter, wünschte ihm alles Gute und verließ das Haus. Ich konnte ihm gar nicht schnell genug folgen und holte draußen tief Luft. Sie schmeckte süß wie die Frühlingsluft nach einer regenreichen Nacht.

Natürlich hatte ich Schellenberg, nachdem ich ihn vor zwei Monaten kurz kennengelernt hatte, gegoogelt. Wenig überrascht hatte ich festgestellt, dass nur berufsbezogene Informationen zu finden waren, über seine Person selbst jedoch nichts im Netz stand. Typisch für einen Polizeibeamten. Jetzt drängte sich mir aber ein Gedanke auf, dem ich im Laufe meines Projekts früher oder später sowieso nachgehen müsste. »Ich möchte Ihnen gern eine persönliche Frage stellen. Sie brauchen natürlich nicht zu antworten, okay?«

Schellenberg überlegte einen Moment, bevor er nickte.

»Sind Sie verheiratet?«

»Verwitwet. Krebs.«

Schockiert stellte ich fest, dass ich diese Möglichkeit nie in Betracht gezogen hatte. Ewiges Junggesellendasein, Scheidung oder Fernbeziehung hätten mich nicht überrascht, aber auf einen Schicksalsschlag war ich nicht vorbereitet.

»Das tut mir sehr leid«, stammelte ich.

»Kein Klischee vom zynischen geschiedenen Bullen«, sagte Schellenberg leise.

»Hatte ich auch nicht unterstellt.« Verdammt, warum rechtfertigte ich mich?

»Ich habe unbezahlten Urlaub genommen, um wenigstens noch einige Zeit mit ihr zu verbringen. Die Rückkehr in den Dienst war schwer, aber Sie wissen, dass Arbeit hilft.«

»Auch diese Arbeit?«, fragte ich.

Er lächelte kaum merklich. »Sogar diese.« Lange Pause. »Es ist acht Jahre her.« Pause. »Am schlimmsten ist, dass niemand da ist. Einfach da, verstehen Sie? Ich habe eine sehr nette Schwester, die mir immer wieder sagt, dass ich jederzeit kommen kann. Zum Reden. Aber das ist nicht, was mir fehlt.«

Ich wusste so verdammt genau, was er meinte, dass ich nur nicken konnte.

»Mein Beruf schreckt Frauen ab – oder er zieht sie auf eine unheilvolle Weise magisch an. Das wiederum schreckt mich ab.« Wieder umspielte dieses melancholische Lächeln seine Mundwinkel. »Und es ist schwer, jemandem nahezukommen, wenn die Lieblingsbeschäftigung Schweigen ist.«

»Dafür sind Sie ganz schön eloquent«, entgegnete ich in einem, wie ich hoffte, leichten Tonfall.

»Die wichtigen Dinge kann man nicht erklären. Die kann nur jemand verstehen, der diese Erfahrung selbst gemacht hat.«

Ich spürte den überwältigenden Drang, ihn zu berühren, aber mir fehlte der Mut, und ich verfluchte mich dafür. Und dann war der Moment verstrichen. Den Rest der Fahrt legten wir schweigend zurück.

Ich hatte nicht bemerkt, dass wir schon wieder am Präsidium waren, bis Schellenberg abbog und den Wagen zügig und perfekt in eine schmale Parklücke setzte. Die Sonne stand tief und warf lange Schatten, daher war Benny erst zu sehen, als er aus dem Dunkel trat.

»Ihr habt sechs Minuten, dann beginnt die PK.«

»Wer hat die angesetzt?«

»Der Kriminaldirektor. Elisabeth Reimer hat den Vater der Braut öffentlich beschuldigt, ihren Sohn ermordet zu haben.«

Der Leitende Kriminaldirektor Watermann saß mit Schellenberg und einer Vertreterin der Pressestelle an einem Tisch, vor dem sich die Mikrofone mit ihren bunten Schaumstoffüberzügen drängelten. Die Stuhlreihen waren gut gefüllt, ich kannte etliche anwesende Kolleginnen und Kollegen. Auch, und das brachte meinen Herzschlag kurzzeitig aus dem Takt, Johannes war da. Er justierte kurz das Stativ, dann stand er reglos hinter seiner Kamera. Die Ruhe, die er ausstrahlte, hatte mich immer schon fasziniert. Er fummelte nicht am Gerät herum, trommelte nicht mit den Fingern, klopfte nicht mit den Füßen, kaute nicht Kaugummi, drehte sich keine Zigarette für später. Er stand einfach da und wartete. Bis er den Kopf wandte und mich entdeckte. Ein kurzes Nicken, dann ein Kreischen aus den Lautsprechern, das alle Gespräche im Raum verstummen ließ und sämtliche Aufmerksamkeit nach vorn lenkte. Ich schob die zitternden Hände tief in die Taschen meiner Jacke, ging ganz nach hinten, und lehnte mich, in größtmöglicher Entfernung von Johannes, Halt suchend gegen die Wand. Bulut stand an der Seite und beobachtete mich, während sie demonstrativ Kaugummi kaute. Hatte sie den Blickkontakt zwischen Johannes und mir bemerkt?

Kriminaldirektor Watermann eröffnete die Pressekonferenz und erklärte kurz und bündig, dass es im Fall des Mordes an Hajo Reimer noch keine Anklageerhebung gebe, auch wenn in der Öffentlichkeit – leider, wie er betonte – konkrete Anschuldigungen kursierten.

»Hat Dimitrios Theodoridis seinen Schwiegersohn erschossen?«, rief eine dunkelhaarige Journalistin mit Rastalocken und einem bunten Batikshirt aus einer der mittleren Reihen, nachdem sie ihren Namen und das Blatt, für das sie schrieb, genannt hatte. Ich kannte sie nicht persönlich, hatte aber schon von ihr gehört. Sie sei doof wie Brot, aber eine Granate im Bett, hatte Schmierblatt-Ulf behauptet, der gegenüber neuen Kolleginnen gern so tat, als habe er Kontakte in sämtliche Chefredaktionen der Republik und könne einer jeden den unsicheren Weg in eine Festanstellung dramatisch erleichtern. Auf diese Masche fielen wirklich nur die ganz Dummen herein, denn wenn Ulf Kontakte in Chefredaktionen seriöser Zeitungen hätte, würde er sie für sich selbst nutzen.

»Wir können zum jetzigen Zeitpunkt den Täter noch nicht benennen«, antwortete Schellenberg.

»Aber Sie ermitteln in diese Richtung? Was sagt er zu den Vorwürfen?«

»Wir gehen aktuell mehreren Spuren nach.«

»Stimmt es, dass der Vater der Braut ein religiöser Fanatiker ist?«

Schellenbergs Gesicht spiegelte eine Mischung aus Fassungslosigkeit und Gereiztheit.

»Jetzt halt mal die Luft an, schönes Kind, damit der nette Onkel von der Polizei uns endlich was Vernünftiges erzählen kann«, brummte eine Stimme von hinten.

Etliche Anwesende lachten leise.

Die Frau wirbelte herum. »Er sagt ja nichts! Hier wird doch nur gemauert!«

»Meine Damen, meine Herren …«, setzte die Pressesprecherin an.

Schellenberg unterbrach sie. »Wir gehen verschiedenen Spuren nach und nehmen auch Hinweise aus der Bevölkerung entgegen. Die Telefonnummer, unter der sich Zeugen melden können, finden Sie in Ihren Unterlagen. Sobald wir über neue Erkenntnisse verfügen, werden Sie darüber informiert. Danke sehr.« Er erhob sich, quetschte sich hinter dem Stuhl des Leitenden Kriminaldirektors vorbei und verließ das Podium.

In dem darauf folgenden Durcheinander von Journalisten, die aufsprangen, um noch schnell ein paar Fragen loszuwerden, und solchen, die ihren Kram packten und den Saal verließen, stand plötzlich Johannes vor mir.

»Komm mit«, sagte er.

Mit einem entschiedenen »Keine Zeit« wollte ich mich an ihm vorbeidrängen, aber meine Stimmbänder versagten ihren Dienst und meine Schritte besaßen keine Kraft.

»Das war keine Frage.«

Natürlich griff er nicht nach meinem Oberarm, dieser rabiaten Geste hätte es auch gar nicht bedurft. Johannes war Ursprung und Mittelpunkt eines Kraftfeldes, dem zu widerstehen nur wenigen Menschen gelang. Ich gehörte nicht dazu, schon gar nicht in meinem derzeitigen Zustand. Der letzte Eindruck, den ich aus dem Saal der Pressekonferenz mitnahm, waren Buluts dunkle Augen, die uns mit düsterem Blick folgten.

»Was tust du bei dieser Ermittlung?«, fragte Johannes, sobald wir unser Essen bestellt hatten. Das chinesische Restaurant in der Nähe des Doms bot eine Küche, die weit über das übliche Gemüse-und-Fleisch-in-Soße-Angebot hinausging. Es hatte eine Zeit gegeben, in der Johannes und ich uns durch die ausgefallensten Restaurants und Imbissbuden jeder Stadt probiert hatten, in der wir einen gemeinsamen Job ergattern konnten. Reisten wir getrennt, sprachen wir abends am Telefon über kulinarische Entdeckungen. Gespräche über die Arbeit, oft genug belastend bis zur Schmerzgrenze, vermieden wir so gut es ging.

Heute war es anders. Wir waren hier, um über die Arbeit zu sprechen. Meine Arbeit.

»Das geht dich nichts an.« Meine Stimme war leise, zitterte aber nicht, weil ich all meine Kraft darauf verwandte, genau das zu verhindern.

»Warum tust du dir das an?«, fragte er nach einer Weile, in der sich sein Blick wie eine warme Decke um mich geschmiegt hatte. Diese Zuneigung war gefährlicher als ein Vorwurf, daher nahm ich die Essstäbchen ins Visier, die zwischen uns lagen, und konzentrierte mich darauf, den Fehler in der Symmetrie zu finden. Sie sind niemals ganz symmetrisch.

»Deine Therapeutin hat dir geraten, dich von Opfern fernzuhalten.«

»Ich interessiere mich für die Ermittler, nicht für die Opfer.«

»Okay, dann muss ich deutlicher werden: Sie hat dir dringend empfohlen, ein Thema zu suchen, bei dem Verlust, Gewalt, Trauer oder Schmerz keine Rolle spielen. Hattet ihr nicht sogar gemeinsam eine Liste von Themen erstellt, die infrage kommen?« Auf seiner Stirn standen tiefe Sorgenfalten.

»Die sind nichts für mich.«

»Hast du es wenigstens versucht?«

Immer noch kein Vorwurf, nur Kummer. Ich räusperte mich. »Wer war denn deine Begleitung auf der Hochzeit? Seid ihr zusammen?«

»Nichts, was du tust, macht sie wieder lebendig«, fuhr Johannes unbeeindruckt fort. »Rike hätte nicht gewollt, dass du dich selbst so quälst.«

»Du hast sie kaum gekannt, kannst also nicht wissen, was sie gewollt hätte und was nicht.« Obwohl ich mich zu beherrschen versuchte, weil jedes Anzeichen von Kontrollverlust Johannes' Argumente stärkte, lag in meinem Tonfall ein

Hauch von Aggression, wie immer, wenn jemand anderes über Rike redete.

Sein Blick wurde umso weicher. »Sie hat einen Neuanfang gewagt.«

»Gewagt, ja. Und verloren!« Ich spie das Wort förmlich aus.

Johannes zuckte zurück. »Du hast dich verändert.«

Er hatte recht. Jahrzehntelang hatte ich das Wort Mitleid wörtlich genommen, hatte mit den Opfern gelitten. Es hatte mich als Psychologin überfordert, weshalb ich mich umorientiert und dem Journalismus zugewandt hatte. So wurde es etwas besser, weil niemand von mir Hilfe erwartete, die ich nicht geben konnte.

Nie hatte ich helfen können, Rike nicht und meinen Patienten vermutlich auch nicht. Wer wusste schon, ob die Seele sich wirklich jemals erholte? Vor allem, wenn die Täter präsent blieben. Wenn sie ihr Leben lebten, als wäre nie etwas geschehen. Vielleicht war das Ereignis, das ein Opfer zerstörte, für den Täter nur eine kleine Episode, eine Situation, die aus dem Ruder gelaufen war, die man lieber vergaß, weil die Erinnerung unangenehm oder peinlich war.

»Du solltest wirklich nicht das Elend der Welt auf deine Schultern nehmen«, sagte Johannes. »An deiner eigenen Geschichte hast du mehr als genug zu tragen.«

Aber genau das war es ja. Rike war ein Teil meiner Geschichte. Unsere Lebenswege hatten sich gekreuzt und miteinander verflochten. Untrennbar. Für immer. Johannes hatte das nie begriffen, weil er selbst stark war. Weil er eine Familie hatte, die ihn geborgen, getragen und gestärkt hatte. Menschen wie er konnten sich nicht vorstellen, wie es war, wenn all das fehlte. Und was es bedeutete, wenn man es dann plötzlich bekam. Und niemand, absolut niemand, der es nicht erlebt hatte, konnte ermessen, was es bedeutete, wenn man die Vertrautheit, die Zugehörigkeit, den Halt wieder verlor. Durch fremde Schuld. Für immer.

»Warum bist du noch in Köln?«, fragte ich und hoffte, dass meine Stimme meinen Unwillen über diese Tatsache nicht verriet.

»Wegen Eleni. Sie ist eine Cousine von Eva und wollte ihr noch ein paar Tage zur Seite stehen. Und ich stehe Eleni zur Seite. Wir werden im Herbst heiraten.«

Ich selbst hatte Johannes verlassen, aber in einem Winkel meines Herzens immer geglaubt, es gebe noch eine zweite Chance für uns. Vorbei. Der Schmerz durchströmte meinen Brustkorb wie flüssige Lava und troff in dicken Schlieren in den Magen. Nur mit äußerster Anstrengung blieb ich gerade sitzen, musste mich nicht übergeben, schaffte es sogar, weiter zu atmen. »Glückwunsch«, sagte ich und meinte es ehrlich.

»Bitte such dir ein anderes Thema, Ina. Schreib über Menschen, die der Welt gut tun. Ökoaktivisten, Friedensstifter, Nachbarschaftshelfer, Pflegeeltern. Du hast genug Zeit im Schatten verbracht, lass die Sonne in dein Leben. Du hilfst niemandem, wenn du selbst zugrunde gehst.«

Die Kellnerin brachte das Essen und enthob mich damit einer Antwort, die ohnehin unnötig gewesen wäre. Wollte ich seinem Rat folgen, würde ich es tun, ohne groß herumzureden. Aber wir wussten beide, dass es dazu nicht kommen würde. Ich starrte auf das appetitlich angerichtete bunte Gemüse, schob den Teller weg und verließ wortlos das Lokal, während sein leises »Pass auf dich auf, Ini« mir die Tränen in die Augen trieb.

Die Brücke war leer, als ich ankam, aber dass die Soko schon Feierabend hatte, konnte ich mir kaum vorstellen. Der Mord an Reimer war erst achtundzwanzig Stunden her und es gab so viele offene Fragen, dass sicher niemand zum ›Tatort‹-Schauen nach Hause gefahren war. Unentschlossen ließ ich meinen Blick über die Whiteboards schweifen. Warten oder gehen? Benny nahm mir mit seinem Auftauchen die Entscheidung ab.

»Oh, ich dachte, Sie wären nach Hause gegangen nach der Pressekonferenz.«

»Ich musste nur kurz etwas erledigen. Wie ist denn der aktuelle Stand?« Ich formulierte meine Frage absichtlich vage, um ihm die Wahl zu lassen, ob er über den Verbleib der Ermittler oder den Stand der Ermittlungen sprechen würde.

»Tja, also ...« Benny nahm seine Brille ab, säuberte sie mit einem Hemdenzipfel, und setzte sie wieder auf. Ich konnte sehen, dass er die Schlieren nur verteilt, nicht aber entfernt hatte. »Sibel und Rolf sind unterwegs, ich sammle Material über Hajo Reimer. Sonntags abends sind natürlich nur die Datenbanken abrufbar. Anrufe bei Behörden, die uns Auskunft erteilen können, müssen bis morgen früh warten.«

»Sind Sie schon lange in diesem Team?«

Benny stutzte, als müsse er erst überlegen, ob die Frage zum Ermittlungsgeschehen gehörte oder ein neues Thema anriss. Dann ließ er sich auf einen Stuhl fallen und streckte die Beine von sich.

»Etwa zwei Monate.«

»Wo waren Sie früher?«

»Dezernat ZA31. IT-Systemtechnik.« Er seufzte. »Ich habe erst Mathe und Informatik studiert, dann drei Jahre Polizeihochschule, ein Jahr Streife, drei Jahre Bereitschaft, um zum Schluss bei den Zentralen Aufgaben zu landen. Für das, was ich da gemacht habe, hätte ich mir die Polizeiausbildung sparen können.«

»Und wie kam der Wechsel zu den Gewaltdelikten zustande?«

»Der Krimi-DirK hat mich gefragt, ob ich die Mordkommission unterstützen will, und ich habe natürlich sofort zugesagt.«

Ich lächelte. Erstens gefiel mir die Kurzform Krimi-DirK für den Direktor der Direktion K, also Kriminalität, seit ich sie das erste Mal gehört hatte. Außerdem war es gut möglich, dass die persönliche Einladung an Benjamin Heitershausen in die Mordkommission mit meiner Aufgabe zusammenhing. In dem Gespräch mit dem Polizeipräsidenten über die Rahmenbedingungen meiner Berichterstattung hatte ich darauf hingewiesen, dass die Relevanz meines Artikels über die psychischen Auswirkungen der Ermittlertätigkeit proportional zur Anzahl unterschiedlicher Ermittlertypen steigen würde. Mit Schellenberg hatten wir einen alten Hasen, mit Bulut eine nicht mehr ganz unerfahrene Frau im Team. Ich freute mich aufrichtig, dass meine Empfehlung, auch einen Neuling, vielleicht sogar mit einem besonderen fachlichen Hintergrund, ins Team zu holen, offenbar auf so fruchtbaren Boden gefallen war.

»Und warum sind Sie überhaupt zur Polizei gegangen?«, fragte ich. »Als IT-Experte hätten Sie doch sicher in allen möglichen Branchen gute Jobaussichten gehabt. Und vermutlich anderswo auch deutlich mehr Geld verdient.«

Die entspannt ausgestreckten Gliedmaßen schnurrten zusammen wie Gummibänder. »Weiß nicht. Ich wollte immer schon zur Polizei.« Er blickte zur Uhr. »Sorry, ich muss sehen, ob die Auswertung noch läuft.« Mit diesen Worten eilte er aus dem Raum.

Inzwischen war es halb neun. Plötzlich und unerwartet konnte ich über einen freien Abend verfügen. Wo sollte ich hin, was sollte ich tun? Ich fuhr zu Herr Feldmann and Friends, dem angesagten Tempel der Event-Gastronomie, bei dem die Größe der Location, die Anonymität der Gäste, das Niveau der Preise und die Qualität des Essens eine gelungene Verbindung eingingen, wobei mir die Anonymität am wichtigsten war. Auch der Parkplatz wurde nicht videoüberwacht.

Drei Stunden später zog ich die Tür des Apartments hinter mir ins Schloss. Die Luft roch abgestanden und nach Müll. Reste von Pizza, Böreg und chinesischen Nudelgerichten standen auf dem kleinen Esstisch, dem winzigen Couchtisch und der mikroskopisch kleinen Arbeitsplatte in der Küchenzeile. Eine braune, fast schon flüssige Banane lag im Spülbecken, der Kühlschrank enthielt fünf Liter Orangensaft, direkt gepresst. Ich hatte mir einen lächerlich großen Vorrat angeschafft, um meinen verheerenden Vitaminhaushalt aufzupäppeln, trank aber schon seit einigen Tagen nichts mehr davon, da mein Magen völlig übersäuert war.

Die Schmutzwäsche bildete einen Berg rechts neben dem Sofa, der Stapel sauberer Wäsche auf der linken Seite hatte sich bedenklich verkleinert. Das nackte Bettgestell ohne Matratze lauerte am Rande meines Gesichtsfeldes, verschwand aber im Dunkeln, als ich die Deckenlampe ausschaltete. Im funzeligen Schein der Leuchte auf dem Esstisch schrumpfte der ohnehin nicht große Raum auf die Dimensionen einer

Blase zusammen, die mit ausgestreckten Armen fast zu umfassen war. Ich kannte jeden Zentimeter des Apartments, jedes Bild an der Wand, jeden Kratzer in den billigen Möbeln, jede lose Ecke der Tapete, jeden Riss im Deckenputz, jeden Sprung in den Badezimmerkacheln und die Kinderpflaster im Spiegelschrank, obwohl bis auf die Wäsche und meine Arbeitsmaterialien nichts in diesen vier Wänden mir gehörte. Das Einzige, was ich nicht kannte, war der Name des Goldfischs, den ich seit zehn Monaten am Leben hielt, anfangs, als ich nur tageweise hier war, mit Hilfe eines Futterautomaten. Seit ich Johannes und Hamburg endgültig verlassen hatte, gab ich ihm täglich sein Futter und wünschte ihm jedes Mal einen guten Appetit. Was würde aus ihm werden, wenn dieser Auftrag vorbei und meine Zeit in Köln zu Ende war? Ich stellte fest, dass die Futterdose nur noch einen winzigen Rest enthielt, und nahm mir vor, Nachschub zu kaufen. Dann ging ich ins Bad, duschte, putzte mir die Zähne, warf meine Schlafpille ein, die ich mit lauwarmem Wasser hinunterspülte, und legte mich auf die Couch.

Der Müll würde wieder einmal warten müssen.

Montag, 14. Mai, 07:00–11:00 Uhr

Mein Handy weckte mich früher als erwartet. Es dauerte einen Moment, bis ich begriff, dass es nicht der Ton der Weckfunktion war, sondern ein Anruf. Schellenberg.

»Wir haben eine Leiche in Aachen, die zu unserem Fall gehört. Wollen Sie mitkommen?«

»Natürlich!«

»Ich fahre sowieso bei Ihnen vorbei und kann Sie mitnehmen.«

Mir wurde heiß und schwindlig, als ich mir vorstellte, dass Schellenberg diese Adresse kannte, aber dann fiel mir ein, dass er sicher die Anschrift des Penthauses meinte, dessen Untermieterin ich offiziell war. »Ich komme zum Präsidium.«

Ob er sich in der kurzen Stille, die durch die Leitung brüllte, fragte, in wessen Bett ich wohl lag? »Wie schnell können Sie hier sein?«

Ich schüttelte den Kopf, der sich von der Schlaftablette noch ganz wattig anfühlte, fuhr mit der Zungenspitze über die pelzigen Zähne und kalkulierte zu den zehn Minuten Frischmachen zwanzig Minuten Fahrt. Letzten Endes war ich zwei Minuten vor der angekündigten Zeit da, obwohl ich unterwegs Kaffee, ein Croissant und Ulfs Schmierblatt gekauft hatte. Trotzdem machte Bulut ein Gesicht, als hätte ich sie eine halbe Stunde länger warten lassen als angekündigt.

Ich stieg aus meinem Wagen, kletterte freiwillig auf die Rückbank und überließ ihr den Beifahrersitz in Schellenbergs Porsche. Ich hatte sie lieber im Blick als im Nacken.

»Ich höre«, sagte Schellenberg, sobald wir den Parkplatz verlassen hatten.

»Ein bisher nicht identifizierter Mann wurde in der Nacht von Donnerstag auf Freitag in Aachen erschossen. Ein Schuss ins Herz, genau wie bei Reimer. Auch das Projektil ist dasselbe.« Bulut starrte auf einen Notizblock, der so klein war, dass er in ihre Jackentasche passte. Ihre Schrift war winzig, ich konnte über ihre Schulter kein einziges Wort entziffern. Zu ihrem expressiven Temperament hätte eine ausladende Handschrift gepasst, aber sie überraschte mich immer wieder.

»Spuren?«

»Der Tatort ist abgeräumt und freigegeben, immerhin ist es drei Tage her. Der Bericht der Spurensicherung aus Aachen ist unterwegs an Mister T, damit er ihn auf Übereinstimmungen prüfen kann.«

Mister T war, wenn ich das richtig verstanden hatte, der Spitzname von Hans Tjorvaldsen, dem Leiter der Spurensicherung. Ich hatte ihn noch nicht persönlich kennen gelernt.

Eine Weile herrschte Schweigen, bis ich beschloss, das Klischee der Nervensäge zu bestätigen.

»Was sagen Sie zu dieser Wendung der Dinge?«, fragte ich.

Bulut schwieg. Alles andere hätte mich überrascht.

»Vollkommen unerwartet«, sagte Schellenberg nachdenklich. »Wir hatten mehrere denkbare Motive für den Mord an Hajo Reimer, alle eher privat. Seine Promiskuität. Spannungen innerhalb der Familie. Und dann das: andere Stadt, andere Umstände, unbekanntes Opfer. Ich sehe bisher keine Verbindung zwischen den beiden Morden.«

»Ist das unbefriedigend?«, fragte ich.

Bulut schnaubte durch die Nase. »Da draußen läuft ein Mörder herum, der offenbar auf den Geschmack gekommen ist. Wir werden dafür bezahlt, dieses Arschloch zu finden. Und wenn wir deshalb unbefriedigt ins Bett gehen müssen, dann kümmert das den Steuerzahler einen Scheiß.«

Schellenberg ließ ihr die Tirade unwidersprochen durchgehen. Ich fragte mich, ob ihm die Ausdrucksweise seiner Kollegin egal war, ob er ihren Kommentar passend fand oder ob er zu wenig Kraft hatte, diesen Kampf auch noch auszufechten. Denn klar war, so viel Menschenkenntnis traute ich mir durchaus zu, dass Rolf Schellenberg von der Entwicklung der Dinge zutiefst verwirrt war.

Da niemand mehr Lust auf ein Gespräch hatte, nahm ich die Zeitung zur Hand. Ganz sicher wurde auch im *Kölner Stadtanzeiger* und in der *Kölnischen Rundschau* über den Mord an Reimer berichtet, aber von dort erwartete ich wenig Neues. Die in Kollegenkreisen nur unter dem Spottnamen Schmierblatt bekannte Tageszeitung *BrandAktuell*, kurz *BA*, hingegen trieb die Ermittler immer gern vor sich her. In der *BA* waren einige der Artikel erschienen, die den Polizeipräsidenten dazu bewogen hatten, den Schmähungen und Beleidigungen eine eigene Imagekampagne entgegenzusetzen. Je negativer die Berichterstattung der *BA* ausfiel, desto sicherer war also mein Job. Das aber war nicht der Grund für mein Interesse, vielmehr galt es Ulfs Talent, das Gras wachsen zu hören und Informanten aufzutreiben, die etwas zu sagen hatten. Und ich wurde nicht enttäuscht.

Reimer hatte Aids lautete die Schlagzeile. Der Artikel malte die Symptome der Erkrankung in den schillerndsten Farben aus. Ob überhaupt und wenn ja, welche davon Reimer schon hatte, ging im reißerischen Ton der Meldung unter. Als Quellenangaben dienten die üblichen nebulösen Formulierungen über Menschen aus dem direkten Umfeld des Opfers. Namentlich genannt wurde niemand. Darüber hinaus machte den besonderen Reiz des Artikels die mehr als deutliche Darstellung der Ansteckungsgefahr aus. In drastischen Formulierungen wurde Reimer als Gefahr für die Menschheit dargestellt, der im Karneval Krankheit statt Kamelle verteilt hätte. Die Ausführungen gipfelten in der Frage, wie viele seiner weiblichen Begleiterinnen er wohl angesteckt haben mochte und was das für die laufende Mordermittlung bedeuten könnte. Ich faltete die Zeitung wieder zusammen und hoffte, dass der Soko das Geschmiere entging.

Natürlich kam es anders.

Im Aachener Präsidium begrüßte uns ein mittelgroßer Mann von etwa sechzig Jahren. Was ihm an Haaren auf dem Kopf fehlte, war in Form eines Schnauzers umso üppiger zwischen Nase und Oberlippe vorhanden. Seine Augen waren klein und wach, die Nase grobporig und blau geädert. Er trug einen immensen Bauch vor sich her, unter dem der Gürtel keinen rechten Halt fand. Allein auf den paar Schritten, mit denen er auf uns zukam, zog er sich zweimal die Hose hoch. Ohne Erfolg.

»Deloop.« Er streckte Schellenberg die rechte Hand entgegen. Die Linke wanderte wieder zum Gürtel. »Lucien. Die Kollegen haben meinen Namen zu Lucy verballhornt, Sie können sich dem anschließen, wenn Sie wollen.«

Schellenberg lächelte kurz. »Danke, dass Sie uns informiert haben.« Er stellte Bulut und mich vor.

Deloops Händedruck war angenehm trocken, warm und fest. Im Gegensatz zu den meisten Männern ließ ihn Buluts Schönheit offenbar völlig kalt, jedenfalls zuckte er mit keiner Wimper, als er ihr nachlässig die Hand schüttelte.

Als er erfuhr, dass ich Journalistin war, zog Deloop die Augenbrauen hoch. Er gehe davon aus, scherzte er, dass nicht ich diejenige sei, die Reimer als Todesengel des Kölschen Karnevals bezeichnet habe. Obwohl seine Worte mich hätten verletzen müssen, taten sie es nicht, da der Tonfall flapsig und der Blick freundlich geblieben war. Schellenberg und Bulut sahen ihn fragend an. Als Antwort warf er ihnen ein Exemplar der *BA* zu.

»Ich glaube es ja nicht!« Bulut kochte vor Wut, nachdem sie den Artikel überflogen hatte. »Woher hat der Typ die Informationen?« Sie taxierte mich mit finsterem Blick.

»Ich kann es nicht verraten haben«, sagte ich ruhig. »Mir war diese Tatsache bis eben unbekannt.« Den Coup mit der Fahrt zum Arzt zu erwähnen, war unnötig. Ihrem Gesichtsausdruck nach zu urteilen ärgerte sie sich jetzt darüber, da er meine Unschuld bewies.

»Okay, das war zu erwarten«, sagte Schellenberg. »Irgendjemand redet immer, das lässt sich nicht vermeiden. Schade, dass es so schnell ging.« Er legte die Zeitung weg und wandte sich an Deloop. »Können wir uns den Tatort ansehen?«

Deloop kehrte zu seinem Schreibtisch zurück, griff nach einer dünnen Akte und seinem Schlüsselbund und entschuldigte sich dafür, uns nicht mitnehmen zu können, da sein

Auto keine Passagiersitze habe. Auf dem Parkplatz bestieg er einen verbeulten Toyota Kombi, der mit Kartons, Farbeimern und Tapetenrollen bis unters Dach vollgestopft war, und lotste uns quer durch die Stadt. Schellenberg hatte kein Problem, ihm zu folgen, denn Deloop fuhr sowohl auf der vierspurig ausgebauten Bundesstraße als auch auf dem Innenstadtring konstant dreißig. Bulut verlor mehr als einmal die Beherrschung.

Wir parkten ordnungswidrig auf einem Gehweg und folgten Deloop im Gänsemarsch.

»Wo sind wir hier?«, fragte Schellenberg.

»Salvatorberg, ein Teil des Lousbergs.« Deloop deutete über seine Schulter. »Da hinten ist das Drehrestaurant Belvedere, das ist ziemlich bekannt.«

Wenig später lotste Deloop uns an einer Kirchenmauer entlang. »Da lag er«, erläuterte er unnötigerweise. Die Umrissmarkierungen waren noch zu erkennen und in den groben Mauerfugen hatte das Blut Flecken hinterlassen.

»Ist das hier ein Treffpunkt für eine spezielle Personengruppe?«, fragte Schellenberg.

»Leider nein«, entgegnete Deloop. »Deshalb gab es auch keine Zeugen.«

Bulut blätterte inzwischen in der Akte, die Deloop ihr in die Hand gedrückt hatte. Sie reichte Schellenberg das Foto des Opfers. Er warf einen ausgiebigen Blick darauf und gab es ihr zurück.

»Von wo wurde geschossen?«, fragte Bulut.

»Momentan gehen wir davon aus, dass der Schütze dort hinten am anderen Ende der Lichtung stand.«

An dem Ort, den Deloop meinte, stand eine kleine Schutzhütte in Pilzform, um deren Stamm sich eine runde Sitzbank zog.

»Ein guter Schuss«, sagte Bulut.

»Nicht sehr schwierig«, entgegnete Deloop. »Wenn er sich auf die Bank gestellt hat, war er auf derselben Höhe wie das Opfer und konnte das Gewehr am Pfosten anlegen. Er hatte freies Sichtfeld, die Nacht war klar, wir hatten Vollmond. Jeder halbwegs ordentliche Schütze könnte unter diesen Umständen einen guten Schuss platzieren.«

»Die Kugel ging genau ins Herz?«, fragte Schellenberg.

»Korrekt«, antwortete Deloop. »Allerdings gibt es einen Unterschied zu Reimer: Bei unserem Opfer ging die Kugel durch, deshalb die Sauerei an der Mauer.«

»Trotzdem hat die Rechtsmedizin den Zusammenhang erkannt«, murmelte Schellenberg.

Ich wusste, dass die Rechtsmediziner in Köln auch für die Region Aachen zuständig waren. In diesem Fall war das offenbar ein großer Vorteil für die Ermittlungen. Wer weiß, wie lange es sonst gedauert hätte, bis die beiden Mordfälle miteinander in Verbindung gebracht worden wären. Es wunderte mich eher, warum es diesmal so lange gedauert hatte.

»Kaliber sieben mal siebenundfünfzig?«, fragte Schellenberg.

Deloop nickte. »Ob mit derselben Waffe geschossen wurde, wird noch untersucht.«

Bulut hatte die schmale Akte durchgeblättert. »Keine Augenzeugen, das sagten Sie ja schon, aber auch den Schuss hat niemand gehört?«

Deloop nickte erneut.

»Wer ist der Mann?«, fragte Schellenberg.

Deloop zuckte die Schultern.

»Bei der Polizei ist er nicht aktenkundig?«

»Nein.«

»Stricher? Dealer?«, sagte Bulut und ließ eine Kaugummiblase platzen.

»Weder Rechtsmedizin noch Spurensicherer haben entsprechende Hinweise gefunden.«

»Kein Handy, kein Portemonnaie, kein Fahrschein des öffentlichen Nahverkehrs, kein Notizzettel, kein Foto.« Bulut schlug mit der Hand auf die Seite der Akte. »Hat der Mörder ihm das alles abgenommen?«

»Wissen wir nicht.«

»Und nun?«, fragte Bulut, hörbar genervt von den unergiebigen Antworten des Aachener Kommissars.

Deloop fuhr sich mit der Hand über die Glatze. »Meine Kollegen klappern gerade die Behörden und Institutionen ab, also Jobcenter, Caritas, Diakonie. Wenn ihn auch dort niemand identifizieren kann, müssen wir an die Öffentlichkeit gehen.«

»Wie hat der Mörder ihn hier gefunden?«, murmelte Schellenberg.

»Hat er ihn denn gefunden?«, gab Deloop zurück. »Oder hierherbestellt?«

Einen Moment war es still, nur Bulut schlug die zusammengerollte Akte gedankenverloren in einem nervtötenden Rhythmus gegen ihr Bein.

»Wie gehen wir jetzt weiter vor?«, fragte Schellenberg in die Runde.

»Ihr habt meine Akte, ich bekomme eure«, sagte Deloop. »Jede weitere Information wird geteilt.«

Schellenberg streckte die Hand aus, Deloop schlug ein.

An unserem Wagen klemmte bereits ein Knöllchen, Deloops Auto wurde gerade zum Gegenstand einer Verwarnung. Die Politesse beachtete uns nicht, sondern schrieb eifrig weiter. Deloops Handy klingelte, er fischte es aus seiner Hosentasche und nahm den Anruf entgegen. Bulut riss das Knöllchen unter dem Scheibenwischer des Porsche hervor, drückte es Deloop in die freie Hand und nahm Schellenberg die Schlüssel ab.

Als wir schon davonfuhren, hielt Deloop uns noch einmal auf und forderte Bulut mit einer Geste auf, das Fenster herunterzudrehen.

»Die Spusi hat dort, wo der Schütze vermutlich stand, einen Mülleimer ausgeleert.« Deloop deutete in die Richtung. »Das Zeug wird gerade untersucht. Unter den üblichen Kippen, Gummis, Kaffeebechern und Schnapsflaschen ist ein kleiner Zettel mit einer seltsamen Notiz.«

»Zwei dividiert durch zwei?«, fragte Bulut.

Deloop stutzte, schüttelte dann den Kopf. »Eins dividiert durch drei. Oder anders ausgedrückt, wobei ich die Interpretation meines sportbegeisterten Kollegen wiedergebe: eins zu drei.«

»Scheiße!«

»Ein Countdown«, rief Bulut und hieb mit der Hand auf das Lenkrad. »Ein gottverdammter, beschissener Countdown! Der Aachener war das erste Opfer, blieben drei Lebende. Mit Reimer erreichen wir Gleichstand. Wer, zum Teufel, sind die beiden anderen?« Sie jagte den Wagen durch die Stadt, dass mir angst und bange wurde. Ich atmete auf, als wir endlich die Autobahn erreicht hatten.

Schellenberg schwieg.

»Was haben die beiden miteinander zu tun? Ein reiches Unternehmerarschloch, das sein HI-Virus durch die Welt gevögelt hat, und ein zigarettendünner Unbekannter.«

»Wir checken ihn genauso wie Deloop.« Es war das erste Mal seit fünfzehn Minuten, dass Schellenberg das Wort ergriff. »Vielleicht ist er in Köln mal aufgefallen.« Er öffnete die Akte, fotografierte das Foto und schickte die Datei an Benny.

»Gute Idee«, sagte Bulut, die sich wieder beruhigt hatte.

Schellenberg rief Benny an und erklärte ihm, was er brauchte.

»Wenn der Mörder in dieser Geschwindigkeit weitermacht, stirbt die Nummer zwei innerhalb der nächsten zwölf Stunden«, sagte Bulut genervt.

»Normalerweise ist das Verbrechen geschehen, wenn Sie gerufen werden«, bemerkte ich leise. »In diesem Fall wissen Sie, dass etwas geschehen wird, können es aber vermutlich nicht verhindern. Was ist schwerer zu ertragen?«

»Ach, fick dich«, bellte Bulut.

»Solange wir die Verbindung zwischen den Opfern nicht kennen, können wir nicht viel tun, um die beiden geplanten Morde zu verhindern«, sagte Schellenberg. »Und ja, das macht mich fertig.« Null Aggressivität, hundert Prozent Erschöpfung.

»Wir sollten das Bild des Aachener Opfers veröffentlichen und die Nachrichtenzettel mit dem Countdown auch. Wenn insgesamt vier Leute auf der Abschussliste des Mörders stehen, wird jemand den Zusammenhang erkennen. Im Idealfall kommt dieser Jemand als Zeuge zu uns.«

Schellenberg überlegte lang. »Nein. Wir behalten die Nachrichten für uns. Das ist Täterwissen.«

»Wir müssen die Leute warnen!«

»Das werden wir tun. Wir werden eine Meldung herausgeben, dass wir den Zusammenhang zwischen den beiden Opfern nicht kennen, und die Öffentlichkeit aufrufen, uns zu helfen.«

»Das reicht nicht, wir …«

Zu meinem großen Erstaunen fiel Schellenberg Bulut ins Wort. »Fürs Erste bleibt es bei der Geheimhaltung. Du fährst zu Eva Reimer und zeigst ihr das Bild des Aachener Opfers. Vielleicht kennt sie den Mann. Dann zu Reimers Eltern und zu den Karnevalskollegen. Und seine Mitarbeiter müssen wir auch befragen. Vorausgesetzt, die Besprechung bringt nichts Neues in dieser Hinsicht.«

»Alles klar.« Buluts Stimme klang gepresst. Ich vermutete, dass sie sich über das Chefgebaren ärgerte.

Schellenberg schaute auf die Uhr. »Und wir haben noch Zeit genug, um einen Abstecher in die Rechtsmedizin zu machen.«

»Wir bekommen Berichte«, maulte Bulut. »Reicht das nicht?«

»Nein«, sagte Schellenberg müde. »Dieses Mal nicht.«

Das Institut für Rechtsmedizin der Uni Köln lag am Melaten-Friedhof. Hier fanden regelmäßig Führungen statt. Die Grabstätten etlicher Berühmtheiten waren dabei ebenso beliebt wie außergewöhnliche Mausoleen und Statuen, deren künstlerischer Wert viele Besucher anzog. Aus beruflichen Gründen hatte ich mich einmal einer solchen Führung angeschlossen. Niemals wäre ich als Privatperson auf die Idee gekommen, über einen Friedhof zu wandeln. Dazu war mein Leben zu sehr von Verlusten geprägt.

Die Leichenhalle lag im Keller, der typische Geruch kam uns bereits durch die sich öffnende Fahrstuhltür entgegen. Meine Nase erinnerte sich an die unzähligen Abschiednahmen, die ich als Mitglied des Kriseninterventionsteams im Institut in Hamburg mit Angehörigen hinter mich gebracht hatte. Damals hatte meine Aufgabe darin bestanden, die Hinterbliebenen bestmöglich zu unterstützen. Einfach nur als Zuschauerin in einer solchen Umgebung zu sein, fühlte sich vollkommen anders an. Ohne Verantwortung für den Verlauf dieses Besuchs hätte ich mich entspannen können. Dennoch umklammerte ich die Träger meiner Umhängetasche, um das Zittern meiner Hände zu verbergen.

Dr. Zweig erwartete uns zwischen den Leichenaufbewahrungsfächern. Schellenberg stellte mich vor. Zweig, der eine gewisse Hektik ausgestrahlt hatte, wurde plötzlich ruhig, wandte sich mir zu und reichte mir die Hand.

»Ina Reich, die Jeanne d'Arc der Verbrechensopfer. Es ist mir eine Ehre.« Er hielt meine Hand weiter fest. »Ich bin ein großer Fan Ihrer Arbeit.«

Die Umgebung rückte innerhalb von Sekundenbruchteilen in den Hintergrund, verschwand in einem wabernden Nebel, der Zweig und mich umgab. War mir eben nur unwohl gewesen, so fühlte ich mich jetzt wie auf dem Weg zum Scheiterhaufen, seinem Vergleich sei Dank. Im Mittelpunkt einer Aufmerksamkeit, die ich nicht gewollt hatte und die Buluts Ärger und Schellenbergs Ungeduld vergrößern würde. Ich war diejenige, die unauffällig am Rand stehen sollte. Das war meine Rolle, das war mein sehnlichster Wunsch, aber Zweig riss mich ins Licht. Ich versuchte, ihm meine Hand zu entziehen. Erfolglos.

»Wir zwei«, fuhr Dr. Zweig fort, »wir arbeiten für die Opfer.«

»Wir auch.« Es war Buluts Stimme, die durch den wabernden Nebel an mein Ohr drang, und sie klang genervt, herablassend, schneidend.

»Nein.« Ich wünschte, Zweig ließe meine Hand los und hörte mit seinem Lobgesang auf, aber vergeblich. »Ihr arbeitet für die Gesellschaft, die nach Gerechtigkeit und Strafe schreit. Aber wir –« er legte seine linke Hand auf unsere ineinander verschränkten Hände. Ich spürte, wie meine Rechte schweißnass wurde. »Wir zwei richten unser Augenmerk auf das, was den Opfern angetan wurde. Was sie erlitten haben. Ich beschäftige mich mit den toten Opfern, Frau Reich mit den Lebenden. Ihre Arbeit ist deutlich schwieriger.«

Ich versuchte erneut, meine Hand aus seiner Umklammerung zu ziehen.

»Wir müssen die Empathie hochhalten, die in manchen Gesellschaftsschichten geradezu erdrutschartig erodiert. Wer nie die Perspektive der Opfer eingenommen hat, kann nicht ermessen, was eine Gewalttat bedeutet. Für den Einzelnen und für die Gesellschaft. Dieses Bewusstsein zu schaffen ist ein Verdienst, das man nicht hoch genug bewerten kann.«

Ich holte Luft, entzog ihm mit einem energischen Ruck meine Hand, murmelte einen Dank und trat einen Schritt zurück. In diesem Moment verzog sich der Nebel und ich nahm den Raum um mich herum in seinem grellen Licht, den blitzenden Oberflächen und dem dumpfen Geruch wahr. Zweig klatschte in die Hände, strich Bulut, deren Augen mordlüstern Funken sprühten, eine Haarsträhne aus dem Gesicht, drehte sich um und ging uns voraus in einen kurzen Flur.

Ich rätselte über die Bedeutung des vertrauten Umgangs zwischen dem Rechtsmediziner und der Kommissarin, und konnte mich nicht entscheiden, ob die Geste zärtlich oder herablassend gewirkt hatte. Wie auch immer die Beziehung der beiden aussah – ich hoffte sehr, dass Buluts Zorn durch seine Berührung gemildert wurde. Denn obwohl ich Zweig in keiner Weise ermutigt hatte, konnte ich mir vorstellen, dass allein die ausdrückliche Anerkennung meiner journalistischen Arbeit Bulut zur Weißglut brachte. Ich wusste, dass ich etwas unternehmen sollte, um sie zu beschwichtigen.

Nur wusste ich beim besten Willen nicht, was.

Im Obduktionssaal waren unter großen Tüchern zwei menschliche Umrisse auf nebeneinanderstehenden Edelstahltischen erkennbar. Zielstrebig und mit großen Schritten ging Zweig uns voraus, stellte sich zwischen die beiden Leichen und legte dann diejenige, die uns näher war, bis zum Bauchnabel frei. Ich konzentrierte meine Aufmerksamkeit noch einen Moment auf Dr. Zweig, seine grünen Wegwerfklamotten, die Haube und den Mundschutz. Von dem extrovertierten und immer etwas hochmütig wirkenden Mann, der am Samstag seine öffentlichkeitswirksame Show abgezogen hatte, war nichts zu sehen. Nur die Augen blickten wach und selbstsicher, vergewisserten sich, dass seine Zuhörer ihm ihre ungeteilte Aufmerksamkeit schenkten, und senkten sich dann auf die Leiche von Hajo Reimer. Ich folgte seinem Blick.

Hajo Reimer war kein Mensch mehr, wie noch am Samstag vor der Kirche, als Schellenberg mich zum Tatort hatte kommen lassen. Da schlossen ihn der Hochzeitsanzug und die Umgebung noch in die Welt der Lebenden ein, obgleich sein Herz nicht mehr schlug. Hier nun war das Reich toter Körper in menschlicher Form. Leere, seelenlose Hüllen aus kaltem Fleisch, spröden Knochen, zerfallendem Gewebe. Unvorstellbar, dass diese Ansammlung biologischer Zellen einmal geatmet hatte, gelacht, gelebt. Ich trat näher heran, ließ meinen Blick über die fahle Haut schweifen, das klebrige Haar, die dunklen Flecken dort, wo die Schwerkraft das Blut hingezogen hatte. Ich empfand nichts. Meine Schwäche von vorhin war wie weggeblasen, hier war kein Raum für Gefühle. Ich wusste, dass Bulut mich beobachtete, straffte die Schultern und überraschte sie mit einem direkten Blickkontakt. Dann wandte ich mich wieder dem Toten zu und versuchte, eine kriminalistische Perspektive einzunehmen.

Das auffallendste äußerliche Merkmal war natürlich der Y-förmige Schnitt, der den Rechtsmedizinern Zugang zu den Körperhöhlungen gab, die für eine Obduktion geöffnet wurden. Verhältnismäßig harmlos sah dagegen das Einschussloch aus. Dr. Zweig erklärte das Verhalten des Geschosses im Körper und die durch die Aufpilzung und Teilzerlegung hervorgerufene massive Zerstörung von Gewebe. Genauer gesagt: von Herzgewebe. Reimers Herz war förmlich zerrissen worden.

»Deshalb kann ich es Ihnen auch nicht auf dem Silbertablett präsentieren«, sagte Zweig bedauernd.

»Mich wundert, dass er eins hatte«, sagte Bulut. »Nach dem, was man über ihn hört, war er herzlos und schwanzgesteuert.«

»Das kann ich nicht beurteilen«, entgegnete Zweig lässig. »Ob Herz, Hirn oder Hoden das Kommando hatten, lässt sich *post mortem* nicht beurteilen.« Er warf Bulut einen kleinen, wie mir schien, zufriedenen Seitenblick zu, während er das Tuch wieder über Reimer legte, sich umwandte und den anderen Leichnam halb entblößte.

Nach dem großen, kräftigen, sonnenbankgebräunten Reimer wirkte dieser Mann besonders klein und schmächtig. Seine Haut war an Hals und Gesicht geringfügig gebräunt, was nur durch den Übergang auffiel, dessen Form in etwa einem T-Shirt-Ausschnitt entsprach. Der Körper war schneeweiß. An den Armen trug er wenige, einfache Tätowierungen im Tribal-Stil. Keine Namen, keine ausgefallenen Fantasy-Motive, nichts, was schnell und problemlos zu einer Identifizierung beitragen würde.

»Die Wunde ist ganz anders, weil wir einen Ausschuss haben. Auch hier ist das Projektil aufgepilzt, hat den Herzmuskel zerfetzt und die sofortige Bewegungsunfähigkeit verursacht, aber dann hat es den Körper verlassen und eine riesige Austrittswunde verursacht.«

»HIV?«, fragte Schellenberg.

»Nein.«

»Irgendein Hinweis darauf, dass die Männer sich kannten? Hat Reimer Tatoos?«

»Nein, im Gegenteil. Die beiden lebten in verschiedenen Welten. Allein beim Zahnstatus lächelt uns die Differenz eines sechsstelligen Eurobetrages entgegen.« Zweig zog dem Toten die Oberlippe zurück, so dass eine Zahnlücke im Oberkiefer sichtbar wurde. Der Zahn daneben war so dunkel, dass die graue Farbe der Amalgamfüllung kaum auffiel.

»Also nichts, was uns hilft, ihn zu identifizieren oder die beiden Morde miteinander in Verbindung zu bringen«, resümierte Schellenberg leise.

»Unsere Gefriertruhe für unbekannte Opfer ist übrigens belegt«, sagte Zweig. Sorgfältig zog er das Tuch über den

Körper und eilte Richtung Ausgang. »Findet heraus, wer er ist, damit seine Leute ihn begraben können. In meinem Institut ist kein Platz für ihn.«

Montag, 14. Mai,
11:00–16:00 Uhr

Die Brücke war mit sieben Leuten schon fast überfüllt, als ich wenig später dazukam. Bei der Ankunft im Präsidium war ich zur Toilette gestürzt, hatte mir minutenlang die Hände geschrubbt und dann eine Tablette eingeworfen. Das Zittern meiner Hände hatte kurz darauf nachgelassen.

Schellenberg nickte mir zu, als ich den Raum betrat und mich auf einen freien Platz an der Längsseite des Tisches setzte.

»Für diejenigen, die Ina Reich noch nicht kennen: Sie ist Journalistin und wird nach Abschluss dieses Falles eine anonymisierte Reportage über die psychologischen Aspekte der Ermittlungsarbeit schreiben. Dies ist der ausdrückliche Wunsch des Polizeipräsidenten und des Leitenden Kriminaldirektors. Sie ist nicht von der Tagespresse und hat eine Verschwiegenheitsverpflichtung für die Dauer der Ermittlungen unterzeichnet.«

Benny Heitershausen nickte mir kurz zu, die Frau im violetten Kostüm aus feinster Wolle und mit schon leicht angegrauter Kurzhaarfrisur, die neben ihm saß, betrachtete mich mit unverhohlenem Interesse.

»Wie ist diese Zusammenarbeit zustande gekommen?«, fragte sie.

Da niemand sonst eine Antwort geben konnte oder wollte, wandte ich mich ihr zu. »Der Polizeipräsident hat mir dieses Projekt angeboten.« Damit hatte ich zwar die Wahrheit gesagt, aber nicht die ganze Wahrheit. Ich selbst hatte einem Chefredakteur, der mich sehr schätzte, diesen Vorschlag unterbreitet, mit dem er dann zur Polizei gegangen war. Die Frau nickte dankend.

»Doktor Susanne Lauffen ist Fallanalytikerin«, erklärte Schellenberg mir. »Sie interessiert sich für die besonderen Umstände der Tat und verrät uns gleich, warum.«

Dr. Lauffen nickte mir zu.

»Hans Tjorvaldsen gibt uns einen Überblick über die Spurenlage.« Der hagere Typ unschätzbaren Alters am gegenüberliegenden Tischende hob die linke Hand zu einem lässigen Gruß. Er hätte auch Möbelschreiner oder Biobauer sein können.

»Rüdiger, Maik und Ingo sind der Soko als weitere Ermittler zugeteilt, worüber wir sehr froh sind. Sie werden gleich die Freunde und Karnevalskollegen von Reimer abklappern.« Die drei Männer im Alter zwischen vierzig und sechzig nickten mir zu.

»Kommen wir zur Fallanalyse.«

Dr. Lauffen nahm den Kugelschreiber aus dem Mund und blickte mich über ihre Lesebrille hinweg streng an. »Wissen Sie, was ein Fallanalytiker macht?«

Ich verneinte.

»Wir beschäftigen uns mit der Pflege der ViCLAS-Datenbank, einem Analysesystem zur Verknüpfung von Gewaltdelikten, das uns verrät, in welchen früheren Fällen zum Beispiel dieselbe Tatwaffe verwendet oder dieselbe DNA gefunden oder derselbe Modus Operandi angewandt wurde. Außerdem erstellen wir Bewegungsprofile, vergleichende Fallanalysen bei Seriendelikten und übernehmen neben der

Arbeit an akuten Fällen noch die Weiterbildung und Beratung anderer Dienststellen und Mitarbeiter.«

Ich schrieb mit, auch wenn mich der herablassende Tonfall nervte und mir das Gesagte nicht neu war. Natürlich hatte ich mich auf meine Arbeit in dieser Soko vorbereitet.

»Sie sind also hier, weil bei Reimer und dem Mann in Aachen dieselbe Munition und, falls man das daraus schließen kann, dieselbe Tatwaffe verwendet wurde?«, fragte ich.

»Und weil der Schuss aus großer Distanz und im Fall Reimer vor den Augen der Öffentlichkeit eine sehr ungewöhnliche Vorgehensweise ist. Und wegen der an den Tatorten hinterlassenen Nachrichten, die die Morde eindeutig miteinander in Verbindung bringen, mit dem Hinweis auf weitere Opfer den Druck auf die Ermittler erhöhen und das Interesse der Medien explosionsartig steigern dürften, sobald diese Information veröffentlicht wird. Außerdem war der Täter perfekt vorbereitet und hatte auch sein Verschwinden minutiös geplant. Nicht zuletzt bin ich hier, weil wir von zwei weiteren geplanten Morden ausgehen müssen. Wir müssen den Täter oder die Täterin fassen, bevor es weitere Opfer zu beklagen gibt.«

Schellenberg hob die Hand. »Lassen Sie uns der Einfachheit halber vom Täter sprechen, wir denken uns dann die weibliche Form dazu.«

Dr. Lauffen nahm die Lesebrille ab und legte sich beide Bügelenden an die Lippen. Einen Moment saß sie mit geschlossenen Augen da, dann wandte sie sich an Schellenberg. »Diese Vereinfachung widerstrebt mir, denn Sprache schafft Realität, das ist Ihnen sicher geläufig. Wenn wir also jetzt immer nur vom Täter sprechen, dann setzt sich in Ihrem Kopf das Bild eines Mannes fest ...«

»Wir sind Profis, genau wie Sie«, sagte Schellenberg leise.

Sie holte Luft, wie um zu widersprechen, nickte dann aber.

»Was sagen uns Ort und Zeit der Tat?«, fragte Schellenberg. »Also die Öffentlichkeit auf dem Weg zum Traualtar.«

»Das kommt darauf an, ob das Motiv sich auf Reimer oder auf Eva bezieht.«

»Auf Eva?«, fragte Benny.

»Wollte jemand Eva vor einer Ehe mit diesem Mann bewahren? Oder ging es darum, Reimer an seinem privaten Glück zu hindern?«

»Vielleicht war es schlicht die beste Möglichkeit zu wissen, wann er sich wo aufhält. Das Opfer auf dem Silbertablett«, wandte Bulut ein.

»Mit dieser Frage müssen Sie sich beschäftigen. Ich habe keine Ahnung, wie leicht es ist, an Reimer heranzukommen. Privat oder auf dem Weg zur Arbeit.«

Schellenberg machte sich eine Notiz.

»Ich halte es allerdings für unwahrscheinlich, dass praktische Überlegungen den Täter zu einer öffentlichen Hinrichtung gezwungen haben. Er wollte es so«, fuhr Dr. Lauffen fort.

»Warum?«, fragte Bulut. »Abgesehen vom Spaßfaktor.«

»Ob es einen Spaßfaktor gibt, weiß ich nicht.«

Dr. Lauffen klang vollkommen ernst. Ich fragte mich, ob sie grundsätzlich humorfrei war oder diese Haltung nur in ihrer Eigenschaft als Expertin in einer kriminalistischen Ermittlung einnahm. »Vielleicht. Die Leiche lag immerhin für die Öffentlichkeit gut sichtbar im Freien herum, man konnte die Arbeit der Kriminalpolizei beobachten, was im Normalfall nicht möglich ist. Ja, vielleicht kann man von einem Spaßfaktor sprechen.«

Benny sprang auf und notierte das Wort Spaßfaktor an der Tafel. Nach kurzem Zögern setzte er ein Fragezeichen dahinter.

»Aus welchem anderen Grund hat der Täter den Mord in der Öffentlichkeit begangen?«, fragte Schellenberg.

»Erstens: um Reimer zu beschämen«, erklärte Dr. Lauffen. »Schauen Sie nicht so überrascht! Wollen Sie als Leiche in der Öffentlichkeit herumliegen, während alle Welt zusieht, wie der Rechtsmediziner Ihr Fleisch beschaut?«

Die Formulierung traf mich wie ein Hieb in den Magen, weil sie so gar nicht zu Frau Dr. Lauffens sonstigem Auftreten passte. Aber sie hatte ihren Zweck erfüllt: Alle waren wieder aufmerksam. »Zweitens: um der Öffentlichkeit zu zeigen, dass Reimer den Tod verdient hat.«

»Das hat die Öffentlichkeit aber noch nicht kapiert«, sagte Bulut. »Bisher berichten die Medien sehr betroffen über den tragischen Tod des beliebten Unternehmers.« Sie warf mir einen vernichtenden Blick zu. »Alle bis auf die *BA*.«

Ich hatte keine Ahnung, warum sie mich so anklagend anstarrte, denn ich hatte nie für diese Zeitung geschrieben und würde es auch nie tun.

»Bisher ist das Motiv noch nicht bekannt«, entgegnete Dr. Lauffen. »Aber weil der Mord in aller Öffentlichkeit geschah, ist auch das öffentliche Interesse größer als sonst. Das heißt, dass auch das Motiv, sobald es bekannt ist, mehr Aufmerksamkeit erfährt. Und dieses Motiv wird Reimers Bild in der Öffentlichkeit massiv beschädigen, da bin ich ganz sicher.«

»Was ist denn nun mit den Botschaften, die uns der Täter hinterlassen hat?«, fragte Schellenberg.

Ich war froh, dass er die Frage endlich stellte, denn die bisherigen Erkenntnisse waren zwar sicherlich richtig, schienen mir aber für die Ermittlung nicht wirklich hilfreich.

Dr. Lauffen ließ sich allerdings nicht aus der gelehrten Ruhe bringen. »Reimer ist Teil einer Gruppe, die den Tod verdient hat. Suchen Sie den Zusammenhang zwischen ihm und dem Opfer aus Aachen, dann finden Sie auch den Täter.«

Schellenberg dankte und wandte sich an den Spurensicherer. »Hans, du bist dran.«

»Die Spurensicherung war eine mittlere bis schwere Katastrophe, um es gleich vorweg zu sagen.« Tjorvaldsen sprach mit einem kaum hörbaren Akzent, den ich, gemessen an der Radiowerbung eines bekannten Möbelhauses, für Schwedisch hielt. Vielleicht war es aber auch Niederländisch, in Sprachen war ich nie besonders gut gewesen. Seine Stimme jedenfalls hatte eine angenehme Tonlage und war unaufgeregt.

»Ist sie das nicht immer?«, fragte Bulut. »Vor allem, wenn du beteiligt bist?«

»Wenn du unbedingt mit deiner großen Klappe dabei sein willst, darfst du mir einen blasen«, erwiderte Tjorvaldsen freundlich.

Bulut ließ eine Kaugummiblase platzen und grinste.

»Das Problem ist in diesem Fall, dass der Ort, an dem das Opfer starb, von einer Herde panischer Hochzeitsgäste überrollt wurde, und der Ort, an dem der Mörder stand, eine Baustelle ist. Wir haben dort aus den Hunderten Schuhabdrücken sechsunddreißig verschiedene Sohlen identifiziert, die wir aktuell mit den Schuhen der Bauarbeiter vergleichen. Das ist nicht ganz leicht, weil die Anzahl der Arbeiter sich offensichtlich zwischen Freitag und heute halbiert hat.«

»Die Illegalen bleiben lieber zu Hause, wenn die Bullen Schuhsohlen katalogisieren«, murmelte Bulut.

»Ein Abdruck ist dabei, der uns besonders interessiert. Ein Männerschuh, Größe dreiundvierzig. Vom Sohlenprofil her könnte es ein Wander- oder Trekkingschuh sein. Der Abdruck findet sich erstens im Bereich des Abschusses und ist zweitens in dem noch nicht ganz trockenen Beton des obersten Treppenabsatzes hinterlassen worden. Möglicherweise vom Täter.«

»Warum soll gerade dieser Abdruck vom Täter stammen?«, fragte Bulut.

»Wir haben mit dem Hersteller des Betons gesprochen, der über Sommerbeton, Zuschlagstoffe, Luftfeuchtigkeitskoeffizienten und Abbindeverzögerung referiert hat, als wollten wir ein Ingenieurstudium absolvieren. Letzten Endes hat er uns soeben per Mail informiert, dass seiner Meinung nach der Abdruck am Samstag in der Zeit zwischen halb drei und halb vier entstanden sein muss.«

»Könnte trotzdem von jemand anderem sein«, sagte Bulut. »Einem besonders dreisten Hochzeitsfan, der einen guten Blick auf die Kirche haben wollte. Einem Paparazzo, der den besten Winkel für das geilste Foto suchte.«

»Oder einem Dieb«, ergänzte Tjorvaldsen. »Seit die Metallpreise in die Höhe schnellen, gibt es ständig Einbrüche auf Baustellen, bei denen Kupferrohre, Kabel und sonstige Wertstoffe geklaut werden.«

»Ziemlich unwahrscheinlich, wenn man die Häufung am Fenster in Betracht zieht«, sagte Schellenberg.

»Aber möglich«, sagte Bulut. »Vielleicht sind die beiden sich sogar begegnet, der Mörder und der Dieb.«

»Dann müsst ihr nur noch den Dieb finden und ihn davon überzeugen, dass er sich als Zeuge zur Verfügung stellt«, entgegnete Tjorvaldsen. »Wenn du ihn nett bittest, kommt er bestimmt.«

Bulut warf Tjorvaldsen eine Kusshand zu. Inzwischen war ich mir sicher, dass zwischen den beiden mal was gelaufen war. Entweder lief es immer noch oder sie hatten sich zumindest in aller Freundschaft getrennt.

»Was wissen wir über die Waffe und die Munition?«, fragte Schellenberg.

»Das Projektil ist ein Sieben-mal-siebenundfünfziger-Teilmantel. Der Klassiker. Ich würde schätzen, dass jeder deutsche Jäger diese Munition im Schrank hat. Die Geschossreste weisen die charakteristischen Züge auf, es war in beiden Fällen dieselbe Tatwaffe, die aber bisher leider nicht aktenkundig ist.«

»Und der Zettel mit der Botschaft?«

Tjorvaldsen rieb sich über seinen Dreitagebart. »Der Zettel ist spurentechnisch fast clean bis auf einen halben Fingerabdruck, den wir nicht im System haben.«

»Sonst nichts?« Schellenberg klang genervt.

»Absolut nichts. Normales Achtzig-Gramm-Kopierpapier. Wir lassen es weiter analysieren, um den Hersteller herauszufinden, aber ich bin wenig optimistisch, dass uns das weiterbringt. Die Botschaft wurde mit einem handelsüblichen Tintenstrahldrucker ausgedruckt, gleiches Problem. Die Details stehen im Bericht. Darüber hinaus keine Haare, keine DNA-Spuren. Kein Fett, kein Speichel, keine Wimper. Keine Fasern. Keine Spuren von Nikotin, kein After-Shave, kein Lufterfrischer, kein Weichspüler. Nichts.«

»Danke«, murmelte Schellenberg.

Tjorvaldsen hüstelte. »Okay, jetzt seid ihr dran.« Er schob

seinen Stuhl zurück und verließ, in alle Richtungen freundlich nickend, die Brücke.

Die Lücke, die er hinterließ, füllte sich mit Frust.

Schellenberg sah auf die Uhr. Sichtlich erschrocken klopfte er auf die Tischplatte. »Ich habe ein Statusmeeting mit dem Direktor und der Staatsanwaltschaft. In einer Stunde treffen wir uns wieder hier. Benny, Sibel, ich will, dass ihr rausgeht. Ihr braucht eine Pause.«

»Du auch«, erwiderte Bulut ungewohnt sanft.

»Die Besprechung dauert nicht lang, danach habe ich noch Pause genug.«

Ich packte meine Tasche und verließ eilig den Raum. Seit Samstag fragte ich mich, warum Sibel Bulut die Presse allgemein und mich als Journalistin so leidenschaftlich hasste, hatte aber im Internet keine Antwort gefunden. Diese Pause gab mir die Gelegenheit, im Zeitungsarchiv zu recherchieren. Und welche Zeitung konnte Menschen besser auf die Palme bringen als Ulfs Schmierblatt?

Mein Presseausweis brachte mich ins Archiv, wo ich weit zurückgehen und unzählige Fehlmeldungen prüfen und verwerfen musste, weil der Nachname Bulut offenbar das türkische Gegenstück zu Müller oder Schmitz war, aber dann fand ich den Grund für ihre Feindseligkeit: Nuri Bulut – Sibels großer Bruder. Offenbar ein Ausnahmesportler, im Sprint unschlagbar, mit vierzehn im Nachwuchskader der deutschen Olympiamannschaft und mit neunzehn qualifiziert für die Sommerspiele in Atlanta. Ein Vorzeigetürke mit glänzenden Zukunftsaussichten – bis ein Geschäftsinhaber ihn des Ladendiebstahls bezichtigte. Die Geschichte vom erfolgreichen Einwandererkind wurde abgelöst von der Story über den gefallenen Stern. Reporter belagerten das Trainingscamp und das Haus, in dem die Eltern und Geschwister wohnten. Der Trainer, der Verein und der Verband standen hinter Nuri, wiederholten gebetsmühlenartig die Gültigkeit der Unschuldsvermutung und garantierten, dass ihr Schützling die Teilnahme an den Olympischen Spielen nicht dazu nutzen werde, sich der deutschen Justiz zu entziehen. Wie alle Olympiateilnehmer verbrachte auch Nuri kurz vor der Reise ein Wochenende zu Hause. Die Sportler sollten Stress abbauen, sich einmal richtig erholen, bevor es über den großen Teich ging. Nur war Nuri keine Erholung vergönnt. Stattdessen lungerten die Journalisten vor dem Haus herum und versuchten, den Jugendlichen zu einer Aussage zu bewegen. Einer war dreist genug, sich Zutritt auf den Balkon der Familie zu verschaffen. Nuri flippte aus, warf den Fotoapparat aus dem achten Stockwerk auf die Straße hinunter und prügelte auf den Eindringling ein, bis seine kleine Schwester Sibel ihm einen Eimer Wasser über den Kopf schüttete. Der Journalist landete im Krankenhaus, Nuri im Knast.

Der Ladenbesitzer gab später an, sich geirrt zu haben, und beschuldigte stattdessen einen anderen Türken. Der wirkliche Täter wurde nie gefasst, aber Nuris Laufbahn war zerstört. Während der Skandal um Nuri Titelseiten gefüllt hatte, waren die Richtigstellungen winzige Einspalter mit wenigen Zeilen, weit unter der Wahrnehmungsgrenze. Ich gab seinen Namen in mehrere Suchmaschinen ein, fand aber keinen neueren Eintrag. Nuri Bulut war nicht in den sozialen Medien aktiv, fand sich in keinem Telefonbuch und wurde auch sonst nirgendwo erwähnt. Nach seinen Erfahrungen mit der zerstörerischen Macht der öffentlichen Meinung sicher kein Zufall.

Natürlich verstand ich Buluts Verbitterung, aber die Sache war Jahre her. Konnte ihr genereller Hass auf alle Medienleute wirklich noch daher rühren? Ja, das schon. Aber die Heftigkeit ihrer Abneigung und das Engagement, mit dem sie mich persönlich und sogar nachts verfolgte, mussten eine andere, eine aktuellere Ursache haben. Und diese Ursache wollte ich finden.

Auf dem Rückweg zum Präsidium aß ich im Auto eine Kleinigkeit. Ich hatte in der Auslage der Bäckerei einfach auf irgendetwas gezeigt, das sich als Zimtbrötchen mit Schokoladenstücken entpuppte. Freiwillig hätte ich es nicht gewählt, aber die Qualität der Ernährung war auf meiner Prioritätenliste weit nach hinten gerutscht. Der Kaffee war lauwarm, als ich endlich dazu kam, ihn zu trinken, und schmeckte verbrannt.

Obwohl ich mich beeilt hatte, kam ich zu spät. Die Besprechung hatte bereits wieder begonnen, wenn auch nur Bulut und Schellenberg anwesend waren. Bulut warf mir einen kühlen Blick zu. Sicher hatte sie gehofft, dass ich zwischenzeitlich von Außerirdischen entführt oder sonstwie gehindert worden wäre. Ich nickte ihr zu und setzte mich, um nicht unnötig zu stören, auf den Platz, der der Tür am nächsten war. Schellenberg fuhr mit seinem Bericht über das unerfreuliche Gespräch mit seinen Vorgesetzten fort. Die öffentlichen Anschuldigungen einer Angehörigen und das Fehlen einer heißen Spur verursachten extremes Unwohlsein auf allen Ebenen der Hierarchie.

»Die Staatsanwaltschaft erwartet heute Abend einen schriftlichen Bericht mit allen Aussagen von Reimers Freunden und Karnevalskollegen. Rüdiger, Maik und Ingo sind schon unterwegs und geben die Informationen direkt weiter, natürlich mit Kopie an uns. Außerdem …«

In diesem Moment erschien Benny, hektisch mit einem Zettel wedelnd, in der Tür. »Rolf, ich habe die Details des Vorfalls.« Er blickte auf und bemerkte offenbar erst jetzt, dass er Schellenberg ins Wort gefallen war. »Sorry, ich wollte dich nicht unterbrechen.«

»Für sachdienliche Informationen dürftest du mich sogar aus dem Schlaf reißen«, erwiderte Schellenberg mit einem bemühten Lächeln.

Benny lächelte kurz zurück und blickte beflissen auf seinen Zettel. »Reimers Auto wurde im vergangenen Dezember schwer beschädigt. Seine Frau hat Anzeige erstattet und diese am selben Tag wieder zurückgezogen. Da hatten wir den Täter aber schon ermittelt.«

»Da waren wir aber schneller, als die Polizei erlaubt.« Wieder lächelte Schellenberg.

Benny schob die Brille hoch und glättete den Zettel. »Reimers Auto stand auf einem Restaurantparkplatz. Während er mit seiner Frau und einigen Freunden dort den Abend verbrachte, schüttete jemand Säure über den Wagen. Frau Reimer, damals noch Theodoridis, erstattete am nächsten Morgen Anzeige. Wir hatten schlicht Glück, dass der Parkplatz von dem Nobelschuppen videoüberwacht war. Auf den Bändern war zu sehen, wie Reimer aus dem Restaurant kam, mit einem Mann stritt und wieder reinging. Der Mann hat dann die Säure über das Auto gekippt und ist weggefahren, wobei sein Kennzeichen von der Kamera erfasst wurde.«

»Reimer kannte den Angreifer?«, fragte Schellenberg verblüfft.

»Äh ja, so sieht es aus.« Wieder richtete Benny seine Brille.

»Am Abend desselben Tages, an dem seine Frau die Anzeige aufgegeben hat, kam Reimer auf die Wache mit einem Schreiben von ihr, mit dem sie die Anzeige zurückzog. Der Kollege ließ sich den Sachverhalt von Frau Reimer telefonisch bestätigen. Als Begründung, warum die Sache nicht weiter verfolgt werden sollte, sagte Hajo Reimer, er habe den Schuldigen zur Rede gestellt und sich mit ihm gütlich geeinigt.«

Schellenberg grübelte einige Sekunden mit gerunzelter Stirn, dann blickte er auf. »Benny, du machst mit deiner Recherche über Reimer weiter. Sibel, du findest alles über den Mann heraus, der die Säure auf Reimers Auto gekippt hat. Wir«, er blickte mich an, »fahren zu Reimers Witwe.«

Wieder umgab uns das Auto wie ein Schutzraum, in dem Dinge geschehen mochten, die nirgendwo sonst möglich wären. Zumindest empfand ich es so. Vermutlich deshalb wagte ich nach einigen schweigsamen Minuten einen Vorstoß.

»Erinnern Sie sich an die Erwartung von Frau Dr. Lauffen, dass wir viel Negatives über Hajo Reimer erfahren werden?«

Schellenberg lächelte. »Genau daran musste ich auch gerade denken.«

»Verraten Sie mir Details?«

Das Schweigen dauerte so lange, dass ich es schon als Ablehnung interpretierte, aber dann hob er doch an. »Früher hatte ich ein schlechtes Gewissen, wenn ich ein Opfer unsympathisch fand. Bis ein älterer Kollege mir sagte, dass unser Beruf darin besteht, Mörder zu fassen. Und zwar nicht, weil wir die Opfer mochten, sondern weil das Gesetz es verlangt. Das hat mir sehr geholfen, denn oft geschehen Verbrechen unter Verbrechern.«

»Verbrecher, die den Tod vielleicht sogar verdient hatten?«, fragte ich leise.

Schellenberg warf mir einen schnellen Seitenblick zu. »Würde Sie das schockieren?«

Ich verkniff mir das zynische Lachen, das aus meiner Mitte nach oben drängte. »Haben Sie mal ein minderjähriges Mädchen nach einer Gruppenvergewaltigung gesehen?«

Schellenbergs Knöchel traten weiß hervor, so stark umklammerte er das Lenkrad, aber er erwiderte nichts. Ich empfand das Schweigen nicht als trennend, sondern im Gegenteil als unausgesprochene Übereinstimmung in einer wesentlichen Sache: Manche Menschen hatten den Tod verdient. Ich war mir nur nicht sicher, ob Schellenbergs Meinung nach Reimer dazugehörte. Aber das würde ich noch herausfinden.

Montag, 14. Mai,
16:00–21:00 Uhr

»Dürfen wir hereinkommen?«

Eva Reimer war anzusehen, dass sie am liebsten verneint hätte. Stattdessen gab sie wortlos den Weg frei. Aus dem Wohnzimmer war das Gemurmel mehrerer Stimmen zu hören, aber seit unserem Besuch am Vortag hatte Eva in ihrem eigenen Haus immerhin wieder so viel Entscheidungsgewalt erlangt, dass sie selbst die Tür öffnete. In einer Situation, in der alle Lebenspläne über den Haufen geworfen wurden und die Ermittlungsbehörden einen großen Teil der Tagesstruktur bestimmten, verstärkten gutmeinende Angehörige die Hilflosigkeit des Hinterbliebenen oft dadurch, dass sie in seinem Leben die Regie übernahmen. Sie kochten, putzten, beantworteten das Telefon und trafen Entscheidungen über den Kopf des Betroffenen hinweg. Manche ergaben sich in diese Rolle, ließen über sich verfügen und fanden aus dem Gefühl des Ausgeliefertseins nie mehr heraus.

Eva Reimer würde das nicht passieren.

Zum ersten Mal fragte ich mich, ob Schellenberg sie für eine Verdächtige hielt, die einen Mörder engagiert hatte, um ihren Mann zu töten.

»Ich möchte gern über den Säureanschlag auf das Auto Ihres Mannes sprechen«, sagte Schellenberg.

Eva führte uns in die Küche, bot aber keinen Kaffee an.

»Bitte erzählen Sie, was damals passiert ist.«

Eva schloss die Augen und legte die Hände an die Schläfen. »Mein Mann wurde ermordet und Sie fragen nach dieser lächerlichen alten Sache?«

Ich hatte immer schon eine gute Kontrolle über meine Gesichtszüge, was mir auch als Psychologin meinen Patienten gegenüber sehr geholfen hat. Daher blieb meine Miene unbewegt, obwohl ich mich fühlte, als hätte Eva mir gerade eine Ohrfeige verpasst. Die Sache, die sie so lächerlich fand, war die mutwillige Beschädigung eines hundertzwanzigtausend Euro teuren Autos.

»Warum haben Sie uns den Vorfall verschwiegen?«

Sie wirkte ehrlich überrascht. »Glauben Sie etwa, dass das etwas mit dem Mord zu tun hat?«

»Warum haben Sie die Anzeige damals zurückgezogen?«

Eva zuckte die Schultern. »Hajo wollte es so. Er sagte, der Versicherungskram wäre genug Verwaltungstheater. Da die Aufklärungsquote solcher Schweinereien sowieso gegen null geht, machte es keinen Sinn, die Anzeige aufrechtzuerhalten.«

»Aufklärungsquote?« Schellenberg runzelte die Stirn. »Frau Reimer, wussten Sie nicht, dass Ihr Mann den Täter kannte?«

Wenn sie es gewusst hatte, war sie eine verdammt gute Schauspielerin.

»Der Typ, der die Säure auf Reimers Auto geschüttet hat, heißt Nico Sperburg, ist neununddreißig Jahre alt und Single. Arbeitet als, Moment, Ergotherapeut, was auch immer das ist. Seit Mittwoch letzter Woche ist er krankgeschrieben.«

Wir saßen im Porsche, Schellenberg benutzte die Freisprecheinrichtung, weshalb ich die Genugtuung in Buluts Stimme miterlebte.

»Was hat er denn?«, fragte Schellenberg.

»Mordlust?«, kam es aus dem Lautsprecher. »Mensch, Rolf, das weiß ich noch nicht. Der Datenschutz ist eine Seuche. Ich habe bei der Krankenkasse angefragt, aber die wollen tatsächlich einen richterlichen Beschluss, bevor sie mir den gelben Schein zeigen. Ich weiß nicht einmal, ob die AU von einem Allgemeinarzt, einem Orthopäden oder aus der Klapse kommt.«

»Verwandte? Bekannte?«

»Seine Eltern sind telefonisch nicht erreichbar. Er selbst auch nicht, das brauche ich nicht zu erwähnen, oder?«

Schellenberg schaute auf die Uhr und traf eine Entscheidung. »Wir treffen uns an seiner Wohnung.«

Die Adresse war ein Sechs-Parteien-Haus in Ehrenfeld. Nico Sperburg reagierte weder auf die Türklingel noch auf das Telefon. Der Anrufbeantworter klärte mit blecherner Stimme über die Nichterreichbarkeit des gewünschten Gesprächspartners auf. Bulut verlor als Erste die Geduld und klingelte an der Tür der Nachbarwohnung. Sie legte den Finger zum zweiten Mal auf den Knopf, als ein Geräusch an der Tür verriet, dass jemand da war. Bulut klopfte. Eine winzige Frau von höchstens einem Meter fünfzig öffnete die Tür gerade so weit, wie die vorgelegte Sicherheitskette es zuließ. Die Beleuchtung im Flur war schlecht und ich stand sicher zwei Meter entfernt, schätzte sie aber auf mindestens achtzig. Das Gesicht war runzlig wie ein Lagerapfel im Mai, die schlohweißen Haare modisch kurz geschnitten. Sie trug Fellpantoffeln, eine blickdichte Strumpfhose in Schweinchenrosa, einen grauen Wollrock und einen hellblauen Pullover, wie ich ihn von meiner Oma kannte. Aus den Achtzigern. Die Dame wirkte zwar wie aus der Zeit gefallen, aber weder ungepflegt noch tüdelig. Im Gegenteil, ihre blauen Augen musterten uns aufmerksam und interessiert. Ich hielt mich unauffällig im Hintergrund.

Bulut erklärte unser Anliegen, musste es aber lauter wiederholen. Als die Nachbarin endlich verstanden hatte, was wir von ihr wollten, ließ sie sich die Polizeiausweise zeigen, schloss die Tür, hakte die Kette aus und trat auf ihre Fußmatte. In die Wohnung ließ sie uns nicht.

»Den Herrn Sperburg habe ich schon einige Tage nicht mehr gesehen. Er hat mich aber auch nicht gebeten, die Post aus dem Briefkasten zu nehmen oder die Blumen zu gießen, also hatte er wohl nicht vor, zu verreisen.«

Sie erzählte Bulut bereitwillig von dem netten Mann, der ihr einmal in der Woche die schweren Sachen aus dem Supermarkt mitbrachte. Kartoffeln, Milch, Vitaminsaft und Obst im Glas, meist Schattenmorellen, die richtigen, alles andere schmecke nicht. Nein, trotzdem wisse sie nicht viel von ihm, er sei kein Mensch, der das Herz auf der Zunge trage, im Gegenteil, still sei er immer schon gewesen. In den letzten Monaten allerdings noch stiller. Seit seine Verlobte ihn verlassen habe.

»Kennen Sie ihren Namen?«, fragte Bulut.

Die Nachbarin überlegte einen Moment, schüttelte dann aber den Kopf. »Ich glaube, er hat ihn mir einmal genannt, aber ich könnte nicht sagen, ob es Sabine oder Simone war. Vielleicht auch Susanne?«

Nein, Sperburg und seine Verlobte hatten nicht zusammengewohnt, das Geld war knapp und bezahlbarer Wohnraum in Köln seltener als Wasser in der Wüste. Sie wollten an den Stadtrand, sobald sie etwas Geeignetes gefunden hatten, und blieben bis dahin in ihren jeweiligen Apartments wohnen. Beide winzig, zu klein für zwei, aber unschlagbar günstig.

»Würden Sie uns anrufen, wenn Herr Sperburg auftaucht?«, bat Schellenberg und überreichte ihr eine Karte. Noch während wir die Treppe hinunterstiegen, beauftragte er Benny, Sperburg ausführlich zu durchleuchten, und erhielt vom Aktenführer eine offenbar überraschende Information, die er nicht an uns weitergab.

Auf der Brücke begüßte Benny uns mit einem zerstreuten, aber freundlichen Lächeln, Bulut hängte ihre Lederjacke über die Stuhllehne und ließ sich auf den Stuhl fallen. Schellenberg kam kurz nach uns mit einer großen Kanne Kaffee und einer Tasse für mich herein. Wenn ich es richtig verstanden hatte, lief der Kaffeeservice unter dem Stichwort Besprechungs-Catering und kam aus der Kantine. Wenn das Essen dort ähnlich gruselig war wie der Kaffee, musste man sich ernsthafte Sorgen um die Diensttauglichkeit der Mitarbeiter machen. Das Gebräu war stark und schmeckte so verbrannt wie ein Stück Holzkohle.

»Wo sind die Kollegen?«, fragte Schellenberg. »Ich dachte, wir treffen uns hier?«

Ich spitzte die Ohren, denn nach dem Telefonat war Schellenberg in ein tiefes Schweigen versunken. Ich hatte keine Ahnung, wer oder was uns nun hier erwartete.

»Kommen in fünf Minuten«, sagte Benny nach einem Blick zur Uhr. Schellenberg verließ die Brücke.

Bulut gab sich nicht einmal Mühe, ihr Grinsen zu verbergen, während sie mich beim unentschlossenen Nippen an dem grässlichen Gebräu beobachtete. Sie schien vor lauter Ungeduld fast zu platzen. Vermutlich hatte sie auf dem Rückweg von Sperburgs Wohnung aus lauter Neugier bei Benny nachgefragt, welche Info er Schellenberg gegeben hatte, und dabei etwas für sie sehr Erfreuliches erfahren. Was auch immer es sein mochte, es war, wenn ich ihren Blick richtig deutete, für mich vermutlich eher unerfreulich. Der Moment, vor dem ich mich seit gestern gefürchtet hatte, schien gekommen. Ich kämpfte gegen meine Aufregung an. Dann griff ich nach meiner Tasche, umrundete den Tisch zur Hälfte und setzte mich mit dem Rücken zum Aktenschrank. Ich zog ein USB-Ladegerät aus der Tasche, steckte es in die Steckdose, die in der dunklen Ecke zwischen Aktenschrank und Fenster praktisch unsichtbar war, und schloss mein Handy zum Laden an.

Wenige Minuten später kehrte Schellenberg zurück. Kurz nach ihm betrat ein Mann den Raum, der auch als Model hätte arbeiten können, Typ moderner Abenteurer. Das Tüpfelchen auf dem i war der goldene Piratenohrring, der einzige sichtbare Schmuck. Alles andere war schwarz. Haare, Kleidung, Kinnbart.

»Schmitter. Ich muss Sie leider bitten, uns allein zu lassen«, wandte er sich an mich. Sein Händedruck war fest, der Blick aus seinen blauen Augen durchdringend.

Mit dem Rausschmiss hatte ich nach Buluts hämischen Blicken gerechnet. Mit betrübter Miene erhob ich mich, fragte den Schwarzen Mann aber wenigstens noch nach dem Grund.

»Sorry, kein Kommentar.«

Ich bückte mich, zog das Kabel aus dem USB-Ladegerät, das ich an Ort und Stelle zurückließ, packte meinen Kram und ging zum Auto. Dort nahm ich mein Zweit-Handy mit der Prepaid-Karte aus der Tasche, schaltete es ein und nahm den eingehenden Anruf an.

Die Übertragung von der Brücke war absolut klar und einwandfrei. Die als Ladegerät getarnte sprachgesteuerte Abhöreinrichtung, die ich mir am Vorabend für einen mittleren dreistelligen Betrag sicherheitshalber besorgt hatte, versah ihren Dienst zuverlässig und sendete das Signal über mehrere Proxy-Server an mein geheimes Handy. Nahm ich den Anruf nicht entgegen, wurde jedes Gespräch in einer Voicebox gespeichert, die ich von überall auf der Welt abhören konnte. Die Weiterleitungen waren dabei mehrfach gesichert. Selbst wenn das Abhörgerät eines Tages entdeckt würde, wäre es unmöglich nachzuvollziehen, wohin die Aufzeichnungen gingen. Zumindest hatte mir das der Verkäufer, der in Kreisen investigativer Journalisten eine Art Heiligenstatus einnahm, glaubhaft versichert.

Ich startete den Wagen und fuhr in das auf der anderen Straßenseite gelegene Parkhaus des Einkaufszentrums. Dort konnte ich mich ganz auf das Gespräch konzentrieren, das zur selben Zeit auf der Brücke stattfand.

»... vermuten, dass er Sozialbetrug begeht. Wir haben die Abrechnung einer Mitarbeiterin, die nur die Hälfte ihres Lohns als Lohn bekommen hat, die andere Hälfte wurde als Fahrt- und Übernachtungskosten deklariert.«

»Kannst du das mal für Dumme erklären?« Schellenbergs Stimme klang genervt.

»Auf Lohn werden Sozialabgaben fällig, auf Spesen nicht.

Das bedeutet, dass Reimer das Sozialsystem beschissen hat, weil er die Hälfte der Kranken-, Pflege-, Arbeitslosen- und Rentenversicherungsbeiträge hinterzog. Und die Leute bekommen später nur die Hälfte der Rente, die ihnen eigentlich zugestanden hätte.«

»Und das kapieren die nicht?«, fragte Bulut.

»Unsere Zeugin hat es kapiert, deshalb kam sie ja zu uns. Sie weiß allerdings nicht, ob diese falsche Abrechnung auch bei anderen Kollegen gemacht wird.«

»Warum macht man sowas, wenn die Ehefrau Millionärin ist?«, murmelte Schellenberg.

»Für die psychologischen Gutachten musst du Frau Doktor Lila fragen«, sagte Schmitter spöttisch. »Aber wenn ich raten sollte, käme Stolz auf meiner Liste der Top-Gründe ganz weit oben. Wer will schon bei der Gattin um Geld betteln?«

»Sonst noch was?« Schellenberg.

»Wir prüfen zurzeit Hinweise auf Scheinselbstständigkeit bei diversen Subunternehmern.«

»Okay, danke.«

Ich hörte Stühlerücken, aber Schmitter war noch nicht fertig. »Rolf, kann ich dir zwei Leute schicken, die du als Mitglieder der Mordkommission ausgibst und in der Firma auf die Buchhaltung ansetzt? Wir wollen unsere eigenen Ermittlungen zurzeit noch geheim halten.«

»Natürlich.«

»Danke. Du hast was gut bei mir.«

Ich wartete darauf, dass die Übertragung weiterging, aber stattdessen schaltete sich das Gerät ab. Offenbar hatten alle gemeinsam die Brücke verlassen.

Sollte ich zurückgehen und darauf bestehen, dass ich an

den weiteren Ermittlungen teilnehmen durfte? Es wäre das Richtige gewesen, aber allein die Vorstellung, Bulut gegenüberzutreten und ihren Spott und ihre Ablehnung zu ertragen, ließ mir den grässlichen Kaffee von vorhin sauer aufstoßen. Ich legte den Kopf auf das Lenkrad und überließ mich meiner Erschöpfung.

Eine halbe Stunde später kam ich zu mir. Mein Nacken schmerzte und im Kopf war wieder dieses wattige Gefühl, das die Gedanken verlangsamte und das Sprechen zu einem unüberwindlichen Kraftakt machte. In diesem Zustand würde ich Bulut auf keinen Fall unter die Augen treten. Angesichts der vorgerückten Stunde war ich mir auch nicht sicher, ob die Soko überhaupt noch arbeitete. Im Apartment würde ich es aber auch nicht aushalten, also war dies wohl der richtige Moment, eine Aufgabe von meiner Liste abzuarbeiten, die ich seit Tagen vor mir herschob. Da mir keine überzeugende Ausrede einfiel, machte ich mich auf den Weg zu meiner Mutter.

Das Pflegeheim gehörte zu den besseren Einrichtungen dieser Art. Mutters Hausarzt hatte es empfohlen, als sie vor einem Dreivierteljahr nach der vernichtenden Diagnose aus der Klinik entlassen wurde. Ich folgte dem ärztlichen Rat blind und meldete sie an, ohne das Haus vorher gesehen zu haben, allerdings erst, nachdem ich mich bei ihrer Bank davon überzeugt hatte, dass sie es sich leisten konnte.

Mein eigenes Leben hatte sich damals gerade in einen Trümmerhaufen verwandelt, es war die Zeit, als ich zwischen Hamburg und Köln pendelte, getrieben von einer unstillbaren Verzweiflung, planlos, ziellos, unfähig, längere

Zeit an einem Ort zu verbringen. Zwei Handvoll Pillen jeden Tag, die mich bald darauf in die Notaufnahme und dann in die Therapie brachten.

Seit ich Johannes und Hamburg dauerhaft den Rücken gekehrt hatte, war ich regelmäßig bei Mutter gewesen, um ihren Verfall mitzuerleben. Oft hatte ich das Gefühl, dass meine Kraft im gleichen Maße stieg, in dem ihre nachließ. Dass die Anzahl der Besuche, die die Bewohner des Heims bekamen, erheblichen Einfluss auf deren Status hatte, war eine paradoxe Begleiterscheinung. Blumen, Pralinen oder Wein hätten das Punktekonto zusätzlich füllen können, aber so weit ging meine Vortäuschung familiärer Zuneigung nicht. Immerhin genoss sie die allgemeine Aufmerksamkeit, die meine Besuche üblicherweise bei den Bewohnerinnen und Bewohnern erzielten.

Inzwischen kannte ich jeden Winkel des Anwesens, kannte jeden Arzt, jeden Pfleger und jede Krankenschwester, die mir meine häufigen Besuche offenbar hoch anrechneten. Ich spielte das Theater mit, das ich von Kindesbeinen an gelernt hatte.

Meine Mutter saß auf der Veranda. Ein Pfleger hatte ihren Rollstuhl so platziert, dass sie in den großen, gepflegten Garten blickte, über den sich langsam die Dämmerung senkte, während die Beleuchtung flackernd zum Leben erwachte. Sie war allein, denn viele Bewohnerinnen und Bewohner waren entweder bettlägerig oder verdämmerten die Abende vor dem Fernseher. Mutter besaß ein Gerät, mit dem sie zeitversetzt schauen konnte, und begann daher die Abendunterhaltung erst nach Einbruch der Dunkelheit. Das hatte sie früher schon getan, nur ließ sie heute noch die Nachrichten weg. Liebesschnulzen oder Heimatfilme, gern in adligem Setting, versetzten sie in eine Welt, die sie immer noch als die ihre betrachtete – auch wenn sie es tatsächlich nie gewesen war.

Die Lähmung war inzwischen so weit fortgeschritten, dass sie den Kopf kaum noch drehen konnte. Ich musste mich vor sie stellen, damit sie mich bemerkte.

»Ina, was für eine schöne Überraschung«, flötete Mutter. Sie hatte die Kunst des affektierten Sprechflötens perfektioniert, allerdings klangen ihre Worte inzwischen verwaschen. Ihr aufgesetztes Lächeln wurde unsicher. »Du kommst so spät, was ist passiert?« Die kleinen Fältchen auf der Stirn vertieften sich. »Ach, da habe ich doch eben dem netten Herrn noch erklärt, dass mein Besuch nie nach dem Abendessen kommt. Jetzt glaubt er, ich hätte ihn belogen.«

Die Meinung der Leute. Mutters Kriterium für fast alles, was sie selbst tat oder von mir erwartete. Was sollen die Leute denken?, war mit Sicherheit der am häufigsten gehörte Satz meiner Kindheit. Selbst heute noch, kurz bevor sie ihr verlogenes Leben verlassen würde, um im Fegefeuer für ihre Sünden zu büßen, erklärte Mutter wildfremden Menschen die Besuchszeiten der Tochter, damit niemand meinte, sie bekäme keinen Besuch.

»Hoffentlich sehen wir den Herrn noch einmal, dann kann ich ihm sagen, dass ich von deinem heutigen Kommen gar nichts wusste.«

Ihre Stimme war vorwurfsvoll, aber zum ersten Mal in meinem Leben ließ mich die Anklage vollkommen kalt. Ich wusste, dass ich mir diesen Unfug nicht mehr oft würde anhören müssen.

»Wie schön jedenfalls, dass du da bist. Setz dich doch zu mir.«

Ich zog mir einen Stuhl heran und setzte mich neben sie,

damit auch ich hinaussehen konnte. Das warme Licht der antik aussehenden Straßenlaternen bildete leuchtende Inseln in dem Nebel, der sich langsam verdichtete. Ein wirklich schöner Anblick, der mir kurzzeitig ein Gefühl der Entspannung bescherte. Vielleicht lag meine Gelassenheit aber auch an den Pillen, die ich auf dem Parkplatz eingeworfen hatte, bevor ich mit zitternden Knien die Eingangsstufen hochgestiegen war.

»Ach, erinnerst du dich, wie schön das Frühjahr immer war? Wie viel Spaß du hattest, wenn du nach dem Winter endlich wieder ausreiten konntest?«

Natürlich erinnerte ich mich, aber sicher anders als Mutter. Ich hatte den Duft des Heus in der Nase und spürte die weichen Lippen auf meiner Haut, wenn Isabella, das schönste Pony der Welt, vorsichtig die Möhre von meiner flachen Hand nahm. Ich spürte Rike hinter mir, wenn wir Isabella von der Weide holten und zu zweit ohne Sattel auf ihr ritten, was Mutter streng verboten hatte. Ich hörte Rike kichern, wenn sie mit Jason, dem Sohn eines amerikanischen Musikers, irgendwo im Stall knutschte.

Die Erinnerungen meiner Mutter hingegen konzentrierten sich vermutlich auf den größten Sieg meines jugendlichen Reiterlebens, den ersten Platz beim Springturnier, bei dem ich meine weiße Reithose tragen musste. Diese Hose versaute mir den ganzen Tag, weil ich ständig Sorge hatte, sie schmutzig zu machen. Als sie abends immer noch blütenweiß war, bewarf Rike mich absichtlich mit einem dicken Pferdeapfel. Nach der ersten Schrecksekunde lachten wir, bis wir Bauchschmerzen bekamen. Ich glaube, an diesem Tag beschloss meine Mutter, Rike nicht mehr nur zu verachten, sondern zu hassen.

Und sie tat es bis zuletzt.

»Hast du endlich jemanden kennen gelernt?«, fragte Mutter plötzlich. »Herr Konradi hat ja drei Söhne, zwei kannte ich schon, aber der dritte war diese Woche da. Ein sehr wohlerzogener junger Mann und beruflich erfolgreich. Sein Auto ist ganz modern, sagt Herr Konradi, ein Sportwagen, der elektrisch fährt. Anwalt ist der Sohn, glaube ich …«

Ich hörte nicht weiter zu. Wäre es nach meiner Mutter gegangen, hätte ich einen schnieken jungen Mann geheiratet, ein paar ebenso schöne wie kluge Kinder in die Welt gesetzt und ein Ehrenamt mit wenig Arbeit und viel Reputation bekleidet. Ich würde mit meiner Familie in einem großen Haus leben, in dem Mutter ein Einliegerapartment hätte. Alles als Ersatz dafür, dass mein Vater, ein von Hause aus wohlhabender und beruflich erfolgreicher Architekt, sie mit genau so einem Lebensentwurf gelockt und dann sitzen gelassen hatte. Immerhin hatte er den Anstand gehabt, in der Woche vor dem Scheidungstermin bei einem Autounfall ums Leben zu kommen, somit die Aufteilung des ehelichen Vermögens zu verhindern und den in die Ehe eingebrachten Besitz zu vererben. Dass das Geld nicht ansatzweise reichte, um ihr ein Leben ohne Arbeit und Sorgen auf dem, wie sie glaubte, ihr zustehenden Niveau der oberen Zehntausend zu garantieren, hat Mutter ihm nie verziehen. Im Gegenteil. An jedem einzelnen Arbeitstag hat sie ihn verflucht und für ihre Unzufriedenheit verantwortlich gemacht. Und diesen Frust ließ sie dann an mir aus. Nie machte ich etwas gut genug, nie machte ich es ihr recht. Fehler und Misserfolge hatte ich grundsätzlich von meinem Vater geerbt. War ich erfolgreich, ging das Talent auf ihre Gene zurück.

»… musst aber dringend zum Friseur. Ina, hörst du? Es

ist schon traurig, dass du hierherkommst in diesem Aufzug. Und so gehst du arbeiten? Kein Wunder, dass du es nie zu etwas gebracht hast.«

Ich habe anständiges Geld verdient und man hat mir die wichtigsten Journalistenpreise verliehen, aber das zählte für meine Mutter nicht. Eine Festanstellung wäre das Mindeste gewesen, was zu einem erfolgreichen Berufsleben gehörte, zusätzlich zur Familie, versteht sich. Sofern ich eben arbeiten wollte, was sie nie verstanden und nie akzeptiert hatte. Dass der Lebensentwurf als versorgte Vollzeitgattin zwischen Modeboutiquen, Wellnesstempel und Abendgesellschaften nur eine Möglichkeit unter vielen war, die mir persönlich noch dazu gar nicht gefiel, war für Mutter schlichtweg unvorstellbar. Deshalb hatte ich es auch vor langer Zeit aufgegeben, mit ihr über mein Leben zu sprechen.

Allerdings hatte ich heute, zum ersten Mal seit langer Zeit, doch etwas zur Unterhaltung beizutragen. Und so zog ich die heutige Ausgabe des *Kölner Stadtanzeigers* aus der Umhängetasche und legte sie auf die karierte Decke, die ihre Beine bedeckte. Der Mord an Hajo Reimer beherrschte die Titelseite in Wort und Bild. *Unternehmer vor Traualtar erschossen*, lautete die Überschrift, darunter ein Foto von Reimer mit Trauerflor. Mutter begann so stark zu zittern, dass die Zeitung von ihren Knien rutschte. Ich hob sie auf und legte sie auf die Fensterbank direkt vor den Rollstuhl. Meine Mutter würde die Augen schließen müssen, wenn sie das Bild nicht sehen wollte.

Ich wandte mich zum Gehen, schaute mich aber noch ein letztes Mal um. Betrachtete die Frau, deren zweitgrößte Enttäuschung im Leben ich war, direkt nach ihrem untreuen Gatten, obwohl sie das ganze Ausmaß meines Scheiterns noch gar nicht kannte. Einer Todkranken Lebewohl zu wünschen, wäre zynisch und grausam gewesen, und obwohl es darauf nun auch nicht mehr ankam, hielt ich den Mund, drehte mich schweigend um und verließ das Heim so schnell ich konnte, ohne Aufmerksamkeit zu erregen.

Mein Handy klingelte, während ich auf dem Rückweg in die Innenstadt war. Schellenberg. Ich überlegte kurz, den Anruf wegzudrücken, aber dann siegte die Neugier über die Müdigkeit.

»Ich stehe vor Ihrer Wohnung, aber Sie sind noch unterwegs, wie ich am Hintergrundgeräusch höre.«

»Was ist passiert?«, fragte ich alarmiert.

»Ich wollte fragen, ob Sie mit mir essen gehen.«

Angespannt bog ich in die Straße ein, in der das winzige Apartment mit dem Goldfisch auf mich wartete, und sah weit und breit nichts von Schellenberg oder seinem Porsche. Erleichterung machte sich in mir breit. Natürlich stand er vor dem Penthaus, dessen Adresse ich im Präsidium hatte angeben müssen, als man mich nach allen Regeln der Kunst durchleuchtet hatte. Von dem Apartment wusste er nichts, und das sollte auch so bleiben.

»Gern. Wo treffen wir uns?«

Wir einigten uns auf eine Pizzeria, die auch ich kannte, obwohl ich selten in richtigen Restaurants aß. Ich ging hinauf, sammelte die Schmutzwäsche vom Boden und warf sie in den Kofferraum, fuhr noch schnell beim Penthaus vorbei, das ich ganz offiziell als Untermieterin für einige Monate mein Eigen nannte, warf die Waschmaschine an und erschien pünktlich zur verabredeten Zeit in der Pizzeria. Schellenberg wartete schon auf mich.

»Es tut mir leid, dass der Kollege Sie nicht dabeihaben wollte«, sagte Schellenberg, nachdem wir das Essen bestellt hatten. Pizza für ihn, Gnocchi für mich, Rotwein für beide.

»Mich interessiert nicht, ob die Abteilung Wirtschaftskriminalität gegen Reimer ermittelt«, sagte ich.

Schellenberg zuckte zusammen.

»Frank Schmitter, Leiter des Kriminalkommissariats 31, Wirtschaftskriminalität. Leicht zu finden im Organigramm auf der Internetseite der Polizei Köln«, erklärte ich ruhig.

Er nickte.

»Eher würde mich interessieren, wie die leitenden Ermittler mit der Tatsache fertigwerden, dass sie davon erst fünfzig Stunden nach dem Mord erfahren. Aber selbst das«, ich hob die Hand, weil Schellenberg den Eindruck erweckte, antworten zu wollen, »ist mir beim Essen egal.«

Ein Lächeln breitete sich zögernd auf seinem Gesicht aus. »Warum sind Sie dann hier?«, fragte er.

»Weil ich Hunger habe«, antwortete ich. Dann beschloss ich, etwas zu tun, worin ich immer schrecklich schlecht gewesen war und so gut wie keine Übung hatte. Ich flirtete. »Und weil ich lieber in Ihrer Gesellschaft esse als allein.« Um es nicht ganz so plump wirken zu lassen, bemühte ich mich um einen Tonfall, in dem sich Leichtigkeit, Aufrichtigkeit und eine gewisse schüchterne Zurückhaltung die Waage hielten, und hatte offenbar Erfolg, denn Schellenbergs Gesichtszüge entspannten sich.

Fast wollte ich glauben, dass auch mir ein einigermaßen erfreulicher Abend bevorstand, als mein geheimes Handy klingelte. Hektisch griff ich in meine große Umhängetasche, leitete den Anruf auf die Aufnahmefunktion um und hoffte, dass ich tatsächlich später nachhören konnte, was sich an diesem Abend um zwanzig Uhr siebzehn auf der Brücke des Polizeipräsidiums tat. Mit Entspannung war es jedenfalls vorbei und von den Gnocchi mit Spinat ließ ich vor lauter Nervosität mehr als die Hälfte stehen. Welche Lügen ich Schellenberg in Bezug auf mein Leben und meine Zukunftspläne auftischte, weiß ich nicht mehr. Sicher war es eine Variation dessen, was ich seit annähernd fünf Monaten von mir gab und mir so in Fleisch und Blut übergegangen war, dass ich es manchmal selbst fast glaubte.

Dienstag, 15. Mai, 08:00–22:00 Uhr

Wir hatten uns am Vorabend mit einem freundschaftlichen Nicken und einem lässigen »Bis morgen« verabschiedet, obwohl ich in Schellenbergs Augen den Wunsch nach einer Berührung zu lesen glaubte. Jeder für sich waren wir in entgegengesetzte Richtungen davongefahren. Ich hatte aus dem Handyspeicher zeitversetzt mitgehört, wie Bulut die Brücke betrat, Bennys Computer einschaltete und eine Zeitlang offenbar die Dokumentation las, die er erstellte. Dann hatte sie eine Telefonnummer angerufen, sich mit jemandem verabredet, und die Brücke verlassen. Namen waren keine gefallen.

Den Rest des Abends hatte ich mich mit Grübeleien herumgequält, bis eine Schlafpille meinem Bewusstsein den Saft abdrehte.

Die Wäsche fiel mir erst morgens wieder ein, als ich nach der letzten sauberen Bluse griff. Es war schon zu spät, als dass ich mich vor der Besprechung noch darum hätte kümmern können, und so hoffte ich, im Laufe des Tages ein paar Minuten erübrigen zu können. Dieser Wunsch wurde schneller erfüllt, als mir lieb war.

Abgehetzt kam ich auf der Brücke an. Frau Dr. Lauffen, Rüdiger, Maik, Ingo und Benny saßen am Tisch, Schellenberg stand vor den Whiteboards und drehte sich um, als er mich hörte. Ich war froh, dass es am Vorabend nicht zu einer wie auch immer gearteten Annäherung gekommen war, denn so konnten wir uns höflich und unbefangen einen guten Morgen wünschen und weitermachen wie bisher. Zumindest glaubte ich das bis zu dem Moment, in dem Bulut in der Tür erschien und mit dem Zeigefinger auf mich zeigte.

»Raus hier, auf der Stelle!«

Schellenberg fuhr herum und funkelte seine Kollegin an. »Was soll das?«

Statt einer Antwort warf Bulut die heutige Ausgabe der *BrandAktuell* auf den Konferenztisch. Die Schlagzeile auf Seite eins lautete: *Angezählt – Der tödliche Count-down.*

»Sie hat der Presse die Countdown-Zettel verraten. Unsere ermittlungstaktische Zurückhaltung von Täterwissen ist am Arsch. Jetzt weiß die ganze Welt, dass Reimer und der Aachener erst der Anfang waren.«

Ich war verwirrt. Wie hatte Ulf von diesem Detail erfahren? Und zu welchem Zweck hatte jemand die Existenz dieser Nachrichten verraten? Okay, diese Frage war leicht zu beantworten: im Zweifelsfall für Geld. Das Schmierblatt war dafür bekannt, dass es Informationen kaufte. Aber dann müsste es tatsächlich ein Mitglied der Soko oder einer der Angehörigen gewesen sein. Oder der Mörder selbst. Keine dieser Möglichkeiten leuchtete mir ein.

Benny hatte zwischenzeitlich nach dem Blatt gegriffen und den Artikel auf Seite eins gelesen. Er war blass geworden.

»Warum unterstellst du gerade Frau Reich, diese Information weitergegeben zu haben?« Schellenberg war die Ruhe selbst.

Ich war ihm dankbar, dass er diese Frage stellte, wäre selbst gar nicht darauf gekommen, weil mir der Grund längst klar war: Bulut wollte mich loswerden.

Bulut zeigte wieder auf mich. »Sie stand während der Pressekonferenz am Sonntagabend mit ihren Kollegen zusammen und ist mit einem von denen weggegangen. Sie ist die Einzige, die nicht ins Team gehört, aber trotzdem alle Details kennt.«

»Zu welchem Zweck sollte sie diesen Tatbestand verraten haben?«, fragte Dr. Lauffen mit gerunzelter Stirn.

Bulut starrte die Fallanalytikerin feindselig an. »Vielleicht schuldete sie jemandem einen Gefallen? Vielleicht erhofft sie sich als freie Journalistin später Aufträge?«

»Von so einem Schmierblatt?« Dr. Lauffen war sichtlich amüsiert. »Das ist, soweit ich weiß, weit unter ihrem Niveau.«

Benny räusperte sich schüchtern. »Von den Nachrichten des Täters wissen bestimmt dreißig Leute: unsere Spurensicherung und die Kollegen aus Aachen, das gesamte Ermittlungsteam sowohl hier als auch in Aachen, die Familienangehörigen von Hajo Reimer und natürlich«, er räusperte sich noch einmal, »der Täter selbst.«

Einen Moment war es absolut still. Ich griff nach meiner Tasche, hängte sie mir über die Schulter und wandte mich an Schellenberg. »Ich verwahre mich in aller Form gegen die Anschuldigung und erkläre hiermit, dass ich keinerlei Detail dieser Ermittlung mit wem auch immer besprochen habe. Ich halte mich zu hundert Prozent an die von mir unterzeichnete Verschwiegenheitsverpflichtung.« Ich machte eine kleine Pause, in der Schellenberg meine Aussage mit einem leichten Nicken zur Kenntnis nahm. »Aber ich möchte Ihre Ermittlungen auf keinen Fall behindern und werde mich daher bis auf weiteres zurückziehen. Allerdings erwarte ich die Entscheidung, ob ich weiter an der Ermittlung teilnehmen soll, innerhalb der nächsten vierundzwanzig Stunden. Sie wissen, wie Sie mich erreichen können.«

Hoch erhobenen Hauptes verließ ich den Raum. Erst auf der Treppe begannen meine Knie so stark zu zittern, dass ich mich am Handlauf festhalten und stehen bleiben musste. Dann beschloss ich, umgehend den Polizeipräsidenten aufzusuchen und ihn persönlich von der Sabotage gegen meine Arbeit zu unterrichten. Das Herzklopfen, das mich daraufhin überfiel, verschwand erst, als seine Assistentin mir sagte, dass er heute nicht im Hause sei. Mir blieb also nichts anderes übrig, als auf Schellenbergs Intervention zu hoffen. Immerhin konnte ich zwischenzeitlich versuchen, den Verräter selbst zu finden.

»Inalein, wenn du hier auftauchst, willst du irgendwas und ich sage dir gleich, dass ich auf jeden Fall eine Gegenleistung erwarte.«

Mit diesen Worten empfing mich Schmierblatt-Ulf am Fahrstuhl vor dem Redaktionsbüro, nachdem ich unten am Empfang meinen Namen und als Grund meines Besuchs ein dringendes Gespräch mit ihm genannt hatte.

»Von wem habt ihr den Hinweis auf die Zettel an den Tatorten?«

»Ich habe gewonnen!«, brüllte Ulf in das Großraumbüro, in dem die meisten Tische besetzt waren. Dann forderte er mich mit einem Kopfnicken auf, ihm in ein winziges Kabuff zu folgen, das offenbar für vertrauliche Gespräche genutzt wurde. Wir blieben hinter den Stühlen stehen, die sich an einem kleinen Tisch voller Kaffeeflecken gegenüberstanden. Ulf trug sein übliches Holzfällerhemd zur olivgrünen Cargohose und sah mit der strubbeligen Frisur und dem Dreitagebart aus, als sei er gerade von einem mehrwöchigen Abenteuertrek zurückgekehrt. Was nicht dazu passte, waren die schwammige Figur und die Tatsache, dass man der vermeintlichen Nachlässigkeit der Haartracht das aufwendige Styling ansah. Die Natur hatte ihm freundliche braune Augen beschert, in seinem Metier so etwas wie der Jackpot im Lotto. Tatsächlich hielt ich ihn für ein durchtriebenes Schlitzohr, immer zielstrebig und gelegentlich rücksichtslos. Dennoch war er für mich kein hoffnungsloser Fall. Der Zynismus, der viele Kolleginnen und Kollegen irgendwann in Besitz nimmt, lag vielleicht schon auf der Lauer, scheiterte aber bisher an Ulfs jugendlichem Alter. Obwohl im Geschäft ein alter Hase, war er noch keine dreißig. Statt langer Studien hatte ihn seine Polizeiakte in den aktiven Dienst des Schmierblatts gebracht. Ulf war der einzige mir bekannte Redakteur einer Schülerzeitung, der vier Mal wegen Verleumdung verklagt worden war. Er hatte alle Prozesse gewonnen.

Nun wartete er also mit vor der Brust verschränkten Armen darauf, dass ich mich auf den Boden warf und bettelte. Ich würde ihm den Gefallen tun müssen.

»Von wem hast du den Hinweis auf die Zettel an den Tatorten?«, wiederholte ich.

»Bist du aus der Soko geflogen?«

Ich hatte immer schon ein Problem damit, wenn jemand eine Frage mit einer Gegenfrage beantwortete, aber ich war nicht in der Position, herumzuzicken, und nickte grimmig.

»Du bist keine Polizeireporterin, also, was hast du da verloren?«

»Ich bin beauftragt, einen Artikel über die psychischen Belastungen und psychologischen Schutzmechanismen der ermittelnden Beamten zu schreiben.«

»Der Name Reimer taucht nicht auf?«

Ich schüttelte den Kopf.

Ulf pfiff durch die Zähne. »Der Fall Reimer ist heiß wie eine Kernschmelze, aber du verzichtest auf die Blutlache vor der Kirche und die Tränen der Braut, um Mitleid mit flennenden Bullen zu wecken?«

Ich hatte dieses Gespräch schon häufiger geführt und keine Lust, mich zum x-ten Mal auf eine Diskussion über Nachrichtenwert oder journalistische Relevanz einzulassen. »Wer, Ulf? Wer war es?«

»Kommen die Herrschaften denn voran oder sind sie nur mit ihrer Psychohygiene beschäftigt?«

Deswegen war Ulf so gut in dem, was er tat: Er schoss eine Frage nach der nächsten ab und bekam irgendwann Antworten, weil die Leute wussten, dass er sie sonst nicht in Ruhe lassen würde. Er kannte weder Mitleid noch Gnade, weil er einem System diente, das beides nicht honorierte.

»Zum letzten Mal: Wer?«

»Wir machen einen Deal: Wenn diese Sache vorbei ist, gibst du mir ein paar Tipps, wo es sich lohnt, zu graben.«

Ich wusste genau, was er meinte. Immer wieder mussten Journalisten nur zur richtigen Zeit die richtigen Fragen stellen, um ein Riesending zu landen. Ulf brauchte von mir keinen Schlüssel zur Schatztruhe – die Schatzkarte würde ihm reichen. Sollten zum Beispiel die Ermittlungen der Kriminalinspektion Wirtschaftskriminalität bis zum Ende der Ermittlung geheim bleiben, müsste ich dem Schmuddelschreiber diese Neuigkeit nicht verraten. Ein Tipp, das Unternehmen des Opfers genauer unter die Lupe zu nehmen, wäre absolut ausreichend.

»Und du gibst mir Kredit?«, fragte ich skeptisch.

Er löste die Arme und faltete die Hände wie zum Gebet. »Du bist die heilige Ina. Wenn ich dir nicht vertrauen würde, wem dann?«

Ich suchte in seinem Gesicht nach einem Hinweis, ob er mich zum Narren hielt, aber die amüsiert-herablassende Miene verriet nichts außer einer geradezu kindlichen Freude darüber, dass er eine Ware anzubieten hatte, für die ich einen hohen Preis zahlen würde.

»Gut«, sagte ich. »Wer?«

»Kriminalkommissarin Sibel Bulut.«

»Blödsinn!«, rutschte es mir spontan heraus, aber sofort erkannte ich die Genialität ihres Schachzugs. Sie hatte zwei Ziele auf einmal erreicht. Zum einen hatte sie die Nachrichten von Anfang an veröffentlichen wollen, um Hinweise aus der Öffentlichkeit zu erhalten, zum anderen schob sie mir den Verrat in die Schuhe und schloss mich dadurch aus der Soko aus. »Wenn das rauskommt …«, murmelte ich.

Ulf winkte ab. »In ein paar Tagen interessiert sich niemand mehr für die Frage, woher die Info kam.«

»Klar«, entgegnete ich bitter. »Weil die Schuldige feststeht.«

Ulf grinste. »Quellenschutz heißt nur, dass ich nicht sage, wer es war. Ich könnte aber sagen, wer es nicht war.«

Natürlich könnte er das ganz einfach tun. Stellte sich nur noch die Frage nach dem Preisschild, das an diesem Gefallen hing. »Und was müsste ich dafür tun?«

»Wenn unsere schöne Kommissarin noch mehr unsaubere Tricks auf Lager hat, will ich alles darüber wissen.«

Wortlos verließ ich die Redaktion.

Nachdem ich die Wäsche, die seit dem vorigen Abend in der Maschine vor sich hingammelte, herausgenommen, in den Trockner geworfen und dann gefaltet hatte, fuhr ich ziellos durch die Stadt. Zumindest dachte ich das, bis ich plötzlich realisierte, wo ich mich befand.

Was hatte mich hierhergeführt? Mein Unterbewusstsein? Mein Gewissen? Wie lang war ich nicht mehr hier gewesen?

Grüner Vorort, Anliegerstraße, die Häuser hatten sich kaum verändert. Im Neubaugebiet das Einfamilienhaus aus den Neunzigern, geplant und gebaut von meinem Vater, nur das Säulenportal war dem Dünkel meiner Mutter zu verdanken. Der Umzug war zur größten Enttäuschung meines jungen Lebens geworden, denn ich hatte fest damit gerechnet, dass meine Eltern sich in diesem Palast, den meine Mutter sich so sehr gewünscht hatte, wieder vertragen würden. Stattdessen nahmen Anzahl und Grausamkeit der Auseinandersetzungen noch zu. Am meisten schmerzte mich die Tatsache, dass Mutter mir gegenüber so tat, als sei alles in bester Ordnung. Ich war erst zehn Jahre alt, aber nicht dämlich.

Das Mehrfamilienhaus, auf dessen Rückseite wir von unserem Grundstück blickten, beherbergte schon damals acht Mietparteien, darunter Rike und ihre Mutter im ersten Stock. Aus meinem Kinderzimmerfenster schaute ich über unseren neu gelegten Rollrasen, den Zaun und die vermooste Grasfläche mit den Wäscheleinen hinweg genau auf ihren Balkon. Eine staubige Palme hatte dort gestanden neben einer Hängematte, in die ich mich hineinwünschte, sobald ich sie sah. Und dann, wenige Tage nach unserem Einzug, während ich in meinem Zimmer Ruhe vor dem Streit meiner Eltern suchte, schob sich, ruckelnd und schwankend, eine zweite Palme aus der Balkontür. Erst als sie den riesigen

Busch abstellte, kam die Trägerin dahinter zum Vorschein. Ihre Haut war hell, die Locken fast so dicht wie eine Afrokrause, aber karottenrot. Das Mädchen zog ein Tuch aus der Hosentasche und wischte jedes einzelne Palmenblatt sauber. Mich bemerkte es erst, als es den Staub über das Geländer schüttelte.

»Hallo! Seid ihr endlich eingezogen?«

Ich schätzte sie auf vierzehn, zwei Jahre zu viel, wie ich bald erfuhr, und nickte stumm als Antwort auf ihre Frage, eingeschüchtert von dem ungewöhnlichen Schopf, der Geschmeidigkeit ihrer Bewegungen, dem unglaublichen Selbstbewusstsein und dem Blitzen ihrer überraschend dunklen Augen. Die Sommersprossen auf ihrer Nase schienen zu hüpfen, aber das lag vermutlich daran, dass sie die Nase kräuselte, wenn sie lächelte.

»Ich bin Rike. Komm zum Spielplatz!« Sie zeigte nach rechts, wo ein Sandloch, eine quietschende Wippe und eine Schaukel für die sechs Mietshäuser standen, die bis dahin den Ortsrand gebildet hatten. Im Außenbezirk, wie es hieß, als die Wohnungen für kleines Geld an Leute vermietet wurden, die sich stadtnahes Wohnen nicht leisten konnten. Im Grünen, wie die Werbung das direkt daneben liegende Neubaugebiet anpries. Hier trafen zwei Welten aufeinander, aber das interessierte uns nicht. Rike und ich verbrachten so viel Zeit miteinander wie nur irgend möglich. Ich schlich mich aus meinem Zimmer, um bei ihr Platten zu hören, folgte ihr am Wochenende in den Wald, wo sie sich mit Jungen traf und heimlich rauchte. Beobachtete ihren ersten Kuss und verriet ihrer Mutter nichts davon, obwohl ich oft mit den beiden zu Abend aß und dann zu Hause keinen Hunger mehr hatte.

Rike war nur zwei Jahre älter als ich, aber sie war laut, schlagfertig, selbstbewusst und hatte, aus einem Grund, den ich nie verstand, einen Narren gefressen an mir, dem spinnenartigen langweiligen Mädchen, das von niemandem sonst beachtet wurde. Ich ließ mich von ihrem Lachen wärmen und von ihrem Übermut erschrecken und hielt sie für unbesiegbar.

Rikes Mutter hatte nur einen Hauptschulabschluss, war ungewollt schwanger und dann von ihrem Mann verlassen worden. Sie putzte in einer Schule, um Rike und sich durchzubringen. Meine Mutter nannte sie eine Asoziale, lang bevor ich kapierte, was damit gemeint war, aber Karin, wie ich sie nennen durfte, war humorvoll und herzlich und umarmte mich bald wie ihr eigenes Kind, wenn ich mit aufgeschürften Knien tapfer zu sein versuchte und kläglich scheiterte. Ich spürte ihre Sorgen, von denen ich damals noch nicht wusste, dass sie gesundheitlicher Natur waren, aber nie hörte ich sie jammern oder schlecht über andere sprechen. Sie war der absolute Gegensatz zu meiner Mutter, die immer gereizter, immer herrischer und immer herablassender wurde. Je mehr meine Mutter mich kontrollieren wollte, desto mehr wünschte ich mir, zu Rikes Familie zu gehören. Und eine Zeitlang gehörte ich dazu.

Ich hatte keine Schwierigkeiten, das Grab von Rikes Mutter zu finden. Sie war vor sechs Jahren gestorben, kurz nachdem Rike ihren dritten Entzug endlich erfolgreich beendet hatte. So hatten die beiden die Gelegenheit bekommen, sich ihre Fehler einzugestehen und einander zu vergeben. Ganz sicher trug die Versöhnung sehr zu Rikes Heilung bei. Der Hass, den sie jahrelang auf sich selbst konzentriert hatte, obwohl er eigentlich jemand anderem galt, verschwand. Rike wurde zu einer freundlichen, warmherzigen Frau, ihrer Mutter nicht unähnlich.

Leider, und das war unverzeihlich, bemerkte niemand, dass die Leerstelle, die der besiegte Hass hinterlassen hatte, sich nicht mit Leben füllte. Stattdessen entwickelte sie sich zu einem Schwarzen Loch, das darauf wartete, alles ringsherum zu verschlingen. Und genau das geschah vor zehn Monaten.

Ich war froh, dass Rikes Mutter diese letzte Grausamkeit, das endgültige Scheitern aller Hoffnungen, den zynischen Sieg des Bösen nicht mehr erlebte. Es hätte ihr bereits gebrochenes Herz zerrissen und in alle Winde verstreut.

Mit zitternden Fingern schraubte ich das Glas auf, in dem ich meine absoluten Notfallpillen aufbewahrte, schluckte zwei hinunter und wischte mir die Tränen aus den Augen.

Was sollte ich mit dem Rest des Tages anfangen? Ich spürte, wie die Erinnerungen meinen Kopf füllten und mir die Energie aus den Gliedern saugten. In diesem Zustand brauchte ich gar nicht erst damit anzufangen, meine Notizen zu ordnen oder einige Zeilen zu Papier zu bringen. Stattdessen schlenderte ich über den Friedhof, las die Namen und Daten auf Grabsteinen und fand mich irgendwann im nahegelegenen Wald wieder, in dem wir früher gespielt hatten. Ich kannte diesen Wald, seine alten Bergwerksstollen, die stillgelegte Bahntrasse, das Wildgehege, verlor mich in der Vergangenheit und verirrte mich in der Gegenwart. Es war bereits später Nachmittag, als ich zum Auto zurückkam und mir plötzlich bewusst wurde, dass mein geheimes Handy den ganzen Tag geschwiegen hatte.

Hatte Bulut meine Abhöreinrichtung entdeckt? War ich damit endgültig aus der Soko ausgeschieden? Musste ich vielleicht sogar eine Anzeige fürchten?

Mir wurde kurz schwindelig, was sicher auch daran lag, dass ich seit Stunden weder gegessen noch getrunken hatte. Ich startete den Motor, hielt auf dem Nachhauseweg bei einem Asia-Imbiss, aß das Krabbenbrot unterwegs aus der Tüte und schlang, in meinem geheimen Apartment angekommen, die fast kalten Nudel- und Reisgerichte aus den Pappbechern, bevor ich auch nur die Jacke abgelegt oder die Schuhe ausgezogen hatte. Dann wappnete ich mich und holte den Karton unter der Couch hervor, wog ihn in der Hand, stellte ihn zurück. Holte ihn wieder hervor, öffnete ihn und nahm den obersten Brief zur Hand. Rikes schwungvolle, runde, blumig wirkende Schrift sprang mir ins Auge. Ich holte das Blatt aus dem Umschlag und las, was ich längst auswendig kannte.

Mai 2011

Inalein,
so nennt dich sicher niemand mehr. Du bist erfolgreich, habe ich gelesen. In der Entzugsklinik liegen Zeitungen, Monate alt, irgendjemand spendet sie, die Schließer lassen uns nur den Kulturteil – und auch den nur, wenn nichts über Drogenprobleme irgendwelcher Promis drinsteht. Interessiert mich eigentlich nicht, dieser ganze elitäre Literaturkram, experimentelle Filme oder Kunstausstellungen von Schmierereien, die wie das Gekleckse aus unserer Therapiesitzung aussehen, aber dann sah ich dein Foto. Journalistenpreis. Glückwunsch!

Was soll ich über die letzten elf Jahre schreiben, seit ich aus Köln weg bin? Sie waren die Hölle, noch schlimmer als die vier Jahre davor, in denen ich wenigstens in der Nähe liebender Menschen war, auch wenn ich das damals nicht würdigen konnte. Dieser Entzug ist mein letzter. Entweder schaffe ich es diesmal, oder ich bringe mich um.

Ich schreibe dir, weil das zu unserer Therapie gehört. Wir müssen die Briefe nicht abschicken, ich weiß noch nicht, ob ich es tun werde. Jedenfalls will ich dir danken. Du hast alles in deiner Macht Stehende getan, um mir zu helfen. Und die Zeitung schreibt, dass du dich auch heute noch um die Opfer kümmerst, ihnen eine Stimme gibst, wie du es damals bei mir versucht hast. Heute nimmt man dich ernst, hört dir zu. Das ist gut. Erstaunlich, dass du damit Geld verdienen kannst. Opfer sind so viel weniger sexy als Täter.

Wie es meiner Mutter geht, weißt du ja. Ich freue mich sehr, dass du sie anrufst und besuchst. Es war falsch, dass ich ihr damals nicht die Wahrheit gesagt habe. Ich wollte sie schonen und habe damit alles nur schlimmer gemacht. Ich muss lernen, mir zu verzeihen.

Ich glaube, ich schicke dir den Brief. Vielleicht magst du mir antworten. Ich würde mich echt freuen.

Deine Rike

Als ich den Brief zum ersten Mal in Händen hielt, lachte und weinte ich, hoffte und bangte und las ihn immer wieder, hundertmal innerhalb weniger Tage. Ich nahm ihn überallhin mit, ging nicht mehr ohne das Schreiben aus dem Haus, als könnte Rike verschwinden, wenn ich das Papier, das sie in Händen gehalten und beschrieben hatte, nicht bei mir trug. Natürlich antwortete ich ihr, sie schrieb zurück, wir beide hoben die Briefe auf und nach ihrem Tod legte ich meine zu ihren in den Karton zu meinen Füßen. Meine Augen füllten sich mit Tränen und ich fühlte mich plötzlich so schwach, dass ich mich zur Seite fallen ließ und fast augenblicklich einschlief.

Wieder war es mein Handy, das mich weckte. Hektisch setzte ich mich auf, blinzelte gegen das grelle Licht der Deckenlampe an und schaute im Zimmer umher. Der Brief war mir aus der Hand gefallen, ich legte ihn in den Karton und schob ihn unter die Couch. Der Kleiderstapel in der Ecke, die Unterwäsche in einer Plastikbox. Ich erinnerte mich nicht, wo ich meine Tasche hingestellt hatte, und entdeckte sie schließlich unter dem Tisch. Ich fischte das offizielle Handy heraus und schaute aufs Display. Schellenberg. Ich drückte auf Empfang und meldete mich. Meine Stimme klang, wie ich mich fühlte.

»Frau Reich? Habe ich Sie etwa geweckt?« Er klang ehrlich zerknirscht.

»Ich bin auf der Couch eingenickt. Nicht schlimm.« Mühsam fokussierte ich meinen Blick auf die Wanduhr. Kurz vor zehn.

»Es tut mir leid. Ich hatte eigentlich …«

»Gibt es neue Erkenntnisse über das Informationsleck?«

»Nein.«

Ich schwieg. Sollte ich ihm sagen, was ich von Schmierblatt-Ulf erfahren hatte? Aber würde er mir glauben? Mein Kopf war nicht klar genug, um jetzt darüber nachzudenken.

»Ich wollte auf ein Feierabendbier in eine nette Kneipe und habe gehofft, dass Sie mir vielleicht Gesellschaft leisten. Aber wenn Sie müde sind …« Seine Worte versickerten.

»Tut mir leid«, sagte ich und meinte es auch so. Er hätte Gesellschaft verdient, aber ich hatte zu lang geschlafen und musste noch einmal weg. Nach Abschluss dieser Sache wollte ich nie wieder nach Köln zurückkehren, daher galt es, meine Angelegenheiten zu Ende zu bringen. Ich war froh, dass Schellenberg mich geweckt hatte, und verabschiedete mich mit dem Versprechen, das Feierabendbier nachzuholen. Dann zog ich mich um und machte mich auf den Weg. Den Karton mit Rikes Briefen nahm ich mit. Eine halbe Stunde später war nur noch ein Häufchen glimmender Aschefetzen übrig.

Mittwoch, 16. Mai,
07:00–22:00 Uhr

Es war bereits hell, als ich mit Kopfschmerzen und einem pelzigen Gefühl auf der Zunge erwachte. Ich öffnete das Fenster, atmete staubige, heiße Luft und empfand den Verkehrslärm wie einen Schlag in die Magengrube. Schnell schloss ich das Fenster, steckte Geld und Schlüssel ein und ging zum Bäcker, um zwei große Becher Kaffee und ein Croissant zu besorgen.

Wieder zurück hockte ich mich mit meinem geheimen Handy auf das Sofa, um herauszufinden, warum ich am Vortag keine Gespräche aus der Brücke hatte mithören können. Die Lösung war schnell gefunden, ich hatte den Klingelton auf lautlos geschaltet, Anrufe wurden gleich auf die Aufnahmefunktion geleitet. Offenbar hatte ich eine falsche Eingabe gemacht, die Funktionen waren mir noch nicht vertraut genug. Ich korrigierte die Einstellung und drückte auf Wiedergabe.

Die Aufzeichnung der Gespräche auf der Brücke dauerte insgesamt nur eineinhalb Stunden, da sich das Mikro abschaltete, wenn es nichts aufnahm. Ich erfuhr, dass Evas Vater aktuell nicht verdächtigt wurde, den Mord an seinem Schwiegersohn in Auftrag gegeben zu haben. Frau Reimer hatte diese Anschuldigung auch nie konkret geäußert, sondern war von einem findigen Journalisten so lange mit Suggestivfragen traktiert worden, bis er eine Aussage von ihr hatte, die er in die gewünschte Richtung interpretieren konnte. Benny berichtete, dass Reimers private Finanzen recht solide aussahen, allerdings auf überraschend niedrigem Niveau. Die Villa gehörte nicht ihm, sondern seiner Frau. In den letzten Tagen vor seinem Tod war nur eine Bewegung auffällig: Reimer hatte zwanzigtausend Euro in bar abgehoben, die bisher nicht wieder aufgetaucht waren. Eva hatte auf Nachfrage keine Idee, was Reimer mit dem Geld gemacht haben könnte. Denkbar war eine geplante Überraschung zur Hochzeit, die durch den Mord vereitelt worden war, aber ein Beleg ließ sich dafür nicht finden. Eine detaillierte Analyse der Geldströme, die über Reimers Konten liefen, würde noch dauern.

Und dann kam endlich der Knaller: Es gab eine offizielle Vermisstenmeldung für Nico Sperburg, der den Säureanschlag auf Reimers Auto ausgeführt hatte und seit einigen Tagen verschwunden war. Sein Arbeitgeber hatte vergeblich versucht, ihn zu erreichen, eine Kollegin war zu seiner Wohnung gefahren, und hatte von der Nachbarin erfahren, dass auch die Kripo schon dort gewesen war. Weder die Arbeitskollegen noch die Nachbarin hatten Kontaktdaten von Angehörigen, weshalb die Kollegin zur Polizei gegangen war und Sperburg als vermisst gemeldet hatte.

Schellenberg hatte die Eltern in Osnabrück lokalisiert, aber die Streife, die dort vorbeigeschaut hatte, war unverrichteter Dinge zurückgekehrt. Nun plante Schellenberg die Durchsuchung von Sperburgs Wohnung und hatte einen entsprechenden Antrag gestellt. Sollte der Durchsuchungsbeschluss nicht bis mittags vorliegen, würde Schellenberg wegen Gefahr im Verzug die Wohnung ohne richterliche Anordnung stürmen. Ich sah auf die Uhr. Halb elf. Verdammt! Ich wäre gern dabei.

Die Besprechung war vorbei und ich in Versuchung, die Aufzeichnung auszuschalten, als ich Schellenbergs Stimme vernahm, die Bulut noch zum Bleiben aufforderte.

»Sibel, du weißt, dass ich dich sehr schätze. Aber dein Verhalten gegenüber Ina Reich ist mir ein Rätsel. Was ist dein Problem?«

Ich hielt den Atem an, aber es dauerte sicher eine ganze Minute, bis Bulut sprach. »Als die Lauffen sie fragte, wie sie zu dieser Ermittlung kam, hat sie gelogen. Sie selbst hat sich in diese Soko hineingeschleimt.«

Aha, daher wehte der Wind.

»Na und?«, fragte Schellenberg. »Die meisten Unternehmen bemühen sich aktiv um Aufträge, das nennt sich Akquise oder Werbung. Dass es bei uns anders ist, ist eher die Ausnahme als die Regel.« Ich hörte das Lächeln, das den letzten Satz begleitete.

»Was verspricht sie sich davon?«, fragte Bulut. »Sie verdient mit diesem Auftrag kein Geld, damit ihre Unbestechlichkeit gewahrt ist. Am Ende bekommt sie das Honorar für einen einzigen Artikel. Wie lange will sie dafür hinter uns herlaufen? Wie viele Wochen? Das ist doch nicht rentabel.«

»Rentabilität kann finanziell sein oder ideell. Sie wird schon einen Gewinn daraus ziehen, sonst würde sie es nicht machen.«

»Eben«, sagte Bulut. »Irgendwas springt für sie dabei heraus. Und solange ich nicht weiß, was das ist, traue ich ihr nicht.«

Ich hörte keine Erwiderung, stellte mir aber vor, dass Schellenberg die Schultern zuckte oder abwinkte, denn Bulut seufzte leise, bevor sie neu anhob.

»Außerdem ist sie Psychologin. Sie schaut jedem von uns

aufs Maul. Checkt unseren Stresslevel, beurteilt unsere Entscheidungen, analysiert unsere Nervenstärke.«

»Machst du dir deswegen Sorgen?«, fragte Schellenberg.

Im selben Augenblick verstand ich Buluts Problem. Ja, sie machte sich Sorgen. Aber nicht um sich selbst, sondern um Schellenberg. Und sie hatte bereits bewiesen, dass sie alles tun würde, um ihn vor mir in Schutz zu nehmen.

»Vergiss es«, sagte Bulut genervt. Dann schaltete sich die Aufzeichnung ab.

Die Aussicht, wegen Buluts unfairem Spiel weiter von der Ermittlung ausgeschlossen zu bleiben, machte mich wütend. Gleichzeitig wusste ich, dass ich allein gegen die Kommissarin nicht ankam. Sie kannte die Spielregeln innerhalb des Polizeiapparats, während ich keine Ahnung hatte, wie ich beweisen sollte, was Schmierblatt-Ulf mir verraten hatte. Ich brauchte Unterstützung und rief Schellenberg an.

»Tut mir leid wegen gestern Abend, aber ich war total erschöpft. Peinlich, weil ich ja den halben Tag frei hatte, während Sie kaum zum Luftholen kommen.« An der Veränderung der Hintergrundgeräusche hörte ich, dass Schellenberg sich bewegte, dann klappte eine Tür. »Wie sieht es denn mit meiner Rückkehr in die Soko aus?«

»Haben Sie schon Zeitung gelesen?«

Ich verneinte irritiert.

»Sie haben um zwölf einen Termin mit Watermann.«

Ich hoffte, dass Schellenberg dabei war und nicht bereits auf dem Weg zu Sperburgs Wohnung, konnte aber nicht danach fragen, da ich offiziell nichts von der bevorstehenden Durchsuchung wusste. Ich bestätigte also den Termin mit dem Kriminaldirektor, zog mich um und kaufte unterwegs die drei wichtigsten Zeitungen.

Es war noch reichlich Zeit, als ich ins Parkhaus gegenüber dem Präsidium fuhr, den Motor abstellte und nach den Zeitungen griff. Die seriösen Blätter hatten den Mord an Reimer mangels Neuigkeiten auf Seite drei bis fünf geschoben. Nur Ulfs Sensationsblättchen titelte auf Seite eins: *Saures statt Süßes? Wie schlimm es wirklich um Reimers Firma steht.*

Ich stöhnte auf und überflog schnell den ganzen Artikel. Der tatsächliche Nachrichtengehalt war homöopathisch, Zahlen oder Fakten fehlten ganz. Allerdings zitierte Ulf einen nicht namentlich genannten Mitarbeiter, der sich um die Amortisation der neuen Maschinen sorgte, deren Anschaffung das Unternehmen Millionen gekostet habe. Hinweise auf die Ermittlungen der Abteilung Wirtschaftskriminalität gab es nicht, stattdessen Vermutungen und Unterstellungen über wirtschaftliche Risiken und unternehmerische Fehlentscheidungen. Nichts, was man mir in die Schuhe schieben konnte. Ich spürte die Beklemmung von mir weichen und erinnerte mich an das Experiment mit dem Anzug, das jungen Menschen die Erfahrung des Alterns nahebringen sollte. Eingenähte Gewichte und ein spezieller Schnitt behinderten die Beweglichkeit, eine Kapuze verminderte Hör- und Sehvermögen. So wie damals, als mit dem Ablegen des Anzugs Körperkraft und Sinne zurückkehrten, fühlte ich mich jetzt. Fast wären mir Tränen der Erleichterung gekommen. Ich atmete einige Male tief ein und aus, um meine Nerven zu beruhigen. Ein verheultes Gesicht würde beim Leitenden Kriminaldirektor keinen guten Eindruck machen.

An der Eingangstür des Präsidiums stieß ich fast mit einem Mann zusammen, der das Gebäude verließ. Ulf. Er zwinkerte mir zu und eilte zum Parkplatz davon. Ich betrat die Eingangshalle und stand Bulut gegenüber, die das ungeplante Zusammentreffen durch die Glastür beobachtet hatte. Wenn ihr Gesichtsausdruck ein Hinweis auf meinen Status innerhalb der Soko war, dann gehörte ich wohl ab sofort wieder dazu, denn in ihrem Blick loderte Zorn in einer Intensität, die ebenso furchterregend wie faszinierend zu beobachten war. Wortlos drehte sie sich um und ging zum Treppenhaus. Ich nahm den Aufzug, um nicht hinter ihr herzuhecheln. Trotzdem war sie vor mir im Büro des KrimiDirK.

»Frau Reich, wie schön, dass Sie so schnell kommen konnten.«

Während Kriminaldirektor Watermann Kaffee anbot, setzte ich mich neben Schellenberg auf den letzten freien Sessel in der Besprechungsecke und erwiderte sein Kopfnicken.

»Lassen Sie uns gleich zur Sache kommen: Sind Sie bereit, die gegen Sie erhobenen Vorwürfe als Ausdruck erhöhter Anspannung zu entschuldigen und Ihren Platz in der Soko wieder einzunehmen?«

Ich versuchte, meine Erleichterung zu verbergen, und zeigte mich eher zögerlich. Wäre es nicht unglaubwürdig, wenn ich jetzt einfach lächelnd nickte? Ich suchte noch nach einer Formulierung, die meinen Standpunkt klarmachte und trotzdem höflich blieb, als die Geduld des Kriminaldirektors offenbar schon erschöpft war.

»Nun machen Sie es sich und uns nicht unnötig schwer!«

»Das liegt mir fern«, brachte ich heraus. »Aber ich habe keine Entschuldigung gehört.«

Watermann machte eine auffordernde Geste zu Bulut.

»Ich bitte um Vergebung, euer Gnaden«, spottete sie.

Ich erhob mich und griff nach meiner Tasche. Schellenberg griff nach meiner Hand, ließ sie aber sofort wieder los. Die Geste war Bulut allerdings nicht entgangen. Offener Hass schoss Pfeile aus ihren dunklen Augen.

Watermann schlug auf die Lehne seines Sessels. »Bulut, reißen Sie sich zusammen oder Sie fliegen aus der Soko. Ich kann ohne Mühe einen Ersatz für Sie finden.« Er wandte sich an mich. »Entschuldigen Sie meine direkte Art, wir sind alle etwas angefressen.« Dann wieder zu Bulut: »Ihre letzte Chance.«

Ich wandte meinen Blick nach links und traute meinen Augen kaum. Sibel Bulut hatte ihre rebellisch lässige Haltung aufgegeben, war ein Muster an konzentrierter Ernsthaftigkeit und blickte mir direkt ins Gesicht. »Es tut mir leid. Ich habe in der Anspannung, in der ich mich befand, überreagiert und bitte um Entschuldigung.«

War ich bisher von ihrem Temperament unangenehm berührt und wegen ihrer Intuition besorgt, so packte mich nun die kalte Furcht. Diese Frau würde alles daransetzen, meine Ziele zu sabotieren. Und das nächste Mal würde sie es deutlich cleverer anstellen.

»Natürlich«, brachte ich leise hervor, denn etwas anderes blieb mir nicht übrig.

»Gut, dann an die Arbeit.«

Watermann saß bereits wieder hinter seinem Schreibtisch, bevor wir das Büro verlassen hatten.

Auf der Brücke wedelte Benny mit einem Blatt Papier, als wir eintraten. »Der Durchsuchungsbeschluss ist da.«

Schellenberg brachte mich bezüglich Nico Sperburg auf den neuesten Stand, während Bulut ihre Jacke schnappte und ungeduldig an der Tür wartete. Auf dem Parkplatz entschied Schellenberg, dass Bulut mit ihrem eigenen Wagen fahren solle, während er mir anbot, mich mitzunehmen. Bulut verzog keine Miene.

»Hat sich denn inzwischen geklärt, wie die Information an die Presse durchgesickert ist?«, fragte ich Schellenberg, nachdem wir einige Minuten geschwiegen hatten.

»Quellenschutz«, erwiderte Schellenberg überraschend abfällig. »Die machen sich ihre Regeln auch nach Lust und Laune.«

Dem konnte ich nicht beipflichten, denn in dieser Hinsicht war Ulf – wie die meisten Journalisten – extrem konsequent. Ich enthielt mich daher eines Kommentars.

»Der Säureanschlag auf Reimers Auto ist fünf Monate her«, sagte ich stattdessen. »Seitdem ist dieser Sperburg nicht wieder aufgefallen, oder? Also, was erhoffen Sie sich von der Wohnungsdurchsuchung?«

Schellenberg überlegte eine Weile. »Bei jeder Mordermittlung gibt es Stichworte, die uns hellhörig werden lassen: Wer ist bereits gewalttätig geworden? Wer ist verschwunden? Auf Nico Sperburg treffen beide Kriterien zu.«

»Aber einen aktuellen Hinweis gibt es nicht?«

»Ich habe auch Deloop über unser Interesse an Sperburg informiert, aber bisher gibt es keine Verbindung nach Aachen.«

»Wie könnte die zum Beispiel aussehen?«, fragte ich.

»Ein Ticket wegen Falschparkens oder Geschwindigkeitsübertretung. Irgendein anderer Beweis, dass Sperburg jemals in Aachen war.«

Der Frust und die Erschöpfung hatten seine Stimme, die am Samstag noch überraschend sanft geklungen hatte, rauer gemacht. In diesem Moment realisierte ich plötzlich, wie erschreckend schnell der körperliche Verfall voranschreiten konnte, wenn bestimmte Ereignisse die eigene Kraft überstiegen. Mir war, als schaute ich in einen Spiegel, und ich fragte mich, wer von uns beiden länger durchhalten würde.

Bulut wartete bereits vor der Tür der Nachbarin auf uns. Als Schellenberg sie nach dem Schlüssel fragte, antwortete sie spitz: »Den bekommt nur der Herr Kommissar ausgehändigt, nicht die Assistentin.«

Auch dem Herrn Kommissar persönlich überreichte die Nachbarin die Schlüssel erst nach längerem Hin und Her. Ob es rechtens sei, ob sie belangt werden könne, weil sie den Schlüssel weitergegeben habe, ob man auch nichts beschmutzen, beschädigen oder entwenden würde.

Endlich hatte Schellenberg sie überzeugt und konnte die Tür öffnen. Er und Bulut zogen Latexhandschuhe über und betraten mit offensichtlicher Anspannung die Wohnung. Erleichterung machte sich breit, als ihnen nur abgestandene Luft entgegenkam. Kein Verwesungsgeruch, keine Fliegen.

Ich hatte strikte Weisung, nichts, aber auch gar nichts anzufassen. Selbst wenn eine unbezahlbare Ming-Vase ins Straucheln geriete, führte Schellenberg aus, dürfe ich nicht nach ihr greifen, sondern solle sie bereitwillig der Vernichtung anheimfallen lassen. Ich bemühte mich um einen ernsthaften Gesichtsausdruck und nickte. In dieser Wohnung gab es nichts von unbezahlbarem Wert, aber ich hatte die Ansage kapiert.

Gegenüber der Wohnungstür lag das Bad, links ging es in das einzige Zimmer. Küchenzeile, Queensize-Bett, Holztisch mit vier Stühlen, Kleiderschrank, Kommode. Das war alles.

Nico Sperburg war achtunddreißig Jahre alt, Vollzeit berufstätig und hauste wie ein armer Student.

Bulut hatte seit der Entschuldigung im Büro des Direktors und der kurzen Bemerkung über den Schlüssel kein Wort gesagt und verhielt sich überaus korrekt. Sie ließ keine Kaugummiblasen platzen, machte keine blöden Bemerkungen über die mintgrün gestrichenen Wände und trat höflich zur Seite, wenn wir uns in die Quere kamen, was in dem winzigen Zimmer notgedrungen passierte. Erschreckend.

»Ein bescheidenes Leben«, murmelte Schellenberg.

»Verdient man als Ergotherapeut so schlecht?«, fragte Bulut.

»Vielleicht hat er gespart, um mit dieser Freundin ein Haus zu kaufen. Oder er hatte Schulden. Oder muss jemanden unterstützen, ist geschieden, zahlt Unterhalt.«

»Werden Sie das alles prüfen?«, fragte ich Schellenberg.

»Wenn es keine Verbindung zu Reimer gibt, nicht.«

»Und wie soll die aussehen?«

»So zum Beispiel!« Bulut hielt einen Zeitungsausschnitt hoch, den sie aus einer Schublade der Kommode genommen hatte. Die Überschrift lautete: »Hochzeitsglocken aus Schokolade«. Das Foto daneben zeigte Hajo Reimer und Eva auf einer Benefizveranstaltung. Erschienen war der Artikel am zwölften Dezember des letzten Jahres, im Text wurde die Hochzeit für den zwölften Mai angekündigt. Das Datum war mit rotem Filzstift unterstrichen.

»Sperburg hat den Artikel gelesen, sich über die bevorstehende Hochzeit geärgert und Säure über Reimers Auto geschüttet«, sagte Bulut. »Aber die Wut blieb oder der Hass, was auch immer es war. Also musste er mehr zerstören als ein Auto. Er hatte fünf Monate Zeit, um den Mord zu planen.« Sie legte den Artikel zurück in die Schublade, wo sich weitere Zeitungsausschnitte über Reimer, sein Engagement im Kölner Karneval und sein Unternehmen befanden. Kein Artikel war älter als fünf Monate.

Schellenberg rief die Spurensicherung. Zwei Stunden später hatten sie die ganze Wohnung auf den Kopf gestellt. Unterlagen und Kontoauszüge wurden in Kartons gepackt und abtransportiert.

»Auffällig ist das, was fehlt«, sagte Tjorvaldsen. Er hatte den weißen Schutzoverall von den Schultern gestreift, sein T-Shirt darunter war komplett durchgeschwitzt. »Kein Computer, kein Handy, keine verderblichen Lebensmittel im Kühlschrank. Und kein privates Foto.« Er wies auf den rechteckigen hellen Fleck an der Wand, wo offenbar ein Bild gehangen hatte. »Es ist nicht zu finden. Nicht im Müll, nicht in der Kommode, nirgendwo.«

»Ich hole die Nachbarin«, sagte Bulut.

Die alte Dame war entsetzt über das Chaos, das in Sperburgs Wohnung herrschte, und rang verzweifelt die Hände. »Wie soll ich ihm erklären, dass ich Sie hereingelassen habe!«

Schellenberg erklärte ihr, dass die Polizei ohne Schlüssel die Tür aufgebrochen hätte. Dann fragte er sie nach dem Bild.

»Es war ein Foto von ihm und seiner Verlobten«, flüsterte die alte Dame unter Tränen. »Sie wollten doch heiraten.«

Nein, ihr genauer Name sei ihr nicht wieder eingefallen, obwohl sie viel darüber gegrübelt hätte. Und das Aussehen – nun ja. Dünn sei die Freundin, schwarze Locken, stark geschminkte Augen, etwa so groß wie Sperburg selbst, vielleicht eine Ausländerin, so wie diese Frau aus dem Fernsehen, die Kommissarin mit dem Mönch.

»Bonì«, sagte Bulut, ohne zu zögern. »Louise Bonì. Ich besorge ein Foto von ihr, damit wir wenigstens einen Anhaltspunkt haben, wie diese Sabine, Simone oder Susanne aussieht.«

Erst, als wir die Wohnung wieder verlassen hatten, beruhigte sich mein Herzschlag, trockneten meine Handflächen, konnte ich wieder durchatmen. Die Ermittler hatten die Spur aufgenommen, endlich gab es einen konkreten Verdächtigen.

Schellenberg beauftragte Bulut, alles über Nico Sperburg herauszufinden. Sie sollte zuerst zu seinem Arbeitgeber fahren und sich dann von dort aus weiter durchfragen, denn meistens wussten die Kollegen etwas über Hobbys oder Freunde. Schellenberg und ich würden noch einmal zu Reimers Firma fahren.

Der Parkplatz des Süßwarenherstellers leerte sich gerade, und auch die Empfangsdame im Erdgeschoss verabschiedete sich, nachdem sie uns eingelassen hatte. Um kurz nach fünf wirkte das Gebäude verlassen, zumindest bekamen wir niemanden zu Gesicht. Bis auf Reimer senior.

Der Firmenchef begrüßte uns mit dem letzten Rest an Höflichkeit, der ihm noch zur Verfügung zu stehen schien. Er wirkte um Jahre gealtert, das Gesicht schmal, die Augen tief in den Höhlen, matt, von dunklen Ringen umgeben. Das Büro, in dem er uns empfing, verriet nicht, wer zuletzt hier gearbeitet hatte: er oder sein Sohn. Weiße Wände mit kunstvollen Fotografien von Backzutaten. Mehl in einer Explosionswolke, Zucker wie Pulverschnee, Kakaobohnen perlengleich in Austernschalen. Eine Sitzgruppe mit tiefen eckigen Ledersesseln in der Farbe von Honigmilch. Eine Schale Schokokugeln stand auf dem Rauchglastisch neben einer Karaffe mit Wasser und Gläsern. Reimer winkte uns dorthin und ließ sich selbst in einen der Sessel sinken. Kurz streifte mich die Frage, ob er aus eigener Kraft wieder herauskommen würde.

»Sind Sie schon weitergekommen?«

»Wir haben eine ganze Menge neuer Erkenntnisse, die wir weiter verfolgen«, sagte Schellenberg. »Deshalb sind wir hier.«

Reimer machte eine auffordernde Geste.

»Wie sieht die Situation in der Firma aus, jetzt, nachdem Ihr Sohn tot ist?«

»Da müssen Sie die Zeitung fragen, die wissen offenbar Bescheid.« Die Verbitterung ließ seine Stimme knistern.

»Wir hören lieber Fakten statt Fiktion.«

»Die kurze Antwort lautet: beschissen.«

»Inwiefern?«

»Wussten Sie, dass das Unternehmen vor fünf Jahren fast bankrott war?«

Schellenberg nickte.

Reimer schaute auf seine knochigen Hände, die er pausenlos knetete. »Es war meine Schuld. Ich hatte jahrelang einfach *business as usual* gemacht und den Anschluss an die veränderten Kundenwünsche verpasst. Hajo hat den Laden entrümpelt, modernisiert und zu einem florierenden Unternehmen umgebaut. Ohne ihn werden wir ganz schnell wieder dort landen, wo wir schon mal waren.«

Auch ich hatte ausführlich recherchiert und musste Reimer Respekt zollen. Er hatte in wenigen, für einen Unternehmer außergewöhnlich selbstkritischen Worten zusammengefasst, worüber Wirtschaftszeitungen jahrelang berichtet hatten. Den Niedergang eines Familienbetriebs, weil der Patriarch sich auf seinen Erfolgen ausgeruht, keine Investitionen mehr getätigt und sich immer mehr vom Markt entfernt hatte. Besonders bedauerlich, weil sein fulminanter Start die ganze Branche erschüttert und eine Fachzeitschrift ihm den Titel ›König der Innovation‹ verliehen hatte.

Nach einer Konditorlehre hatte Reimer senior Anfang der Siebzigerjahre die kleine Süßwarenfabrik des kinderlos verstorbenen Onkels übernommen. Er begann zu experimentieren, entwickelte neue Rezepturen, die nicht nur Kindern, sondern auch den Müttern schmeckten, produzierte Bonbons in witzigen Formen und erfand aufwendige Verpackungen, als dies noch lange nicht gang und gäbe war. Er war nicht nur Konditor, sondern auch ein unermüdlicher Tüftler, der die Maschinen, die er brauchte, um gefüllte Waffeln und Figurenkonfekt herzustellen, selbst entwickelte. Er reiste viel und ließ sich inspirieren, brachte neue Ideen mit nach Deutschland, wo die Mehrheit dem Zuckerkonsum noch nicht besonders kritisch gegenüberstand. Während Süßigkeiten sich vom Luxusprodukt zu einem alltäglichen Lebensmittel wandelten, erfüllte er die Wünsche der breiten Masse.

Aber dann verlor er den Anschluss. Die Menschen wurden gesundheitsbewusster, aßen weniger Süßigkeiten, wollten zwar nach wie vor naschen – aber bitte mit gutem Gewissen. Plötzlich gab es Schokolade mit Joghurtfüllung, deren Werbung vor allem den weiblichen Kundinnen Genuss ohne Reue versprach. Das war erst der Anfang eines Trends, den Reimer verschlief, bis es fast zu spät war.

Sein Sohn, der bis dahin wenig Interesse für das Familienunternehmen aufgebracht hatte, brach sein Betriebswirtschaftsstudium im zweiundzwanzigsten Semester ab, trat in die Firma ein und riss das Steuer herum. In buchstäblich letzter Sekunde.

»Wie hat Ihr Sohn das Unternehmen wieder flottgemacht?«, fragte Schellenberg.

»Er entließ zweihundert Mitarbeiter und baute die Produktpalette um.«

»Was bedeutet das genau?«

»In der Produktion: Maschinen statt Menschen. Bei den Produkten: Klasse statt Masse. Mit einer neuen Bio-Schokolade aus speziellen Kakaobohnen zielte er auf eine ganz exklusive Klientel, für die der Kauf einer Schokolade keine Preis-, sondern eine Imagefrage ist. Die Rohstoffe kommen von bäuerlichen Kleinbetrieben, die Schokolade wird mit Ingwer, Chili oder Meersalz verfeinert, die Verpackungen von Künstlern gestaltet und die Ware nur im Bioladen zu Höchstpreisen verkauft. Ich dachte damals, dass wir innerhalb eines Jahres ruiniert wären.«

Da war der Senior nicht allein gewesen. Tatsächlich hatte ich bei meiner eigenen Recherche Kommentare gefunden, die Reimers Unternehmensführung als direkte Fortsetzung seiner wilden Jahre auf einem neuen Spielfeld sahen. Der Unterschied war, dass er bei den Risikosportarten mit seinem eigenen Leben spielte, als Firmenchef aber die Zukunft eines Familienunternehmens und seiner Mitarbeiter in die Waagschale warf. Die Kritiker verstummten erst, als die Erfolge Reimer recht gaben.

»Seine neueste Erfindung waren die sogenannten City-Chocs, also Figurenschokolade in Form bekannter Gebäude. Kölner Dom, Dresdner Frauenkirche, Elbphilharmonie, solche Sachen. Allerdings sind die Modelle teuer, die Herstellung kompliziert und die Produktionszahlen gering. Der Dom läuft eben nur in Köln, die Elphi nur in Hamburg. Der damit neu generierte Umsatz steht in keinem Verhältnis zum Investitionsvolumen.«

Im Grunde betete Reimer das herunter, was auch Ulf schon in seinem Schmierblatt verbreitet hatte.

»Hat Ihr Sohn sich in seiner Branche Feinde gemacht?«, fragte Schellenberg.

Reimer senior ließ ein Schnauben hören. »Was glauben Sie, was mein Job in der Firma war, seit mein Sohn eingestiegen ist? Besänftigung. Schadensbegrenzung. Nicht finanziell, sondern menschlich.«

Schellenberg beugte sich vor. »Dann sind Sie der Meinung, dass er Feinde hatte?«

»Natürlich«, entgegnete Reimer. »Mein Sohn suchte nie den Kompromiss, sondern immer den maximalen Gewinn für sich selbst. Bei dieser Strategie bleiben die anderen auf der Strecke.«

Schellenberg ließ keine Reaktion erkennen. »Haben Sie bestimmte Personen im Sinn?«

»Nun, im geschäftlichen Umfeld wäre da ein Konkurrent, den Hajo aus den Regalen gedrängt hat, außerdem einige der ehemaligen Mitarbeiter, die mein Sohn bei der Abfindung über den Tisch gezogen hat.«

»Und privat?«

Reimer winkte erschöpft ab. »Ich kannte das Privatleben meines Sohnes nicht gut, weil ich mich von ihm ferngehalten habe.«

»Sie haben sich nicht gut verstanden?«

»Mein Sohn war ein Schwein«, sagte Reimer. »Aber er

war mein Sohn und das Unternehmen brauchte einen Nachfolger.«

»Warum haben Sie uns das alles nicht schon früher erzählt?«

Reimer fuhr sich mit zitternden Händen über das Gesicht. »In Anwesenheit meiner Frau? Wenn sie mich so über ihren Liebling reden hört, sticht sie mir bei nächster Gelegenheit ein Messer zwischen die Rippen.«

Schellenberg bat Reimer um eine Liste derjenigen Personen, die eine besondere Abneigung gegen Hajo Reimer haben könnten, egal ob aus geschäftlichen oder privaten Gründen. »Und«, fuhr er fort, »ich werde Ihnen zwei Mitarbeiter schicken, die sich im Unternehmen umsehen«, sagte Schellenberg. »Es wäre gut, wenn Sie ihnen alle Informationen zur Verfügung stellen würden, die sie brauchen. Wirklich alle.«

Reimer nickte desinteressiert. »Kein Problem.«

Schellenberg bedankte sich und stand auf. Auf dem Weg zur Tür drehte er sich noch einmal um. »Ihr Sohn hat kurz vor der Hochzeit zwanzigtausend Euro in bar von seinem Privatkonto abgehoben. Haben Sie eine Idee, wofür das Geld war?«

Reimer schwieg eine Weile, bevor er verneinte. Ob er die Antwort nicht kannte oder nicht sagen wollte, erschloss sich mir nicht.

Wir ließen den alten Mann allein in den Ruinen seines Lebenswerkes zurück.

Ich sehnte mich nach einer Pille, wollte sie aber nicht vor Schellenbergs Augen einwerfen. Meine Hand tastete nach dem Röhrchen in der Handtasche, schloss sich darum, liebkoste es förmlich, während ich versuchte, mich zusammenzureißen. Es war eine herkulische Anstrengung. Der alte Mann hatte meinen Schutzpanzer durchdrungen, sein Leid stieß kalte Klingen in mein Herz. Was für eine Tragödie, wenn man den eigenen Sohn als Schwein bezeichnen muss, aber nicht von ihm loskommt. War der Mann jetzt erleichtert, dass das Schwein tot war oder empfand er Schuldgefühle, weil er seinen Sohn nicht hatte lieben können? Oder hatte er ihn geliebt, obwohl er ihn für einen schlechten Menschen hielt? Gab er sich selbst Schuld am schlechten Charakter? Bedauerte er, nicht mehr Zeit mit ihm verbracht, nicht mehr Nachsicht geübt, nicht mehr Verständnis aufgebracht zu haben? Und was würde er in seiner Trauer, seinem Schmerz und seiner Wut von seiner Frau bekommen? Hilfe? Ablehnung? Schuldzuweisungen? Ich hatte mich mein Leben lang für Opfer interessiert, meist für solche, die in keiner Statistik erfasst wurden. Reimer senior war in diesem Fall das Opfer, das mich am meisten rührte, denn nicht die Toten benötigen unsere Aufmerksamkeit, sondern die Lebenden. Sie sind es, die weiter existieren, auch wenn jeder Tag unüberwindbar scheint, jeder Atemzug schmerzt, jede Nacht endlose Qual bedeutet. Mochte das Ergebnis der Ermittlungsarbeit auch darin bestehen, dass Hajo Reimer mit seinem Tod für eine Schuld hatte zahlen müssen, so schuf doch der Mord an ihm neue unschuldige Opfer. Der gerechte Tod des einen war der Tod der Gerechtigkeit für andere.

Ich zog das Röhrchen mit den Pillen aus der Tasche, schüttelte drei heraus und schluckte sie trocken. Schellenberg schaute mir kurz in die Augen, sagte aber nichts. In seinem Blick hatte ich gesehen, dass er verdammt genau wusste, was in mir vorging. Auch er sah grässlich aus.

»Ist es in Ordnung, wenn wir etwas essen gehen?«, fragte Schellenberg. »Ich sterbe vor Hunger.«

Ich nickte dankbar. Seit dem Croissant am frühen Morgen hatte ich nichts mehr gegessen. Mein Magen schmerzte von zu viel Chemie und zu viel Kaffee. Essen half.

»Italienisch, türkisch oder asiatisch?«, fragte Schellenberg.

Nicht türkisch, hätte ich am liebsten spontan geantwortet, aber das wäre kindisch gewesen. »Ich mag alles, wählen Sie.«

Kurze Zeit später saßen wir auf bequemen Stühlen an einem sauberen Tisch in einem türkischen Lokal, das halb Imbiss, halb Restaurant war. Wir bestellten gemischten Salat und Gemüseeintopf mit Lamm und nahmen zwei Becher Ayran aus dem Kühlschrank.

»Warum sind Sie zur Polizei gegangen?«, fragte ich Schellenberg. Ich wollte bestimmen, in welche Richtung das Gespräch führte.

Er schüttelte lächelnd den Kopf. »Ich habe dieses Lokal ausgesucht, weil man hier nicht über Dienstliches sprechen darf.«

Alarmglocken schrillten in meinem Kopf, aber ich bemühte mich, sein Lächeln zu erwidern. »Wo steht das?«

Schellenberg wies auf eine Kalligraphie an der Wand, von der ich annahm, dass es sich um eine Sure aus dem Koran handelte. Ein jungenhaftes Grinsen auf seinem Gesicht zauberte eine Vorstellung von dem Mann herbei, der er vermutlich einmal gewesen war. Energisch, kraftvoll, engagiert, idealistisch. Ein Nachhall davon war noch immer zu spüren, wie der Hauch eines Parfums, der im Zimmer bleibt, nachdem die Person, die es trägt, bereits gegangen ist. Plötzlich erinnerte er mich an Johannes. Mein Hals wurde eng, ich schluckte dagegen an.

»Erzählen Sie mir, was Sie in Ihrer Freizeit am liebsten machen«, forderte er mich auf und griff gierig nach dem Fladenbrot, das inzwischen auf unseren Tisch gestellt worden war.

Der Duft des warmen, weichen Brotes war wie eine Liebkosung, der ich mich gern hingegeben hätte, aber ich musste auf der Hut sein. Zwar ging ich nicht davon aus, dass Schellenberg mich aushorchen wollte, aber er war nun einmal Kommissar und darauf getrimmt, Lücken oder Fehler in den Aussagen anderer Menschen zu finden. Um Zeit zu gewinnen, griff auch ich nach dem Brot, riss ein Stück ab und steckte es in den Mund.

»Ich bin am Stadtrand aufgewachsen und als Kind stundenlang durch den Wald gestromert«, sagte ich wahrheitsgemäß, verschwieg nur Rike, der ich hinterherlief, weil ich allein Angst hatte, mich zu verlaufen. »Als Teenager bin ich ein paar Jahre geritten, später hat mich ein Bekannter zum Rudern gebracht.«

Meine Gedanken schweiften zurück zu jener Zeit, als ich mit der Bewegung, dem Boot und den Teamkameraden eins war. Ob ich Sonne oder Regen auf der Haut spürte, war mir egal, denn ich liebte diesen Sport, obwohl die Technik zu erlernen so viel schwieriger war als vermutet. Nachdem ich die Abläufe endlich verinnerlicht hatte, verfiel ich nicht selten in eine Art Trance. Nie wieder hatte ich eine derartige Leichtigkeit gespürt, eine gelassene Lebendigkeit, einen Einklang mit der ansonsten so unberechenbaren Welt. Ich fühlte mich vollkommen erneuert, wenn ich körperlich erschöpft, aber seelisch ausgeglichen wieder an Land kam, wo die Klauen der Schwerkraft mich umschlossen, der Lärm der Stadt auf mich einschlug und die Sorgen meiner Patienten sich wie Gewichte an mich hängten.

»Als ich von der psychologischen Praxis zum Journalismus wechselte, musste ich das Rudern aufgeben. Unregelmäßige Arbeitszeiten, häufige Reisen, das übliche Spiel.« Das Essen kam und erlöste mich von der Last, über mich selbst sprechen zu müssen. Eine Zeitlang aßen wir schweigend, der Eintopf war wunderbar würzig mit genau der richtigen Schärfe, die von der Süße der Möhren gemildert wurde. Ich erinnerte mich daran, wie sehr ich gutes Essen einmal genossen hatte. Eigentlich nur in der Zeit, in der ich mit Johannes zusammen war. Vielleicht würde es mir eines Tages wieder gelingen. Als Schellenberg seinen Teller fast geleert hatte, legte ich mein Besteck ab. Es war an der Zeit, die Richtung des Gesprächs wieder in die Hand zu nehmen, bevor die Themen mir gefährlich wurden.

»Jetzt sind Sie dran: Freizeit, Sport, Lieblingsfarbe.«

Wie erwartet lächelte er. »Poesiealbum?«

Ich nickte.

»Wandern, Wandern, Blau.«

»Eifel oder Alpen?«

»An Wochenenden Eifel, Ardennen oder Bergisches Land, im Urlaub fahre ich in die Alpen.«

»Kein Teamsport?«, fragte ich, weil er sicher auch darin gut wäre.

»Um Himmels willen!« Er hob die Hände in Abwehrhaltung und grinste. »Die Arbeit ist Teamsport genug.« Das Grinsen bröckelte, ein Schatten zog über sein Gesicht. Ob er an Bulut dachte?

»Wenn Sie drei Menschen auf eine einsame Insel mitnehmen dürften, wen würden Sie wählen?«, fragte Schellenberg.

Volltreffer! Diese Frage hatte er sich nicht selbst ausgedacht, sie war ein Klassiker unter Psychologen. Und sie traf genau ins Schwarze, denn meine ehrliche Antwort würde lauten: niemanden. Die Freundin meiner Kindertage war tot, meine Mutter hatte ich gehasst, so lange ich denken konnte, und Johannes würde eine andere Frau heiraten.

»Fragen Sie mich in vier Wochen noch mal«, sagte ich leise.

Ich konnte förmlich sehen, wie er sich innerlich wand. »Es tut mir leid«, murmelte er und räusperte sich. »Das war wohl ein bisschen zu persönlich.«

Gegen meinen Willen musste ich lachen und hoffte, dass kein Schluchzen daraus wurde. Bei Erschöpfung neigte ich neuerdings zur Hysterie. »Wenn diese Sache vorbei ist, erzähle ich Ihnen mein Leben in allen Einzelheiten.« Ich sah ihm fest in die Augen. »Sofern Sie dann noch wollen.«

Schellenbergs Blick verriet, dass er wollen würde.

Wir hatten uns gerade voneinander verabschiedet, als mein Handy klingelte. Meiner Mutter gehe es sehr schlecht, sagte die Stationsleitung des Heims, sie sei verwirrt, ob ich vielleicht kommen könne? Zwar hatte ich nicht vorgehabt, sie noch einmal zu sehen, bevor ich Köln verließ, aber natürlich sagte ich zu.

Als ich kam, hing meine Mutter im Rollstuhl wie ein Kind in Großvaters Sessel. Sie wirkte winzig, weil sie kaum mehr über die Kraft verfügte, sich aufrechtzuhalten. Ein Speichelfaden führte vom Mundwinkel bis auf die Brust. Ich wischte ihn weg, drehte den Rollstuhl ein wenig und hockte mich vor sie. Ihr Blick ging nun nicht mehr in den Garten, sondern irrlichterte einen Moment herum, bevor er sich auf mich fokussierte. Ihr Gesicht verzerrte sich zur Fratze.

»Seit Ihrem Besuch am Sonntagabend ist sie unruhig, aber in den letzten Stunden wurde es immer schlimmer. Sie spricht kaum noch, und wenn sie etwas sagt, klingt es wie ›Polizei‹.« Die Pflegerin, die mich begleitet hatte, rang die Hände. »Haben Sie eine Idee, was sie so aus der Fassung gebracht hat?«

»Nein«, sagte ich bedauernd. Die Lüge ging mir leicht von den Lippen.

»Kssss …«, machte Mutter. »Eksss.«

»Ja, auch das sagt sie immer wieder, aber wir verstehen nicht, was sie meint.« Die junge Frau mit osteuropäischem Akzent war regelrecht zerknirscht. Ich hätte die Pflegekräfte für abgebrühter gehalten, denn in diesem Heim waren die wirklich hoffnungslosen Fälle untergebracht. Es war keine Wellness-Residenz für begüterte Seniorinnen und Senioren, sondern die definitiv letzte Station auf dem Lebensweg sehr kranker Menschen. Der wichtigste Arzt des Hauses war der Palliativmediziner.

»Ich werde ein Weilchen bei ihr bleiben«, sagte ich. Die Pflegerin verstand den Wink mit dem Zaunpfahl und ließ uns allein.

»Ksssse«, zischte Mutter erneut. Ihr Blick hatte die aufgesetzte großbürgerliche Haltung verloren. Ohne die Maske, die sie ihr Leben lang getragen hatte, offenbarten sich Verbitterung, Hass und Verachtung. Endlich sah meine Mutter aus wie der Teufel, der sie immer gewesen war. Dass mir dieser Anblick vergönnt war, erfüllte mich mit einem Gefühl der Dankbarkeit. Ich hatte es mir nicht eingebildet, war nicht hypersensibel gewesen, hatte keinen »Knacks«, den sie mir so gern einreden wollte, weil ich nicht so funktionierte, wie sie es wünschte.

Ich erinnerte mich an den Tag vor einundzwanzig Jahren, als ich zu ihr kam, zitternd und verheult. Endlich hatte Rike mit mir gesprochen, hatte unter wildem Schluchzen von der Vergewaltigung berichtet. Und davon, dass ihre Periode ausgeblieben war. Was ihre Mutter dazu sagte, fragte ich, aber Rike schüttelte den Kopf. Sie dürfe nichts wissen, habe selbst genug Probleme, das würde sie nicht verkraften. Stattdessen verlangte Rike von mir, dass ich mit meiner Mutter sprach. Ich hatte nicht die Kraft, Rike diesen Wunsch abzuschlagen. Also bat ich meine Mutter um das Geld, das Rike brauchte, um in Holland abzutreiben, denn in Deutschland waren Schwangerschaftsabbrüche nur bis zur zwölften Woche erlaubt. Mutter hatte mich angesehen, als sei ich von allen guten Geistern verlassen. Ich erzählte ihr die ganze Geschichte und sagte, wenn sie meiner besten, meiner einzigen Freundin kein Geld geben wolle, dann müssten wir die Familie des Schuldigen erpressen, denn irgendwoher müsse das Geld für die Bahnfahrt, die Hotelübernachtung und die Medikamente kommen, das Rike bräuchte. Die Antwort meiner Mutter bestand in einer Ohrfeige und dem gezischten Vorwurf, mich auf das Niveau dieser rothaarigen Hexe herabzulassen, von der jeder wisse, dass sie die Jungs absichtlich verrückt mache. Solle sie das Balg austragen, das sie sich habe andrehen lassen, die Vergewaltigung sei doch nur gelogen. Leute wie die, die Rike nun beschuldigte, seien, im Gegensatz zu dem asozialen Pack, zu dem meine Freundin gehöre, über jeden Zweifel erhaben. Sollte ich derartige Vorwürfe je wieder erwähnen, würde Mutter mich so grün und blau schlagen, dass ich einen ganzen Monat lang weder sitzen noch liegen könne.

Noch Jahre danach hatte Mutter nicht nur Rike, sondern auch mich immer wieder als Hexe beschimpft. Seit einigen Jahren hatte ich die Beleidigung nicht mehr gehört, aber offenbar war es heute wieder so weit. Wie gut, dass ihre Sprache inzwischen völlig verwaschen war.

Das Quietschen von Gummisohlen kündigte die Rückkehr der Pflegerin an, der Gesichtsausdruck meiner Mutter entspannte sich. Wer sie nun sah, erblickte eine Frau, die sich demütig in ihr Schicksal fügte.

Meine Mutter, Meisterin der Täuschung.

Ich hatte viel von ihr gelernt.

»Hier ist ein Beruhigungsmittel, damit sie sich nicht so quälen muss«, sagte die Pflegerin und legte mir eine kleine Pillendose in die Hand. »Geben Sie ihr die Tablette mit reichlich Wasser, das mildert die Angstzustände.«

»Danke.« Ich nahm die Dose entgegen und ließ sie in meine Tasche gleiten, sobald die Pflegerin außer Sicht war. Dann wartete ich noch eine halbe Stunde, verabschiedete mich freundlich vom Personal und verließ den Ort des Schreckens.

Warum ich den Blick schweifen ließ, als ich noch ganz in Gedanken über den fast leeren Parkplatz zu meinem Auto ging, weiß ich nicht. Weder war ich ängstlich noch erwartete ich, etwas Bestimmtes zu sehen. Aber ich sah etwas, das mir nicht gefiel, und zwar Buluts Auto auf der gegenüberliegenden Straßenseite.

Wie hatte sie mich gefunden? Ich war gleich nach meinem Essen mit Schellenberg hierhergefahren, während Bulut den Nachmittag mit Ermittlungen rund um Nico Sperburg verbracht hatte. Kurz bevor Schellenberg und ich das Restaurant verließen, hatte sie per Telefon die spärlichen Ergebnisse durchgegeben. Schellenberg hatte sie in den Feierabend geschickt, aber statt nach Hause zu fahren, hatte sie sich an meine Fersen geheftet. Nur wie? Ich hatte den Gedanken kaum zu Ende gedacht, als mir klar wurde, dass es nur eine mögliche Antwort gab: Sie hatte mein Auto mit einem Tracker versehen. Mir wurde siedend heiß. Seit wann überwachte sie meine Schritte? Welche Wege der letzten Tage hatte sie nachvollzogen? Was sagten ihr die Informationen, die sie erhalten hatte?

Ich war viel zu aufgeregt, um auf diese Fragen vernünftige Antworten zu finden. Mit zitternden Händen steckte ich den Schlüssel ins Zündschloss, ließ den Motor an und fuhr zum Penthaus. Ich hatte Glück, dass der Parkplatz im Hof, der offiziell zu dieser Wohnung gehörte, frei war, denn eigentlich hatte ich dem Nachbarn gestattet, ihn zu nutzen, weil mein Auto sowieso fast nie dort stand. Ich ging hoch, nahm mein geheimes Handy und rief den Mann an, bei dem ich die Abhöreinrichtung gekauft hatte. Es kostete eine ganze Menge Überzeugungskraft und zweihundert Euro extra, ihn zu einem Hausbesuch zu überreden.

Gute eineinhalb Stunden später grüßte Jay mich mit einem Kopfnicken und hörte sich mein Problem an. Er zeigte keine Regung, für ihn war das Ausspioniert-Werden ebenso alltäglich wie das Ausspionieren.

»Wo steht dein Wagen?«

Fünf Minuten später lag ein schwarzes Kästchen auf dem rissigen Asphalt des Innenhofs. Jay öffnete es und zeigte auf die beiden Geräte darin.

»Hier der Tracker, dort der Akku, beides in einem Schutzkästchen, das mit einem starken Magneten an der Karosserie befestigt wird. Da wir im Radkasten ausreichend Platz haben, kann man einen richtigen Sender nehmen, der mit Mobilfunk arbeitet so wie deine als USB-Stecker getarnte Abhöreinrichtung. Der Akku hält ein paar Wochen.«

Ich starrte Jay an. »Du meinst, sie muss auch nicht in der Nähe sein, um zu wissen, wo ich bin?«

»Sie? Zickenkrieg?« Ich gönnte ihm seinen Spott und nickte. Sollte er doch denken, dass die Frau, die mich überwachte, die Liebhaberin meines Freundes war – oder meine eigene. Mich interessierte nicht, was er von mir hielt, solange er mir half, mich aus der Überwachung zu befreien.

»Dieses Ding hier sendet deine Bewegungsdaten an jeden beliebigen Ort auf der Welt – es sei denn, Sender oder Empfänger befinden sich im Funkloch.«

Nachdem ich den ersten Schock verdaut hatte, beschloss ich, Bulut mit ihren eigenen Waffen zu schlagen, und kaufte Jay einen Funkwellenabtaster ab. Damit konnte ich in Zukunft selbst herausfinden, ob Bulut mir eine weitere Wanze untergeschoben hatte. Außerdem erstand ich einen Tracker wie den, den wir gerade an meinem Auto gefunden hatten.

»Wenn du sichergehen willst, sie nicht zu verlieren, brauchst du einen Minisender, den du ihr in die Handtasche steckst.«

Ich starrte meine eigene Tasche entsetzt an. »Ist hier auch so ein Ding drin?«

Zum Glück fand Jay nichts. Beruhigt erwarb ich das Gerät von ihm. Mehr als je zuvor war ich mir im Klaren darüber, dass Bulut eine verdammt gefährliche Gegnerin war.

Donnerstag, 17. Mai, 09:00–13:00 Uhr

Heiße Spur? Soko durchsucht Wohnung! So lautete die Schlagzeile auf dem Titel des Schmierblatts, das ich neben zwei Bechern Kaffee und einem Croissant beim Bäcker kaufte. Wieder fragte ich mich, woher Ulf seine Informationen bezog, aber nach der Entdeckung des GPS-Trackers an meinem Auto, der nur von einer Kripo-Beamtin angebracht worden sein konnte, würde es mich auch nicht mehr überraschen, wenn ein Sensationsjournalist seinerseits mit solchen technischen Tricks die Bewegungen der Soko überwachte.

Der Inhalt des Artikels war dürftig. Die Nachbarin hatte jede Stellungnahme verweigert, Ulf hatte die Verbindung von »Nico S., einem bisher eher unauffälligen Ergotherapeuten aus Ehrenfeld« zu Reimer nicht herstellen können. Trotzdem ging ich davon aus, dass bei der Soko schlechte Laune angesagt war. Zu meiner Überraschung war dem nicht so.

Auf der Brücke saßen Schellenberg, Bulut und Benny zusammen, außerdem die drei zusätzlichen Ermittler, deren Namen ich gedanklich durch Tick, Trick und Track ersetzte, weil ich mir nicht merken konnte, wer Rüdiger, Maik oder Ingo war. Die Besprechung war fast vorbei, weshalb ich nur kurz in die Runde nickte.

Bulut hatte dunkle Ringe unter den Augen, was mir ein Gefühl tiefer Befriedigung verschaffte. Nachdem ich am

Vorabend über den von ihr angebrachten GPS-Tracker an meinem Auto erst erschrocken und dann verärgert gewesen war, hatte ich den Sender an den Wagen des Studenten aus dem Stockwerk unter mir geheftet, der als Arzneikurier in der Nachtschicht von zwei bis sechs arbeitete. Dann war ich, im Schutz der Anonymität, wie ich dank des Funkwellenabtasters wusste, zum Apartment mit dem Goldfisch gefahren, für den ich immer noch kein Futter besorgt hatte.

Am Morgen hatte ich dann auf dem Weg zum Präsidium einen Umweg gemacht, um das Gerät wieder an meinem Auto anzubringen. Bulut sollte nicht merken, dass ich ihr auf die Schliche gekommen war. Dann hatte ich mich revanchiert und ein baugleiches Kästchen mit Sender und Akku an Buluts Alfa angebracht.

Auf meine Frage, ob Bulut keinen Verdacht schöpfen würde, hatte Jay die Schultern gezuckt. »Wahrscheinlich nicht. Die meisten Leute unterschätzen ihre Gegner.«

Das jedenfalls würde mir nicht passieren.

Wie seine Kollegin hatte auch Schellenberg Ringe unter den Augen, die ich aber eher auf allgemeine Erschöpfung schob.

»Ich bin nicht sicher, ob Sie das noch mitbekommen haben«, sagte er zu mir, nachdem er einen Schluck Kaffee getrunken, das Gesicht verzogen und schnell geschluckt hatte. »Der verschwundene Nico Sperburg, der den Säureanschlag auf Reimers Auto verübt hatte, trägt Schuhgröße dreiundvierzig. Auch der Fingerabdruck auf der Nachricht, die der Mörder bei Reimer hinterlassen hat, könnte von ihm stammen.«

»Könnte?«, fragte ich erstaunt. »Ich dachte, Fingerabdrücke wären klar zuzuordnen.«

»Sofern sie vollständig und gut abgebildet sind.«

»Und das bedeutet?«, fragte ich mit klopfendem Herzen.

»Kriminalkommissarin Bulut hat gestern mit Ermittlungen in Sperburgs Umfeld begonnen. Aktuell geben wir eine Fahndung raus, vorerst nur intern. Das heißt, dass alle verfügbaren Polizeikräfte nach ihm und seinem Auto suchen. Die Öffentlichkeit wird aber noch nicht eingeschaltet.«

Ich dachte an die Schlagzeile der *BrandAktuell*, sagte aber nichts und nickte.

Schellenbergs Telefon klingelte. Während er zuhörte, hellte sich seine Miene auf. »Schicken Sie mir eine SMS mit der Adresse. Ich komme.«

»Die Aachener haben ihr Opfer identifiziert und sind auf dem Weg in dessen Wohnung. Sibel, du kümmerst dich weiter um Sperburg. Rüdiger, Maik und Ingo, ihr kennt euren Einsatzplan. Frau Reich, Sie kommen mit mir.«

Ich nickte entspannt. Dank meines Trackers an Buluts Auto würde ich jederzeit wissen, wo sie sich aufhielt.

Der Porsche röhrte beruhigend, während Schellenberg mich kurz auf den Stand der Dinge brachte. Nach der weitgehend schlaflosen Nacht musste ich mich extrem konzentrieren, um dem Bericht zu folgen: Die Kollegen von der Abteilung Wirtschaftskriminalität stellten seit sieben Uhr Reimers Unternehmen auf den Kopf und waren auf weitere Fälle von Sozialabgabenbetrug gestoßen. Reimer senior hatte eine Liste mit Leuten geschickt, die von seinem Sohn »über die Maßen«, wie er sich ausdrückte, übervorteilt, ausgebootet oder sonst wie schlecht behandelt worden waren. Ich fragte mich, was im Geschäftsleben unter dem üblichen Maß zu verstehen war. Basierend auf der inzwischen bekannten Persönlichkeitsstruktur von Hajo Reimer, vermutete die Fallanalytikerin Dr. Lauffen, dass die Verbindung zwischen den beiden Opfern in einer kriminellen Machenschaft im Umfeld des Unternehmens bestand.

Ich dankte für die Zusammenfassung, dann wurde es still.

»Wie geht es Ihnen?«, fragte Schellenberg nach einer Weile. »Entschuldigen Sie, wenn ich so direkt frage, aber Sie sehen mitgenommen aus.«

Ich erzählte ihm von einer schlaflosen Nacht, verschwieg aber den Grund. Erstens konnte ich nicht beweisen, dass der Tracker von Bulut kam, und zweitens war mir sehr daran gelegen, dass sie Mitglied der Soko blieb. Während der Ermittlungsarbeit hatte sie wenig Gelegenheit, sich über Gebühr mit mir zu beschäftigen. Würde sie aus der Mordkommission fliegen, stünde ihr alle Zeit der Welt zur Verfügung, um mir zu folgen. Das wollte ich auf jeden Fall vermeiden.

Nachdem wir den Rest der Strecke geschwiegen hatten, erreichten wir die angegebene Aachener Adresse. Auf der Treppe begegneten wir den Spurensicherern, die ihre Arbeit bereits erledigt hatten. Deloop erwartete uns in der Wohnung.

»Thomas Rübenack. Schon mal gehört?«

Schellenberg schüttelte den Kopf, gab den Namen aber sofort per SMS an Benny weiter.

»Der Mieter der Erdgeschosswohnung hat sich gemeldet, nachdem das Foto des Opfers in der Zeitung war. Die Wohnung, in der Rübenack hauste, gehört eigentlich einem gewissen Christof Buschhüter. In welcher Beziehung Buschhüter und Rübenack zueinander stehen, wissen wir noch nicht, auch nicht, wo Buschhüter sich zurzeit aufhält. Einzige Meldeadresse ist diese hier.«

»Und dieser Buschhüter ist nicht polizeibekannt?«

»Ein unbeschriebenes Blatt.«

Wir durften uns in der Wohnung umsehen. Durchgetretene Auslegeware, vergilbte Raufaser und billige Möbel bildeten den deprimierenden Hintergrund für Kalenderblätter von Pirelli, die nackte Frauen und schnelle Autos zeigten. In einer Ecke des Wohnzimmers befand sich eine Hantelbank, in der anderen ein selbstgebauter Schreibtisch, der aus einer aufgebockten alten Tür bestand. Darauf standen ein Quadrokopter mit Kamera samt Fernbedienung und ein Computer mit Monsterbildschirm, Lenkrad und zwei Pedalen. Dass der Hausherr ein PS-Junkie war, bewiesen auch das Porsche-Bettzeug im Schlafzimmer und die Nachttischlampe mit Ferrari-Logo.

Die Couch, die die Wohnzimmereinrichtung komplettierte, diente, dem darauf liegenden Schlafsack nach zu urteilen, als Gästebett. Aus dem daneben stehenden Rucksack hingen Kleidungsstücke heraus.

»Sind das die Sachen des Opfers?«, fragte Schellenberg.

»Zweifellos, denn wir haben das hier im Rucksack gefunden.« Deloop streckte Schellenberg einen verknickten Pappordner entgegen. Als Schellenberg danach griff, zog Deloop ihn für einen Moment zurück. Er grinste breit. »Wenn du heute Abend im Bett den Tag Revue passieren lässt, wirst du dich daran erinnern, dass das Highlight des Tages von mir kam.«

Schellenberg grinste ebenfalls und nickte. Wortlos öffnete er die Mappe und blätterte sie durch. »Reimer Süßwaren GmbH«, sagte er dann anerkennend.

»Ich wusste, es würde dich freuen.«

Schellenberg reichte mir mehrere zusammengeheftete

DIN-A4-Seiten. Ein Arbeitsvertrag. Rübenack war bei Reimer als Nachtwächter beschäftigt. Sein Gehalt betrug sagenhafte viertausend Euro im Monat.

»Wie kommt er von Aachen nach Köln zu seiner Schicht?«, fragte Schellenberg.

»Und warum lässt er sich in Aachen erschießen, während er doch eigentlich zu der Zeit in Köln arbeiten sollte?«, entgegnete Deloop.

»Und warum schufte ich als Bulle, wenn ich fürs Nachtwächtern viertausend Euro bekommen kann?«

»Das hier steckte in einer Seitentasche des Rucksacks.« Deloop gab Schellenberg einen zusammengefalteten Zeitungsartikel. Es war derselbe wie in der Wohnung von Nico Sperburg mit der Ankündigung des Hochzeitstermins.

»Erstaunlich, dass Rübenack Zeitung las«, sagte Deloop.

»Vielleicht schlief er im Dezember noch nicht hier und die Zeitung war sein Oberbett«, murmelte Schellenberg, während er nachdenklich auf den Ausschnitt starrte. Dann wollte er von mir, die immer noch den Vertrag in der Hand hielt, das Ausstellungsdatum wissen. Ich blätterte zur letzten Seite. Achtzehnter Dezember. Sechs Tage nach dem Erscheinen des Artikels.

Schellenberg schlug die Mappe auf seine linke Handfläche. »Wenn das nicht nach Erpressung riecht!«

»Leider haben wir immer noch kein Portemonnaie und keine Kontounterlagen gefunden«, sagte Deloop. »Bisher ist also unklar, ob Reimer das Geld tatsächlich gezahlt hat.«

Schellenberg runzelte die Stirn. »Reimer hat kurz vor der Hochzeit zwanzigtausend Euro von seinem Konto abgehoben. Wollte Rübenack einen Bonus? Oder gibt es weitere Erpresser?«

Deloop verzog das Gesicht und nickte. »Wenn man dem Countdown glauben darf, wird es zwei weitere Opfer geben. Vielleicht haben auch sie Reimer erpresst.«

Schellenberg nickte. »Ich informiere unsere Kollegen, dass sie in Reimers Firma nach Gehaltszahlungen an Leute suchen, die gar nicht dort arbeiten.«

Nach einem weiteren Rundumblick nickten die Ermittler einander zu. Hier war nichts mehr zu holen. Deloop musste Rübenacks Eltern finden und informieren, Schellenberg wollte sofort zurück nach Köln und Reimer senior mit den neuesten Erkenntnissen konfrontieren. Die Existenz eines konkreten Zusammenhangs zwischen Reimer und dem Aachener Opfer verlieh ihm einen sichtbaren Energieschub, seine Haltung straffte sich. Hatte er bei der Morgenbesprechung noch wie ein Boxer nach der zehnten Runde gewirkt, vibrierte er nun wie der Herausforderer vor dem entscheidenden Kampf. Er schüttelte Deloop so kraftvoll die Hand, dass dieser sich mit einem leichten Schlag gegen den Oberarm revanchierte.

»Halt mich auf dem Laufenden, ja?«

Schellenberg war schon fast durch die Tür. »Du mich auch, Lucy.«

Ich registrierte die spontane Verbrüderung amüsiert, wenn auch ohne große Überraschung. Die Emotionen mussten raus und so ging es ohne Peinlichkeiten, ein typisch männliches Verhalten. Ich nickte dem Belgier zu, der mit seinem breiten Honigkuchengesicht über dem riesigen Bauch mehr denn je dem glücklichen Nilpferd aus einer Fernsehwerbung ähnelte, und folgte Schellenberg hinaus.

Reimer senior empfing uns umgehend und deutete mit der freien Hand auf die Sitzecke, während er noch einige Papiere in einer Vorlagemappe unterzeichnete. Die Assistentin nahm die Mappe entgegen, dankte und schloss die Tür hinter sich.

»Sagt Ihnen der Name Thomas Rübenack etwas?«

Reimers Haut war nicht mehr blass, sondern wächsern und spannte über den Jochbeinen. Die Wangen waren eingefallen, die Augen stumpf, seine Hände zitterten. Nicht nur der Tracker von Bulut, auch das Bild von Reimer senior hatte mich in der vergangenen Nacht wachgehalten. Eine Woge des Mitgefühls drohte mich zu überrollen. Ich spürte einen Kloß im Hals und blinzelte, um die aufsteigenden Tränen zurückzudrängen. Ich brauchte einen klaren Kopf, brauchte meine Schutzmauer, um weiter funktionieren zu können, und konnte auf die Selbstbeherrschung, die das Mitleid aus mir heraussaugte, nicht verzichten. Also wappnete ich mich, verschloss mein Herz vor diesem traurigen alten Mann und spürte mit ebenso viel Erleichterung wie Abscheu vor mir selbst die Kälte, die meinen Rücken hinaufkroch, den Magen und das Herz erreichte und meine Menschlichkeit in einem Panzer aus Eis erstarren ließ.

»Ich weiß es nicht.« Reimers Stimme war brüchig, er räusperte sich. »Ich kann gerade nicht gut denken, bin schon froh, wenn ich verstehe, was die Firma von mir verlangt.«

»Er war hier beschäftigt, meine Kollegin hat Ihnen das Bild schon einmal gezeigt.« Schellenberg holte das inzwischen zerknitterte Foto aus seinem Jackett und legte es vor Reimer auf den Tisch.

»Ja, ich erinnere mich an das Foto. Und ja, ich erinnere mich, den Mann schon einmal gesehen zu haben, aber ich glaube nicht, dass er hier arbeitet.«

»Laut Arbeitsvertrag hat er Anfang des Jahres hier als Nachtwächter angefangen.«

»Wir haben einen Nachtwächter?« Reimer war offensichtlich mehr als nur ein bisschen irritiert.

»Haben Sie im letzten Jahr viel Zeit hier im Unternehmen verbracht?«, fragte Schellenberg.

Reimer schüttelte den Kopf. »Zwei Tage pro Woche, und auch das eigentlich nur pro forma. Ich hatte Ihnen ja schon gesagt, dass ich im Grunde Besänftigung betrieben habe, sowohl intern als auch extern. Mitarbeiter trugen mir Probleme vor, von denen Hajo nichts wissen wollte, und Lieferanten oder Einzelhändler baten mich, mit meinem Sohn über diese oder jene Vertragsbedingung zu sprechen. Mit dem operativen Geschäft hatte ich nichts zu tun.«

»Ist Rübenack jemals mit einem Problem zu Ihnen gekommen?«

»Nein, sicher nicht.« Er schloss die Augen. »Ich erinnere mich an eine Szene, aber das war ... Moment!« Er mühte sich aus dem Sitz hoch und trat ans Fenster. »Ja, dort auf dem Hof. Sehen Sie!«

Ich bezog die Einladung auch auf mich und folgte Schellenberg zum Fenster. Reimer zeigte hinunter. Die Parkplätze für Geschäftsführung und Kunden befanden sich in Sichtweite. Dass der Stellplatz direkt neben der Eingangstür, der zu seinen Lebzeiten Hajo Reimer vorbehalten war, noch immer ungenutzt blieb, war mir schon bei unserer Ankunft aufgefallen. Falls Hajo sich dort mit jemandem getroffen hatte, war hier im Büro der Logenplatz für Zuschauer.

»Wie kam es dazu, dass Sie auf dieses Treffen aufmerksam wurden?«, fragte Schellenberg leise. Er war feinfühlig genug, um zu erkennen, dass der Seniorchef die Situation vor Augen hatte, die er sich für uns vergegenwärtigen sollte, und wollte ihn nicht aus der Erinnerung reißen.

»Es ging laut zu. Ja, ich erinnere mich. Es klang nach einem Streit, also bin ich aufgestanden und zum Fenster gegangen.« Reimer nickte, während er mit dem Zeigefinger an die Scheibe klopfte. »Hajo saß im Auto und dieser Mann stand ihm im Weg. Ich konnte nichts verstehen, aber schließlich ist der Mann eingestiegen und sie sind zusammen weggefahren.«

»Wann war das?«

Er überlegte. »Ich erinnere mich an leichten Schneefall. Also etwa Anfang Dezember?«

Schellenberg warf mir einen Blick zu, in dem ich Genugtuung las. Natürlich müsste man die Wetterverhältnisse prüfen, aber ich war mir ziemlich sicher, dass der Streit sich zwischen dem zwölften und dem achtzehnten Dezember zugetragen hatte. Und zum ersten Januar war aus dem arbeitslosen Thomas Rübenack ein hochbezahlter Security-Experte geworden. Zumindest auf dem Papier.

»Wie machen Sie das?«, fragte Schellenberg auf dem Weg zum Präsidium.

Ich war in Gedanken noch bei dem Seniorchef und konnte ihm nicht folgen. »Was denn?«

»Dieses Abschotten.«

Mir stieg das Blut in die Wangen. »War es so offensichtlich?«

Er nickte.

»Es ist eine reine Überlebensstrategie«, sagte ich leise. »Als Helfer für Menschen in Notsituationen muss man zwischen Mitfühlen und Mitleiden unterscheiden. Mitgefühl ist nötig, um die Menschen in ihrer Not wahrnehmen zu können und ihre Bedürfnisse zu verstehen. Aber Mitleiden ist kontraproduktiv, weil es ein Energiefresser ist, weil es lähmt. Sie wissen selbst, wie wichtig professionelle Distanz ist.«

Schellenberg nickte.

Natürlich hatte ich seine Frage damit nicht beantwortet, aber das konnte ich auch nicht. Ich wusste nicht, wie ich den Mechanismus beschreiben sollte, den ich zu meinem Leidwesen immer dann nicht wirklich beherrschte, wenn es am nötigsten war. Dieser Mangel hatte dazu geführt, dass ich in meinem Beruf als Psychologin eine absolute Fehlbesetzung gewesen war. Das Fach hatte ich studiert, um zu verstehen, warum Menschen grausam sind. Warum meine Mutter mich verachtete, mich vielleicht sogar hasste, warum sie mich quälte. Wenn ich die Antwort erst wüsste, könnte ich besser damit umgehen, hatte ich geglaubt. Aber so war es nicht gekommen. Stattdessen hatte ich irgendwann nicht nur meine eigene Last getragen und die von Rike und ihrer Mutter, sondern auch noch die meiner Patientinnen und Patienten. Der Wechsel in den Journalismus war eine Flucht gewesen, aber sie hatte mich nicht wirklich befreit.

Einen meiner ersten Artikel schrieb ich über eine Frau, die von Einbrechern in ihrer Wohnung gefesselt und erst nach drei Tagen entdeckt und gerettet worden war. Sie litt seitdem unter einer Angststörung, verließ das Haus nicht mehr, lebte eingekerkert und verzweifelt. Den Auftrag hatte ich bekommen, weil ich Psychologie studiert hatte, und dann war das Thema an mir kleben geblieben. Ich war an die Opfer gekettet wie diese Frau an ihre Angst. Wir kamen beide nicht davon los. Nur in seltenen Fällen gelang mir die seelische

Abschottung gegenüber dem Leid der anderen. So wie bei Reimer senior.

»Aber wie machen Sie es?«, hakte Schellenberg nach. »Ich möchte das auch lernen.«

Nein, dachte ich, das wollen Sie nicht, denn der Trick besteht darin, das Gegenüber nicht mehr als empfindungsfähigen Menschen zu sehen, sondern als etwas Lebloses, Unwichtiges, im besten Fall Lästiges. Es nimmt Ihnen Ihre Menschlichkeit, denn die Empathie ist denen, die damit gesegnet oder geschlagen sind, ins Herz gebrannt. Tötet man die Empathie, stirbt das eigene Herz. Um das Mitleid mit dem Mitmenschen zu beherrschen, muss man selbst zum Unmenschen werden.

»Ich kann es nicht erklären«, sagte ich leise. »Und es gelingt mir selten genug.«

Wir schwiegen.

»Wollen Sie mir davon erzählen?«, fragte Schellenberg nach einer Weile.

»Wovon?«, fragte ich, obwohl ich wusste, was er meinte.

»Wie das Thema Gewaltopfer in Ihr Leben kam.«

Ja, das wollte ich unbedingt, hatte mir oft genug vorgestellt, wie ich ihm erklären würde, was mich zu dem Menschen gemacht hatte, der ich war. Ich wollte, dass er mich verstand. Jetzt, wo er bereit war, sich meine Geschichte anzuhören, musste ich mühsam nach Worten suchen.

»Mein Zuhause war die Hölle für mich. Die Eltern stritten sich, meine Mutter erwartete von mir, dass ich all das, was sie im Leben verpasst hatte, für sie erreichte. Erfolg in der Schule, im Sport, gesellschaftlich. Sie triezte mich von morgens bis abends, sofern ich da war. Deshalb verbrachte ich die meiste Zeit bei meiner Freundin Rike und ihrer Mutter.

Rike war alles für mich: große Schwester, Vorbild, Trösterin. Sie war unglaublich lebendig, voller Energie, immer lustig und vollkommen furchtlos. Bis sie vergewaltigt wurde.«

Ich schaute kurz zu Schellenberg und sah, wie er die Zähne zusammenbiss. Er starrte weiter auf die Straße.

Ich berichtete von der Schwangerschaft, die sie zu spät bemerkte, und dass sie ihrer Mutter nichts davon erzählte, um sie zu schonen. Wie wir die Unterschrift der Mutter fälschten, damit sie in Holland abtreiben konnte. Wie wir vorher das Geld besorgten, das sie für die Fahrt und die Übernachtung brauchte. Wie wir ihrer Mutter erzählten, Rike und ich führen mit meiner Mutter gemeinsam in die Eifel, obwohl meine Mutter dorthin fuhr, um einen Wellnessgutschein einzulösen, während wir zwei uns schlotternd vor Angst nach Holland aufmachten. Wie die Lügen, wieder zu Hause, weitergingen, als Komplikationen auftraten und Rike nicht zum Arzt wollte aus Angst, ihre Mutter würde am Ende doch alles erfahren. Und wie Rike immer stiller wurde und mir die Tür nicht mehr öffnete, wenn ich klingelte.

»Wer hat sich damals um Ihre Freundin gekümmert?«, fragte Schellenberg, lange nachdem ich geendet hatte.

»Niemand.«

»Und um Sie?«

Abgesehen von meiner Therapeutin war er der erste Mensch, der diese Frage stellte und mich damit kalt erwischte. Ich kämpfte gegen die Tränen an, traute meiner Stimme nicht und schüttelte daher nur den Kopf.

»Wie ging es weiter?«

Ich atmete zweimal tief ein, bis ich mich in der Lage fühlte zu antworten. »Rike schmiss die Schule, nahm Drogen, landete ganz unten. Nach einigen Jahren bekam sie die Kurve, machte einen Entzug, eine Ausbildung, fand einen netten Mann. Wir hatten wieder Kontakt, ich war sicher, sie wäre über alles hinweg. Aber dann holte die Vergangenheit sie ein und zerstörte sie endgültig. Zwanzig Jahre nach der Vergewaltigung.«

»Es ist nicht Ihre Schuld«, sagte Schellenberg.

Er hatte ja keine Ahnung.

»Sie haben Psychologie studiert, um sich selbst und anderen Opfern zu helfen, oder?«

Ich nickte.

»Und Sie haben als Mitglied des Kriseninterventionsteams dafür gesorgt, dass andere Menschen die Hilfe bekommen, die Sie und Ihre Freundin damals benötigt hätten.«

Es war rührend, wie sehr er sich bemühte, mich zu trösten. Natürlich konnte er nicht wissen, dass es für mich keinen Trost gab.

»Dann haben Sie alles getan, was in Ihrer Macht stand.«

Nein. Nicht alles. Ich wollte, dass die Öffentlichkeit von Rikes Geschichte erfuhr. Und dafür würde ich nun sorgen.

Donnerstag, 17. Mai,
13:00–23:00 Uhr

Wir waren kurz vor dem Präsidium, als Schellenbergs Telefon klingelte. »Benny, was gibt's?«

»Ich habe mit Reimers Bank gesprochen. Eva hat für Reimer gebürgt.«

»Aha.«

»Sie musste dafür ihr Testament ändern.«

Schellenbergs Körper straffte sich. »Danke.« Er blinkte, legte eine Hundertachtzig-Grad-Wende hin und schaute auf die Uhr. »Hoffen wir mal, dass wir die Witwe zu Hause erwischen.«

Eva trug einen schwarzen Hosenanzug, war geschminkt und frisiert und erklärte uns, dass sie leider keine Zeit hätte.

»Ich fürchte, ein paar Minuten werden Sie erübrigen müssen«, sagte Schellenberg freundlich. Ich bewunderte seine Fähigkeit, trotz starker Anspannung und seelischer Achterbahnfahrten eine ebenso zielstrebige wie vertrauenswürdige Gelassenheit auszustrahlen. Ich konnte mir vorstellen, wie viel Energie ihn das kostete. Eva kannte ihn zu wenig, um seine Bemühung beurteilen oder schätzen zu können, und trat sichtlich genervt einen Schritt zur Seite, wo sie mit verschränkten Armen stehen blieb. Beim ersten Besuch gab es Kaffee, beim zweiten wurden wir immerhin in die Küche gebeten, beim dritten standen wir in der Halle herum. Wenn das so weiterging, würde sie beim nächsten Mal nicht einmal mehr die Tür öffnen.

»Frau Reimer, Sie haben für einen Kredit gebürgt, den Ihr Mann als Geschäftsführer des Unternehmens bei seiner Hausbank aufgenommen hat.«

Ein knappes Nicken war ihre ganze Reaktion.

»Damit die Bürgschaft auch im Falle Ihres Ablebens gesichert ist, mussten Sie Ihr Testament ändern.«

Evas Gesichtsausdruck wechselte von leichter Gereiztheit zu deutlichem Unmut. »Woher haben Sie diese Informationen?«

»Von der Bank.«

»Gibt es nicht so etwas wie ein Bankgeheimnis? Und was hat das mit dem Mord an meinem Mann zu tun? Sollten Sie nicht lieber seinen Mörder suchen, anstatt in meinen Finanzen herumzustöbern?« Ihre Wangen waren gerötet, die Augen funkelten vor Ärger.

Ich bewunderte die Ruhe, mit der Schellenberg die Unterstellung, seine Arbeit nicht zu erledigen, ignorierte.

»Frau Reimer, ich kann auch einen Durchsuchungsbeschluss erwirken. Das ist nicht in meinem Interesse und sicher nicht in Ihrem.«

Eva schaute auf ihre Uhr, schien zu überlegen und zuckte resigniert die Schultern. »Was genau wollen Sie wissen?«

Schellenberg wiederholte die Frage und präzisierte, dass er konkrete Informationen über den früheren Begünstigten des Testaments sowie die notwendig gewordenen Änderungen benötige.

»Der Hauptbegünstigte meines Testaments ist ein Verein, der ein Internat für obdachlose Kinder betreibt, also Wohnen und Lernen unter einem Dach.«

»Wo ist dieses Heim?«, fragte Schellenberg.

Eva schnaubte unwillig. »In Athen. Mitten in der EU. Und die Kinder sind keine Waisen, sondern Opfer der Finanzkrise. Seit Frau Merkel darüber bestimmt, wofür die griechische Regierung ihr Geld ausgibt, grassiert die Armut. Hunderttausende Menschen sind arbeitslos, obdachlos, krank. Der Staat schert sich nicht darum.«

Schellenberg nickte. Er wollte sicher keine politischen Diskussionen führen.

»Deshalb wurde dieser Verein gegründet. Er lebt von Spenden aus den griechischen Gemeinden in Deutschland.«

»Können Sie uns einen Kontakt zu dem Verein vermitteln?«

Eva stutzte. »Ich dachte, Sie kennen meine Brüder bereits? Jannis leitet das Haus in Athen, Kosta regelt die juristischen Fragen von Deutschland aus.«

Wenn Schellenberg nur halb so überrascht war wie ich, hatte er seine Mimik Oscar-reif unter Kontrolle. Ich jedenfalls musste mich zusammennehmen, um keine Reaktion zu zeigen. Zu genau erinnerte ich mich an die Worte der Brüder, die behauptet hatten, ihre Schwester kaum zu kennen.

Zurück im Auto bat Schellenberg Benny, die Kollegen in Frankfurt und Athen zu kontaktieren. Sie sollten mit Evas Brüdern sprechen. Ein Alibi für die Zeit des Mordes an Reimer hatten beide, denn auch sie gehörten zur Hochzeitsgesellschaft, aber mit etwas Glück wäre der Anwalt bereit, einen Blick in die Bücher des Vereins zu gewähren. Je nach Ergebnis konnte man immer noch einen Durchsuchungsbeschluss erwirken. Zumindest für Deutschland bestand Hoffnung. Auf meine Frage, wie ein Amtshilfeersuchen in

Griechenland gehandhabt wurde, winkte Schellenberg ab. »Bevor von dort eine Antwort kommt, bin ich lang pensioniert.«

Kaum saßen wir wieder im Porsche, klingelte erneut das Handy. Deloop.

»Wir haben die Mutter unseres Opfers ausfindig gemacht, sie lebt in Köln.«

»Wo bist du?«

»Auf dem Weg.«

»Gib mir die Adresse, wir treffen uns dort.«

Wir trafen Deloop an seinem Wagen, der immer noch genauso vollgestopft war wie beim letzten Mal.

»Bist du sicher, dass es hier ist?«, fragte Schellenberg.

»Absolut. Warum fragst du?«

»Hajo Reimer, unser Kölner Opfer, stammt aus der Nachbarstraße, kaum einen Steinwurf von hier.«

»Schön«, sagte Deloop, während er zur Haustür ging. »Ich liebe Verbindungen, die sich von selbst offenbaren. Los geht's.«

Wir hatten gerade einige Schritte auf das Haus zu gemacht, als mein geheimes Handy ein Signal von sich gab. Mir war, als würde mir das Blut in den Adern gefrieren. Ich entschuldigte mich bei den Ermittlern, bat sie, nicht auf mich zu warten, und wandte mich um. Schellenbergs Blick, den ich im letzten Moment auffing, zeigte eine Mischung aus Überraschung und Sorge. Ich rang mir ein Lächeln ab, von dem ich mir selbst nicht vorstellen konnte, dass es ihn auch nur halbwegs beruhigen würde, und wandte meine ganze Aufmerksamkeit dem Handy zu. Es informierte mich darüber, dass der Tracker an Buluts Auto sich soeben aus einem sogenannten Bannkreis gemeldet hatte. Während derartige Grenzen meist festgelegt wurden, um zu überwachen, dass jemand einen bestimmten Bereich nicht verließ, hatte ich die umgekehrte Funktion aktiviert. Sobald sich Bulut meinem Penthaus oder dem inoffiziellen Apartment mit dem Goldfisch näherte, erhielt ich einen Alarm. Zu meiner großen Erleichterung kam das Signal aus dem Bereich des Penthauses. Trotzdem war ich beunruhigt. Die Kommissarin sollte Nico Sperburgs Umgebung abklopfen, Hinweise auf seinen Verbleib oder seine Verlobte finden und eine Verbindung zu Hajo Reimer herstellen. Stattdessen trieb sie sich in der Nähe meiner Wohnung herum.

Was tat sie dort? Drang sie etwa in meine Wohnung ein? Installierte Wanzen in der Deckenlampe und eine Kamera auf dem Schrank? Konnte sie bei den Nachbarn etwas in Erfahrung bringen, das mir schaden würde? Aber was wussten die Nachbarn über mich? Da ich fast nie dort war, kannte ich nur den Studenten aus dem Stockwerk unter mir. Selbst mit ihm hatte ich kaum fünf Sätze gesprochen. Allerdings konnten sicher alle Nachbarn berichten, dass ich mich in dieser Wohnung praktisch nie aufhielt. Was würde sie daraus schließen? Bei der Vorstellung, dass sie von meinem geheimen Apartment wusste, wurde mir eiskalt. Ich starrte auf das Display, das den Standort von Buluts Alfa Romeo als Punkt auf dem Stadtplan anzeigte, und fühlte mich wie das Kaninchen vor der Schlange, gelähmt im Angesicht der Katastrophe. Eins war klar: Ab sofort musste ich mein Auto, meine Handtasche, sogar meine Kleidung konsequent auf Funkwellensender überprüfen, bevor ich eins der Ziele aufsuchte, von denen Bulut nichts wissen durfte. Der kleinste Fehler würde meinen ganzen Plan zunichtemachen.

Ich hatte keinen Schimmer, wie ich diesen zusätzlichen Stress verkraften sollte.

Bis Schellenberg und Deloop wiederkamen, hatte ich mich, an den Porsche gelehnt, etwas beruhigt. Dabei hatte ich herausgefunden, dass es auf der Straße insgesamt vierzehn Straßenlampen und fünf sichtbare Gullideckel gab, dass siebenundachtzig Gehwegplatten in Sechserreihen zwischen dem Porsche und dem Eingang zum Haus von Rübenacks Mutter lagen und einundzwanzig Zaunpfosten mit zwanzig Zaunelementen das Grundstück gegenüber zur Straße abgrenzten.

»Schade«, sagte Deloop, als er bei Schellenbergs Porsche stehen blieb, um sich zu verabschieden. »Das war ja nicht sehr ergiebig.«

»Was ist mit neueren Kontakten?«, fragte Schellenberg. »Wie stand Rübenack zu dem Wohnungsinhaber?«

Deloops Hose rutschte, er zog sie wieder hoch. »Ehemalige Kollegen. Rübenack hat im Lager einer Spedition gearbeitet, für die Buschhüter Langstrecke fährt. Wenn der Fahrer unterwegs ist, pennt Rübenack in der Wohnung, wenn Buschhüter nach Hause kommt, muss der Gast die Bude räumen.«

»Wo geht er dann hin?«

»Wissen wir noch nicht.«

»Wie hat der Mörder ihn gefunden?«

»Wir glauben, dass Rübenack mit seinem Mörder verabredet war.«

»Zu welchem Zweck?«

Deloop grinste schief. »Was der Mörder bezweckte, wissen wir.«

Schellenberg schüttelte ihm die Hand. »Wir bleiben in Kontakt.«

Wie aus weiter Ferne hörte ich, was die Ermittler sagten, aber es interessierte mich nicht. Vielmehr dachte ich wieder darüber nach, ob ich Schellenberg über Buluts illegale Aktivitäten informieren sollte, drehte mich mit den Argumenten aber im Kreis. Ich wollte ihr Schwierigkeiten machen, wollte sie bloßstellen, ihr klarmachen, dass ich weder doof noch hilflos war, aber gleichzeitig wollte ich sie auf jeden Fall in der Soko halten, zwar nicht unter Kontrolle, aber immerhin mit Ermittlungsarbeit beschäftigt. Erst als ich neben Schellenberg im Auto saß und er mir von der gefühlskalten Mutter erzählte, die seit dreizehn Jahren keinen Kontakt zu ihrem einzigen Sohn hatte, weil er den Erwartungen der Eltern nicht gerecht geworden war, fand ich in die Realität zurück. Die Frage, ob Rübenack, der ewige Verlierer, ein Opfer seiner Umgebung war, das Produkt einer lieblosen Erziehung, eine verlorene Seele auf der Suche nach Halt, verdrängte ich erfolgreich. Wozu sich jetzt noch damit beschäftigen? Es würde ihm nichts mehr helfen und ich hatte momentan andere Sorgen.

Wir schafften es gerade noch zur Fünfzehn-Uhr-Besprechung auf die Brücke. Die Whiteboards waren inzwischen so vollgeschrieben, dass ein Überblick unmöglich war. Frank Schmitter, Leiter der Abteilung Wirtschaftskriminalität, war schon da, Bulut kam kurz nach uns an. Auch Tick, Trick und Track hockten müde am Tisch und schütteten Kaffee in sich hinein. Benny tippte wie besessen auf seiner Tastatur und hob abwehrend eine Hand, als Schellenberg ihn ansprechen wollte.

»Sekunde noch«, murmelte er. Endlich beendete er seine Eingaben, schaute auf und wirkte im ersten Moment so verloren wie jemand, der beim Aufwachen nicht gleich weiß, wo er sich befindet.

»Wer hat noch nichts gegessen?«, fragte Schellenberg.

Die meisten Hände gingen hoch.

»Sekunde.«

Er verließ das Büro, kam kurz darauf zurück und begann die Besprechung mit der Frage an Frank Schmitter, was die Kollegen in Reimers Unternehmen gefunden hatten. Mich hatte niemand aufgefordert zu gehen, also blieb ich. Schmitter ignorierte mich geflissentlich.

»Laut Arbeitsvertrag arbeitete Rübenack nachts als Security, aber niemand hat ihn je dort gesehen. Es gibt eine Akte mit seinem Namen und einem Exemplar des Arbeitsvertrags und Gehaltsabrechnungen, aber das ist auch alles. Keine Krankmeldung, kein Urlaubsantrag, noch nicht einmal eine Quittung für irgendwelche Schlüssel, die man einem Security-Mann doch wohl aushändigen würde. Niemand kann sich daran erinnern, den Arbeitsvertrag je gesehen, geschweige denn aufgesetzt zu haben. Das Unternehmen hat keine explizite Personalabteilung, Einstellungen und Entlassungen regelte der Chef selbst, die Verträge schreibt normalerweise seine Assistentin, aber nicht in diesem Fall. Die Dame aus der Buchhaltung, die die Gehälter überweist, hat mal nachgefragt, ob das Gehalt korrekt ist, weil es ihr im Vergleich recht hoch erschien. Hajo Reimer erzählte ihr irgendwas von Beratungsleistungen, die darin enthalten seien, also hat sie das Geld anweisungsgemäß überwiesen.«

»Wie schlecht geht es der Firma?«

»Reimer hat eigentlich alles richtig gemacht, nur zu

schnell. Das alte Geschäft abrupt beendet, anstatt die Umsatzbringer noch eine Zeitlang mitlaufen zu lassen. Er bräuchte noch mindestens zwei Jahre mit zweistelligen Umsatzzuwächsen, um auf sicheren Füßen zu stehen. So viel Geduld wird die Bank nicht haben.«

»Was heißt das?«, fragte Schellenberg.

»Man wird ihm eine Umschuldung anbieten oder die Bürgschaft ziehen.«

»Dann wäre Evas Geld weg.«

Schmitter grinste. »Geld ist nie weg, es ist dann nur woanders. Und in dem Fall würde es in einer Firma stecken, die in einem überdimensionierten Gebäude mit einem viel zu großen Maschinenpark viel zu wenig Kundschaft bedient.«

»Wenn Eva das gewollt hätte, hätte sie ihr Geld gleich in den Laden stecken können«, sagte Bulut.

Ein junger Mann, der vorsichtig ein großes Tablett mit belegten Broten und süßen Teilchen durch die Tür bugsierte, sorgte für Ablenkung. Schellenberg deutete auf die Mitte des Tischs.

»Seit wann liefert die Kantine?«, fragte Schmitter.

»Seit die Bestechungsgelder zweistellig sind«, entgegnete der Bote.

»Greift zu«, sagte Schellenberg und nahm selbst ein Brötchen mit Käse. »Zehn Minuten Essenfassen.«

Der Bote kam ein weiteres Mal, stellte eine Zwei-Liter-Kanne Kaffee zu dem bereits halb leeren Tablett und bat darum, das Geschirr in die Kantine zurückzubringen. Während ich selbst zwei halbe Brötchen aß, beobachtete ich die Gesichter am Tisch. Die Tatsache, dass es auch fünf Tage nach dem Mord an Hajo Reimer keine wirklich heiße Spur gab, bedeutete unglaublichen Stress für die Ermittler. Selbst Bulut hatte zu den Augenringen inzwischen tiefe Falten um den Mund. Sie biss in eine Rosinenschnecke, als ihr Telefon klingelte. Nach einem Blick auf das Display stand sie auf und verließ die Brücke. Nicht nur mein überraschter Blick folgte ihr. Warum verließ sie den Raum, obwohl die Besprechung pausierte und ihr Gespräch niemanden stören konnte? Was bedeutete das Geheimnis, das sie um ihr Telefonat machte? Ging es um eine Spur, der sie heimlich folgte, oder ging es gar nicht um die Ermittlung, sondern um mich? War ich paranoid?

All diese Fragen mussten zurückstehen, denn in diesem Moment läutete Schellenberg laut genug, um auch draußen auf dem Gang gehört zu werden, den zweiten Teil der Besprechung ein. »Sibel, was hast du über Nico Sperburg herausgefunden?«

Nach wenigen Augenblicken erschien Bulut in der Tür, umrundete den Tisch, ließ sich auf ihren Platz fallen und begann ihre Zusammenfassung mit der Feststellung: »Nico Sperburg ist der langweiligste Mann, den man sich vorstellen kann. Aber es könnte sein, dass er ein guter Schütze ist.«

Eins musste man ihr lassen: Sie hatte ihr Publikum im Griff. Die Aufmerksamkeit war schlagartig gebündelt.

»Er ist Ergotherapeut. Ein Physiotherapeut mit Zusatzfunktion also, der Behinderten hilft, ihr Handicap zu überwinden.«

Niemand korrigierte ihre politisch inkorrekte Bezeichnung für Menschen mit physischen oder psychischen Beeinträchtigungen.

»Vor ein paar Jahren gab er einen Kurs für eine Horde von jugendlichen Aufmerksamkeitsterroristen, in dem die

Kids als Konzentrationsübung Bogenschießen lernten. Dabei stellte sich heraus, dass Sperburg so eine Art Robin-Hood-Gen hat, denn er traf immer ins Schwarze. Der Kollege meinte, es liege halt an seiner ruhigen Art.«

»Wir haben aber keinen Hinweis auf Waffen in seiner Wohnung gefunden«, sagte Schellenberg.

»Update«, warf Benny ein. »Die KTU hat vor einer halben Stunde ihren Abschlussbericht geschickt. Es gibt Spuren von Waffenöl und Schwarzpulver.«

»Okay«, sagte Schellenberg nachdenklich. »Dann bekommt er hiermit ganz offiziell Platz eins auf unserer Verdächtigenliste – aber ausschließlich intern. Benny, lass die Pressestelle um Hinweise zu seinem Aufenthaltsort bitten, aber ohne Erwähnung des konkreten Falls. Wenn wir sagen, dass wir den Mann im Zusammenhang mit dem Mord an Reimer suchen, rufen wieder all die Spinner an.«

Ich zögerte noch, ob ich die schlechte Nachricht von Ulfs heutiger Titelstory überbringen musste, als Schmitter mir den undankbaren Job abnahm. Er wies Schellenberg darauf hin, dass das Schmierblatt die Verbindung bereits hergestellt hatte.

Schellenberg seufzte. »Okay, aber offiziell suchen wir ihn nicht als Verdächtigen, sondern als wichtigen Zeugen.«

Benny nickte.

»Sibel, was konntest du über die Motivation des Säureanschlags herausfinden?«

»Nichts. Davon hatten weder seine Eltern, die wenig über den Alltag ihres Sohnes wissen, noch die Kollegen jemals gehört. Enge Freunde scheint er nicht zu haben.«

»Und diese Verlobte, von der die Nachbarin sprach?«

»Sie heißt Sabine, sagt einer der Kollegen, Nachname unbekannt. Sperburg ist kein Mensch, der das Herz auf der Zunge trägt.« Sie grinste schief.

»Wir haben also eine Verbindung zwischen unseren beiden Opfern Hajo Reimer und Thomas Rübenack. Die beiden kannten sich aus Kindertagen, Rübenack bekam Geld von Reimer, vermutlich wegen einer Erpressung. Reimer hatte zusätzlich zwanzigtausend Euro in bar abgehoben, das sollten wir nicht vergessen. Bei Rübenack war das Geld jedenfalls nicht.«

»Falls der sparsame Sperburg zu Geld gekommen ist, hat er niemandem was davon erzählt«, warf Bulut ein. »Trotzdem sollten wir die Flughäfen checken.«

Einer der Ermittler nickte und notierte etwas.

»Nico Sperburg hatte einen Hass auf Hajo Reimer«, fuhr Schellenberg fort, »der Säureanschlag auf das Auto liegt kurz nach Erscheinen des Artikels mit dem Hochzeitstermin. Frage eins: Warum hasst Sperburg Hajo Reimer? Frage zwei: Kannte Sperburg auch Rübenack? Hasste er ihn ebenfalls? Und wenn ja, aus demselben Grund? Und natürlich die Preisfrage: Hatte dieser Grund etwas mit den unlauteren Geschäften von Reimer zu tun oder doch eher mit der Hochzeit?«

»Also suchen wir Sperburg«, sagte vermutlich Rüdiger. Der, den ich für Maik hielt, nickte.

»Gut.« Schellenberg wandte sich an Bulut. »Sibel, lass Reimers Mutter herkommen. Ich möchte, dass wir gemeinsam mit ihr sprechen.«

Etwa eine halbe Stunde später trafen Schellenberg, Bulut und ich Frau Reimer in einem kleinen Besprechungsraum. Während wir uns setzten, fiel mir auf, dass Bulut ihre Lederjacke auf der Brücke gelassen hatte. Irgendwann während dieses Gesprächs musste ich eine günstige Gelegenheit nutzen und mich kurz hinausschleichen. Angespannt folgte ich der Vernehmung.

»Thomas Rübenack?«, wiederholte Elisabeth Reimer, die zum dunkelblauen Kostüm, der cremeweißen Bluse und dem schlichten Perlenschmuck einen herablassenden Gesichtsausdruck zur Schau trug. Die durch nichts gerechtfertigte Selbstgefälligkeit, die ich von meiner eigenen Mutter so gut kannte, schnürte mir die Luft ab. »Ein Nichtsnutz«, fuhr sie fort. »Sein Vater war ein hohes Tier bei der Stadt. Aber Thomas war ein Versager.«

Die Kälte, mit der diese Frau urteilte, beeindruckte offenbar auch Schellenberg, denn er runzelte, ganz gegen seine Gewohnheit, die Stirn. »Was meinen Sie genau? War er schlecht in der Schule?«

»Er war auf der Realschule und gehörte selbst dort zu den Schlechteren. Normalerweise hätte ich unserem Sohn den Umgang mit ihm verboten, aber das ging ja wegen des Vaters nicht, mit dem wir geschäftlich zu tun hatten.«

»Waren die beiden befreundet?«

Ihr Gesichtsausdruck erinnerte mich an den meiner Mutter, wenn ich Rike meine Freundin nannte: Verachtung. Ich war froh, dass keine Getränke auf dem Tisch standen, sonst wäre ich in Versuchung geraten, ihr Kaffee oder Wasser ins Gesicht zu schütten. »Nein, mit solchen Leuten ist man nicht befreundet. Thomas war wie ein Köter, der unserem Sohn nachlief.«

»Und Ihr Sohn? Mochte er diesen kleinen – Hund?«

Ich fragte mich, ob Schellenberg das Wort Köter nicht aussprach, weil er ein Hundefreund war, oder ob er damit Elisabeth Reimer indirekt tadeln wollte. Sie jedenfalls fühlte sich offenbar gemaßregelt, denn ihr Mund wurde zu einem schmalen harten Strich.

»Frau Reimer?«

»Hajo ließ ihn mitspielen.«

Schellenberg ließ diese Aussage einen Augenblick wirken. »Womit könnte Thomas Rübenack Ihren Sohn in den letzten Monaten erpresst haben?«, fragte er dann.

Ein Blick in ihr Gesicht reichte mir als Antwort. Elisabeth Reimer würde über die Unterstellung, ihr Sohn habe sich erpressbar gemacht, nicht einmal nachdenken. Mit einer gemurmelten Entschuldigung verließ ich den Raum so leise wie möglich. Als ich die Tür schloss, begegnete mir Buluts Blick, in dem eine Mischung aus Irritation und Verärgerung lag. Ich konnte mir nicht vorstellen, dass sie Schellenberg damit brüskieren würde, den Raum ebenfalls zu verlassen, aber ich hatte nicht vor, mein Glück herauszufordern. So schnell es unauffällig möglich war, eilte ich zur Brücke.

Benny saß an seinem Computer und scrollte sich durch irgendwelche Texte. Als Aktenführer hatte er inzwischen eine fast unüberschaubare Menge an Berichten, Mitschriften von Zeugenaussagen und Hintergrundinfos zu verwalten. Er beachtete mich nicht. Ich ging um den Tisch herum zu dem Platz, auf dem ich gesessen hatte, zog den Stuhl weg und ging in die Hocke, als suchte ich etwas, zog weitere Stühle weg und arbeitete mich vor, bis ich zu dem mit Buluts Jacke kam. Dort zog ich mein Taschenmesser aus der Hosentasche, trennte, wie Jay es mir erklärt hatte, zwei Stiche in der Seitennaht des Futters auf und steckte einen GPS-Tracker, der nur so groß war wie eine Ein-Euro-Münze, durch das winzige Loch.

»Was suchen Sie denn?«, fragte Benny.

Ich dankte meiner Mutter, die mich gezwungen hatte, mir Löcher in die Ohren stechen zu lassen, und zeigte an mein linkes, jetzt schmuckloses Ohr. »Der Stecker ist abgegangen, und bevor jemand das winzige Ding in den Teppich tritt …«

Der Bildschirm absorbierte Bennys Aufmerksamkeit, bevor ich zu Ende gesprochen hatte.

Ich erhaschte noch einen Blick auf Elisabeth Reimer, die Richtung Ausgang eilte. Kurz darauf bogen Schellenberg und Bulut um die Ecke. Ich schloss mich ihnen an und stand wenig später wieder auf der Brücke. Benny setzte seine Brille ab und rieb sich die Augen. »Und?«

»Nichts.« Schellenberg war frustriert, weil Elisabeth Reimer ihm nichts Neues erzählt hatte. Der Name Nico Sperburg war ihr nicht geläufig. Von Thomas Rübenack hatte sie vor zwanzig Jahren zuletzt gehört. Dass ihr Sohn einen viel zu hohen Kredit aufgenommen hatte und das Familienunternehmen wieder in Schieflage war, glaubte sie nicht.

»Okay, für heute sind wir durch.«

Bulut streckte sich. »Ich brauche dringend mal wieder ein bisschen Bewegung. Bis morgen.« Sie griff nach ihrer Lederjacke und verließ die Brücke.

»Ich muss ein paar persönliche Dinge erledigen, die in den letzten Tagen liegengeblieben sind«, sagte ich, bevor Schellenberg auf die Idee kommen konnte, mich zum Essen oder in eine Kneipe einzuladen. Ich wollte nur eins: wissen, was Bulut vorhatte. Wie eine Frau, die sich schnurstracks zum Feierabendsport begab, sah sie nämlich überhaupt nicht aus.

Beide Tracker arbeiteten einwandfrei, sowohl das Mobilfunkgerät an der Karosserie als auch der Minisender in Buluts Jacke. Dessen Empfangsgerät hatte die Größe einer Zigarettenschachtel, aber die Reichweite des Systems war, als Preis für geringe Größe und Gewicht, begrenzt. Ich schaute also auf mein geheimes Handy, sobald das Signal des Minisenders verschwand.

Bulut fuhr Richtung Innenstadt. Ich saß schon in meinem Auto, als mir klar wurde, dass das keine gute Idee war. Buluts Tracker an meinem Auto würde ihr verraten, dass ich ihr folgte. Ich musste also einen Umweg machen, kämpfte mich durch den dichten Verkehr zu meinem Penthaus, ließ den Motor laufen, während ich den Tracker in meinen Briefkasten warf, und fuhr ins Belgische Viertel. Dorthin führte Buluts Spur.

Ging sie dort essen? Traf sie jemanden? Oder wohnte sie in der Gegend?

Buluts Alfa stand auf einem privaten Parkplatz, von ihr war nichts zu sehen. Das Signal des Minisenders in ihrer Lederjacke allerdings wies mir den Weg zu einem Restaurant mit persischen Spezialitäten.

Mein Hals wurde eng, als ich einige Puzzlestücke zusammenlegte. Der Anruf, den Bulut nicht vor den Ohren der versammelten Kollegen entgegennehmen wollte – oder nicht vor meinen Ohren. Ihre Eile wegzukommen. Ein Restaurant mit exotischer Küche.

Natürlich konnte sie mit Freunden verabredet sein, das wäre das Normalste der Welt. Aber vielleicht war sie mit jemandem verabredet, der nicht nur ein Faible für exotisches Essen hatte, sondern außerdem noch ein Bekannter von Buluts aktueller Lieblingsfeindin war.

Ein durchdringendes Hupen riss mich aus meinen Gedanken. Ich hielt den Verkehr auf, wie mir plötzlich bewusst wurde. Peinlich. Schlimmer aber war, dass ich dadurch die Aufmerksamkeit auf mich lenkte. Hoffentlich hatte Bulut mich nicht längst bemerkt.

Nervös suchte ich eine freie Parklücke, fand keine und stellte das Auto in eine Einfahrt. Da ich mich nicht vom Auto entfernen würde, konnte ich so lange hierbleiben, bis ich sah, mit wem Bulut das Restaurant wieder verließ. Das Einzige, was ich mir jetzt gewünscht hätte, wäre eine Abhöreinrichtung gewesen, aber deren kleinste Variante war immer noch so groß, dass ich sie Bulut nicht unbemerkt unterschieben konnte. Und wie man Handys hackt, um heimlich das Mikrofon zu aktivieren und die mitgehörte Unterhaltung an die eigene Nummer zu senden, war mehrere Level zu kompliziert für mich.

Bis Bulut wieder auftauchte, waren siebenhundertachtunddreißig Menschen an meinem Auto vorbeigegangen. Lachende Menschen, die an diesem lauen Frühsommerabend ausgingen, Freunde trafen, Spaß hatten. Menschen, zu denen ich nicht gehörte, vielleicht nie mehr gehören würde. Eineinhalb Stunden waren vergangen, in denen sich die Lautstärke meines Magenknurrens so sehr gesteigert hatte, dass ich glaubte, die Vorbeigehenden müssten es hören können.

Und dann kam Bewegung in das Signal des Minisenders und sie traten gemeinsam vor die Tür, die er ihr aufhielt, wie er es auch für mich immer getan hatte.

Bulut und Johannes.

Meine gefährlichste Gegnerin und der vermutlich einzige Mensch, der meine ganze Geschichte kannte. Der wusste, warum ich nach Köln gekommen war. Der zwar nicht in meine Pläne eingeweiht war, sie aber trotzdem mit einem einzigen Wort zunichtemachen konnte. Sie reichten einander die Hand, verabschiedeten sich und gingen in entgegengesetzte Richtungen davon. Kurz war ich unentschlossen, dann zog ich meine Kapuzenjacke aus der Tasche, streifte sie über, stieg aus dem Auto und folgte Bulut, die schnellen Schrittes davoneilte.

Sie bog um mehrere Ecken, bis sie ein weißes Jugendstilhaus erreichte. An der Tür zog sie einen Schlüssel aus der Tasche und schloss auf. Kaum war sie im Haus verschwunden, huschte ich über die Straße. Ihr Klingelschild war das einzige, auf dem nur der Nachname stand. Wenn die Anordnung der Klingeln auf die Lage der Wohnung schließen ließ, musste Buluts im zweiten Stock liegen. Tatsächlich ging, gerade als ich meinen Beobachterposten in der Toreinfahrt schräg gegenüber eingenommen hatte, dort das Licht an.

Wie ihre Wohnung wohl aussah? Orientalisch mit viel Wandschmuck, rotgoldenen Lampenschirmen und einem großen Sitzkissen, in das sie sich fläzte, um türkische Musik zu hören? Oder skandinavisch kühl mit Edelstahl und Glas? Weder das eine noch das andere passte so richtig zu ihr. Ich hielt Bulut für unabhängig und frei. Sie schien mir fast außerhalb jeglichen Regelwerks zu stehen, obwohl das sicher nicht zutraf. Deshalb konnte ich mir keinen Raum um sie herum vorstellen, keine Grenzen, keine Mauern. Sie war eine Kämpferin, zielstrebig und unermüdlich. Siegreich.

Nur nicht in diesem Fall.

Zumindest hoffte ich das.

Ich ging zurück zu meinem Wagen, ließ mich auf den Fahrersitz sinken und spürte, wie eine bleierne Müdigkeit die Leere in meinem Kopf füllte. Leider hatte ich noch etwas zu tun, bevor ich mich in der Hoffnung auf einige Stunden Schlaf auf die Couch legen konnte.

Ich wog das Handy eine Weile unschlüssig in der Hand, wusste aber, dass ich keine Wahl hatte. Ich musste Johannes fragen, was Bulut von ihm gewollt und, noch wichtiger, was sie bekommen hatte.

»Nichts«, war seine lapidare Antwort.

»Sie hat dir eineinhalb Stunden lang Fragen gestellt und du hast keine einzige beantwortet?«, hakte ich nach.

»Ich habe ihr das gesagt, was sie von Außenstehenden auch erfahren kann. Dass wir uns in Hamburg kennengelernt haben, dass wir zusammen waren und du mich verlassen hast.«

Die Formulierung war korrekt, traf mich aber wie ein Schlag in die Magengrube.

»Und sonst?«

»Sie fragte, warum du mich verlassen hättest, wann genau und wie es dir ginge. Psychisch. Ob du Probleme hast oder hattest, ob du labil bist, wie du tickst.«

»Und du hast ihr nicht geantwortet?«

»Woher weißt du überhaupt von unserem Treffen?«

Ich schwieg.

»Wo bist du da hineingeraten?«

Nicht das wieder!

»Womit hast du dir diese Frau zur Feindin gemacht?«

Endlich hatte ich eine Antwort. »Sie liebt ihren Chef, er sie nicht.«

Einen Moment war es still in der Leitung. »Aber dich mag er?«

Ich sah keinen Grund, ihn in diesem Punkt zu belügen. »Ja.«

»Und wie sieht es mit dir aus?«

Die Wahrheit wäre gewesen: Schellenberg war mir egal. Und wenn dieser Fall vorbei war, würde auch er nie wieder etwas von mir wissen wollen. Aber Johannes davon zu erzählen würde nur zu noch mehr Fragen führen. »Mal sehen.«

»Du weißt, dass ich dir alles Glück der Welt wünsche.«

Noch. »Ja, Johannes, das weiß ich. Trotzdem muss ich von dir wissen, was du Sibel Bulut auf ihre Frage nach meiner psychische Verfassung geantwortet hast.«

»Ich habe ihr gesagt, dass ich darüber nicht sprechen werde, egal, wie sie die Fragen formuliert oder wie oft sie sie wiederholt.«

»Das hat sie geschluckt?«

»Nach dem zehnten Versuch.«

Ich stellte ihn mir vor, wie er freundlich, ruhig und sachlich geblieben war. Wie es ihm gelungen war, seinem Gegenüber ein Gefühl des Respekts zu vermitteln, obwohl er ihr Anliegen hartnäckig zurückgewiesen hatte. Und plötzlich sehnte ich mich so sehr in seine Arme, dass mich der letzte Rest Selbstbeherrschung verließ. Ich murmelte ein leises Danke, bevor ich schluchzend über dem Lenkrad zusammenbrach.

Es dauerte eine Weile, bis ich mich gefangen hatte. Eine kleine Pille half mir dabei, verstärkte aber die Notwendigkeit, meinem Magen feste Nahrung zuzuführen. Zwar gab es in unmittelbarer Umgebung unzählige Restaurants und Imbisse, aber in Buluts Nähe wollte ich nicht bleiben. Ich startete den Wagen und fuhr, bis ich einen Parkplatz vor einer Pommesbude fand. Das gesamte Angebot in der gekühlten Theke war Massenware, in Form gepresstes Industriefleisch und Salate aus Plastikeimern, aber es ging mir nicht um Kulinarik. Die Pommes frites waren heiß, kross und salzig und damit besser als erwartet. Ich orderte eine zweite Portion, die ich im Auto verschlang. Zwei Dosen Cola rundeten die Notversorgung ab, dann fühlte ich mich in der Lage, meinen anstehenden Verpflichtungen nachzukommen.

Der Weg zu Herr Feldmann and Friends war mir in den letzten sechs Tagen in Fleisch und Blut übergegangen. Der riesige Parkplatz war gut gefüllt, ich stellte mein Auto wie gewohnt im hinteren Viertel ab, außerhalb der Lichtinseln, die sich um die Lampenmasten in der Nähe des Eingangs schmiegten. Ich blieb im Auto sitzen und beobachtete die Wagen, die nach mir kamen. Und tatsächlich, das siebte Auto, das auf die Parkfläche einbog, war das Cabrio, das mir unterwegs aufgefallen war. Ich spürte, wie mein ganzer Körper zu zittern begann.

Wenn ich überwacht wurde, musste ich meinen üblichen Ablauf ändern. Ich brauchte Zeit zum Überlegen, stieg daher aus und betrat das Lokal. Drinnen stieg ich die Stufen zur Galerie hinauf und suchte mir einen Platz an der rückwärtigen Wand. Weder von draußen noch von unten war ich zu sehen, hatte aber im Schminkspiegel, den ich gegen die Olivenölkaraffe lehnte, die Eingangstür im Blick. Es dauerte zehn Minuten, bis der Mann, der mir gefolgt war, das Lokal betrat. Er schaute sich suchend um, während ich angestrengt versuchte, mir darüber klar zu werden, was ihn verdächtig machte. Er fuhr ein kleines, sportlich wirkendes Auto mit offenem Verdeck. Nur ein einziges Mal hatte ich ihn auf einer mehrspurigen Straße direkt neben mir erblickt, wobei die Gläser der verspiegelten Sonnenbrille in seinem Haar orange funkelten, wenn er unter den Straßenlaternen hindurchfuhr. Vermutlich war er mir deshalb überhaupt erst aufgefallen. Danach jedenfalls hatte ich die orangefarbenen Gläser immer wieder entdeckt.

Der Mann war ein südländischer Typ, mittelgroß gewachsen, erste silbrige Lichter im schwarzen Haar, sportliche Bewegungen, aber eine zurückhaltende Körpersprache. Die Sonnenbrille steckte, als er das Lokal betrat, im Ausschnitt seines schwarzen Hemdes. Ich meinte, ihn zu kennen, obwohl ich mir sicher war, ihn nie zuvor getroffen zu haben. Und wenn er mir wirklich gefolgt war, konnte es nur einen Grund dafür geben: Bulut hatte mich im Belgischen Viertel dabei erwischt, wie ich sie beobachtete. Wie hatte ich auch glauben können, eine ausgebuffte Polizistin austricksen zu können?

Die Kellnerin, die bei Herr Feldmann and Friends die Tische vergab, sprach meinen Verfolger an und winkte ihn durch. Sicher hatte er erzählt, er sei hier mit jemandem verabredet. Suchend drehte er den Kopf von rechts nach links, verschwand aus meinem Sichtfeld und tauchte dann auf der Treppe zur Galerie wieder auf. Ich beugte den Kopf über die Speisekarte und beobachtete aus den Augenwinkeln, wie sein Blick mich streifte und weiterglitt und wie er die Treppe wieder hinunterstieg.

Hier oben war kein Platz für ihn, deshalb hatte ich mich hier niedergelassen. Trotzdem zitterte ich immer noch vor Aufregung und Angst. Wer war der Typ? Wollte er mir nur hinterherspionieren oder mich außer Gefecht setzen? Traute ich Bulut wirklich zu, dass sie mir einen Schläger auf den Hals hetzte? Aber die wichtigste Frage von allen war: Wie wurde ich ihn wieder los?

Mit fahrigen Bewegungen blätterte ich die Karte durch, ohne etwas wahrzunehmen. Ein Kellner kam und fragte mich nach meiner Bestellung. Ich hatte weder Hunger noch Durst, bestellte aber eine Apfelsaftschorle, die ich dann doch gierig hinunterschüttete, und einen Salat, von dem ich kaum ein paar Blätter aß.

Als ich schon halb entschlossen war, meine Pläne für den Rest des Abends umzuwerfen und nach Hause zu fahren, kam meine Rettung. Zwei junge Frauen, modisch gekleidet und mit dem überwältigenden Selbstbewusstsein ausgestattet, das eine gewisse Schönheit mit sich brachte, erschienen auf der Galerie, sahen sich um und verzogen das Gesicht, weil sie keinen Platz fanden. Ich winkte, bot ihnen meinen Tisch an und legte einen Zwanzig-Euro-Schein neben den Teller. Vorsichtig lugte ich über die Balustrade und entdeckte meinen Verfolger auf einem Hocker am Tresen, von dem aus er sowohl den Eingang als auch mein Auto im Blick hatte. Zumindest stimmte die Richtung, erkennen konnte er dort hinten in der dunkelsten Ecke des Parkplatzes sicher nichts. Noch atmete ich nicht erleichtert auf, zumindest aber spürte ich Hoffnung. Mit zitternden Knien schlich ich zum Notausgang am Ende der Galerie, zwängte mich durch die Tür, die mit einem Keil offen gehalten wurde, und schlich die Feuertreppe hinab.

Ich zog die dünne schwarze Laufjacke mit Kapuze aus der Handtasche, versteckte die weiße Bluse und die hellen Haare darunter. Wie jeden Abend nahm ich den Akku aus meinem offiziellen Handy, damit es nicht zu orten war. Dann ging ich zu dem Auto, das nicht weit von meinem eigenen stand. Zwar ging ich davon aus, dass niemand außer mir von diesem Wagen wusste, trotzdem packte ich den Funkwellenabtaster aus und checkte das Auto auf Tracker oder Minisender. Es war, wie erwartet, sauber. Ich fuhr die zwei Kilometer zu der verlassenen Kfz-Werkstatt im angrenzenden Gewerbegebiet. Das Bauschild, das ein neues Logistikzentrum an diesem Standort ankündigte, stand schon an der Straße, aber der Zugang zu dem ungenutzten Gebäude, das bald abgerissen werden würde, war ungehindert möglich. Entdeckt hatte ich dieses Niemandsland vor zwei Monaten auf der Suche nach einem leicht erreichbaren, aber absolut ungestörten, anonymen Ort. Ich drückte die Tür auf, wappnete mich gegen den Geruch nach Schimmel und Fäkalien und trat ein.

Eine gute Stunde später schloss ich die Tür zum Penthaus auf. Ich öffnete die Fenster, um zu lüften. Erleichtert stellte ich fest, dass alles in bester Ordnung war. Die kleine, aber schön geschnittene Zwei-Zimmer-Wohnung hätte mich unter anderen Umständen begeistert, auch wenn die Bezeichnung Penthaus mehr versprach, als die Achtziger-Jahre-Realität erfüllen konnte. Lediglich die Dachterrasse, von der aus ein weiter Blick über die Dächer Kölns ging, rechtfertigte die Bezeichnung. Das Arrangement war ein Glücksgriff gewesen, als ich vor nicht ganz einem halben Jahr nach Köln gezogen war. Ein Fotograf, den Johannes und ich gut kannten, suchte einen Untermieter für die sieben Monate, die er auf Reisen verbringen würde. In Köln herrschte kein Mangel an willigen Untermietern, aber meist waren es Studenten, denen er weder sein Ledersofa noch das elektronische Equipment anvertrauen wollte. Ich bekam einen richtigen Vertrag und meldete mich offiziell unter dieser Adresse in Köln an.

Dass ich die meiste Zeit in Rikes altem Apartment verbringen würde, war nicht geplant gewesen, hatte sich aber so ergeben. Vor fast einem Jahr war ich zu Rikes Beerdigung nach Köln gekommen und hatte danach nicht die Kraft gehabt, wieder abzureisen. Niemand nahm sich ihrer Habseligkeiten an. Ihr Freund hatte einen Nervenzusammenbruch, ihre Mutter war tot. Ich versprach dem Freund, mich um das Apartment zu kümmern, aber es auszuräumen brachte ich nicht über mich. Das Monatsende kam und der Vermieter machte Druck. Ich gab ihm das Geld für einen weiteren Monat in bar und fuhr zurück nach Hamburg in der festen Absicht, das Apartment innerhalb der nächsten vier Wochen auszuräumen.

Zweimal fuhr ich nach Köln, reiste jedes Mal unverrichteter Dinge wieder ab. Ich verpasste einen Abgabetermin für einen wichtigen Artikel, schluckte haufenweise Pillen und stritt immer häufiger mit Johannes. Er wusste, was mich quälte, und redete so lange auf mich ein, bis ich einer Therapie zustimmte. Nur hatte er gehofft, dass ich danach mein altes Leben mit ihm wieder aufnehmen würde. Stattdessen erkannte ich, dass mir genau das nach Rikes Tod unmöglich geworden war. Ich konnte nicht über fremde Menschen schreiben, während Rike tot war. Ich konnte das Glück, das Johannes mich gelehrt hatte, nicht genießen, während Rike tot war. Es gibt keine gelingende Gegenwart, solange die Vergangenheit nicht abgeschlossen ist. Als der Fotograf aus Köln erwähnte, dass er seine Wohnung lieber für einige Monate leer stehen ließe, als an Studenten zu vermieten, war mir plötzlich klar, dass ich nach Köln gehen würde. Ich wusste nicht, was ich dort tun würde, um Rikes Tod zu bewältigen, aber mir war klar, dass es nur dort gelingen konnte.

Johannes hätte weiter zu mir gestanden, wenn ich ihn gelassen hätte, aber ich hatte seine Liebe nicht verdient und konnte das Glück, das er bis dahin für mich bedeutet hatte, nicht mehr empfinden. Ich wusste, dass er gut für mich war, aber ich fühlte es nicht. Ich fühlte gar nichts mehr.

Das zumindest hatte sich in den letzten Monaten wieder geändert.

Während ich nun in dem modern und teuer eingerichteten Penthaus, das nur vom hereinfallenden Licht der Straßenlaternen erhellt wurde, umherging, spürte ich eine unendliche Traurigkeit. Ich zweifelte, ob ich die richtige Entscheidung getroffen hatte. Vielleicht hätte ich in Hamburg bleiben sollen, hätte noch härter daran arbeiten müssen, das Vergangene loszulassen, aber im Grunde wusste ich, dass es nicht hatte funktionieren können. Mein Leben war so untrennbar mit Rike verknüpft, dass ich selbst nach ihrem Tod nicht von ihr loskam.

Ich schloss die Fenster, drehte eine letzte Runde und vergewisserte mich, dass alles so war, wie es sein sollte. Der Reisepass lag zusammen mit allen wichtigen Unterlagen in der Schublade. Im Kleiderschrank fehlten nur wenige Sachen, auch Koffer und Reisetasche standen unbenutzt und angestaubt in der Ecke. In der Schmuckschatulle befanden sich die Brillantohrringe, die Mutter mir zum Studienabschluss geschenkt hatte ebenso wie die Uhr aus dem Erbe meines Vaters. Vier Fünfzig-Euro-Scheine und eine Teedose voll Kleingeld standen im Dielenschrank.

Niemand, der diese Wohnung betreten würde, käme auf die Idee, dass ich zu einer längeren Reise aufgebrochen war. Ganz sicher nicht freiwillig und geplant. So sollte es sein. Ich ließ auch den Müll, wo er war, und zog die Tür hinter mir zu. Ich holte den Tracker aus dem Briefkasten und zerschlug das Gerät mit einem losen Pflasterstein aus dem Hof. Unterwegs würde ich anhalten, um die Trümmer und den Akku in verschiedene öffentliche Mülleimer zu werfen. Die Wohnungsmiete würde weitergezahlt, der Dauerauftrag endete automatisch mit Ablauf der sieben Monate. Damit war dieses Kapitel meines Lebens für mich beendet.

Freitag, 18. Mai, 06:00–11:00 Uhr

Mein offizielles Handy klingelte um sechs Uhr vier. Ich tastete auf dem Boden vor der Couch. Vergeblich. Die Augen musste ich erst kräftig reiben, bis die Wimpern nicht mehr aneinanderklebten. In dem Moment, in dem ich das Handy fand, schaltete sich die Mailbox ein. Ich erkannte Schellenbergs Nummer und rief ihn zurück.

»Ein neues Opfer. Schuss ins Herz. Diesmal ist es eine Frau.«

Er nannte mir den Tatort und legte auf. Ich ging ins Bad, duschte im Schnelldurchgang, putzte mir die Zähne, warf ein paar Pillen ein und griff nach einer sauberen Bluse. Dabei fiel mein Blick auf den Goldfisch. Er trieb mit dem Bauch nach oben im Glas. Einige Augenblicke lang stand ich vollkommen regungslos da, während ich überlegte, wann ich ihn zuletzt gefüttert hatte. Ich konnte mich nicht erinnern, nur daran, dass ich mehrfach vergessen hatte, neues Futter zu besorgen. Jetzt war es zu spät.

Der Verlust schnürte mir das Herz zusammen, bis eine innere Stimme fragte, was das Theater sollte. Ich hätte den Fisch sowieso zurückgelassen, nun traf ihn sein Schicksal einige Tage früher. In einem Moment der Wahrheit erkannte ich, dass der Fisch mir egal war. Nur Rike gegenüber hatte ich ein schlechtes Gewissen, immerhin war es ihr Haustier gewesen, das ich hatte verhungern lassen. Das Ziehen in meinem Brustkorb war mehr Scham als Trauer. Ich schüttete den gesamten Inhalt des Goldfischglases ins Klo und verließ die Wohnung.

Nach einem ekligen Kaffee und einem Croissant, das ich zur Hälfte aß, fühlte ich mich immerhin so weit wach, dass ich mir zutraute, unfallfrei Auto zu fahren. Meine erste Handlung im Auto bestand allerdings darin, den Standort von Buluts Tracker zu checken. Er befand sich auf dem Garagenhof bei ihrer Wohnung. Bulut war noch nicht unterwegs.

Um zwanzig vor sieben erreichte ich den Parkplatz eines Fitnesscenters in Porz, auf dem nur ein einziges Auto stand. Die Leiche lag wenige Meter daneben auf dem glänzenden Asphalt. Die Feuchtigkeit der Nacht verdunstete in der Morgensonne.

Die linke Hand der Leiche war über den Kopf gestreckt, die rechte wurde vom Körper verdeckt. Zwischen der Leiche und dem Auto glitzerte ein Autoschlüssel in einer Pfütze. Die Kleidung des Opfers war nass. Den Rechtsmediziner konnte ich nicht sehen, aber die Spurensicherung wuselte mit drei Leuten über den Platz. Schellenberg fehlte.

»Rolf ist da hinten«, rief eine der weiß gekleideten Gestalten, der Stimme nach Tjorvaldsen. Ich folgte seinem ausgestreckten Arm und fand Schellenberg mit zwei weiteren Männern auf der Anlieferrampe eines Supermarktes.

»Hier stand der Schütze«, erklärte Schellenberg, sobald ich bei ihm war. »Freies Schussfeld, leicht erhöhte Position, gute Sicht auf den Parkplatz. Sechzig Meter Distanz. Wie gut, dass die Rampe überdacht ist, sonst hätte der Regen alle Spuren weggespült.«

Wir befanden uns in einem Gewerbegebiet mit ausgedehnten Parkflächen für das Fitnessstudio und die umliegenden Firmen. Keine Wohnungen weit und breit. Ein abgelegener Ort, an dem ein einzelner Schuss keine Aufmerksamkeit erregte.

»Ist das Opfer schon identifiziert?«, fragte ich.

»Wir gehen davon aus, dass es sich um die Halterin des Fahrzeugs handelt. Sandra Schering, sechsunddreißig Jahre alt, verheiratet.«

»Rolf!«, rief einer der Spurensicherer. »Wir haben ihn.« Schellenberg, der sich zu seinem Kollegen gedreht hatte, warf mir einen schnellen Blick über die Schulter zu. »Ein Schuhabdruck Größe dreiundvierzig, das Profil wie bei den anderen.«

Ich blieb bei Schellenberg, bis Doktor Zweig und kurz darauf Bulut eintrafen. Zweig begab sich direkt zur Leiche, Bulut schlenderte zu Schellenberg hinüber. Der nickte ihr zu und brachte sie auf den neuesten Stand.

Zu dritt gingen wir zum Mordopfer. Zweig hatte sich, nach einem gemurmelten Gruß, gleich an die Arbeit gemacht. Die Spurensicherung an der Leiche war seine Aufgabe. Er drückte Klebestreifen auf die Kleidung des Opfers und riss sie wieder ab. Alle Fasern, Schmutzpartikel, Haare, Hautpartikel und Sonstiges würden bei der kriminaltechnischen Untersuchung katalogisiert. Dann endlich war die medizinische Untersuchung an der Reihe. Der Fotograf hatte seine Arbeit bereits getan, Zweig drehte die Frau um. Von der Leiche vorher fast völlig verborgen, kam nun eine Handtasche zum Vorschein, die in einer Blutlache lag. Auch der anthrazitfarbene Kapuzenpulli war auf der Vorderseite mit dunklem Blut vollgesogen.

»Nicht so gut getroffen wie die anderen«, murmelte Zweig.

»Schlechte Beleuchtung«, erwiderte Bulut nach einem Rundumblick. »Und die dunklen Klamotten machten die Sache nicht besser.«

»War sie gleich tot?«, fragte Schellenberg.

»Genaue Antwort erst nach der Obduktion, aber wenn ich raten soll …« Er machte eine Pause.

»Bitte!«

»Nein. Die Menge des Blutes spricht dagegen. Und die Hände.« Er wies auf abgebrochene Fingernägel und dunkelviolette Fingerkuppen mit eingerissener Haut an der linken Hand. »Sie hat versucht, das Auto zu erreichen.«

»Hans, willst du die Tasche gleich mitnehmen?«, rief Zweig.

Tjorvaldsen kam mit dem Fotografen, der mehrere Aufnahmen von der Lage der Tasche machte. Dann nahm Tjorvaldsen die Tasche vom Boden und blickte Schellenberg fragend an. Der nickte. Tjorvaldsen streifte die alten Handschuhe ab und ein paar neue über, öffnete den Reißverschluss und griff in die Tasche. Den Inhalt breitete er auf einer Folie aus, die er auf den Boden gelegt hatte. Portemonnaie mit Personalausweis, Ausweis des Fitnesscenters in einer Plastikhülle am Band, Handy, ein weiterer Schlüsselbund mit dem Logo des Fitnesscenters, Bonbons, Taschentücher, ein Klappspiegel, Lippenstift und weitere Make-up-Utensilien, ein paar Kassenzettel und ein Hautcremepröbchen.

»Leider keine Nachricht des Mörders«, sagte Tjorvaldsen enttäuscht.

»Wäre auch schwer gewesen, den Zettel in die Tasche zu stecken, weil das Opfer darauf lag.«

Schellenberg nickte. »Okay. Wir brauchen die Obduktion sofort und, Hans, wir brauchen den Zettel.«

Tjorvaldsen deutete in einer großen Geste über den riesigen Parkplatz, die mit Unkraut überwucherte und vollgemüllte Brachfläche neben dem Fitnesscenter und das Brombeergestrüpp auf dem Gelände einer Spedition auf der gegenüberliegenden Seite. »Kein Problem. Gib mir ein paar Hundert gute Spurensicherer und wir können noch diesen Monat fertig werden.«

Schellenberg bemühte sich um ein Lächeln und schlug Tjorvaldsen auf die Schulter. »Kein Problem. Aber bis die Unterstützung kommt, könnt ihr ja schon mal anfangen.«

Auch Bulut hatte ihren Wagen neben Schellenbergs Porsche abgestellt, und so gingen wir die paar Meter gemeinsam. Sie ließ mit keinem Blick und keiner Geste erkennen, dass sie sich über den Verlust ihres Trackers ärgerte. Ob sie wusste, dass ich ihn entdeckt und entsorgt hatte? Oder ob sie noch rätselte, was dem Ding wohl passiert war? Wie oft kam es vor, dass die Magnetbox von der Karosserie fiel und das Gerät überrollt wurde? Hielt sie diese Variante für glaubhaft? Ihre stoische Miene und die Tatsache, dass sie gestern Abend schnell genug reagiert hatte, um mir einen Verfolger hinterherzuschicken, machten mich extrem nervös. In diesem Krieg war sie der Profi, während ich bislang verdammt viel Glück gehabt hatte. Es wäre unrealistisch anzunehmen, dass meine Glückssträhne anhalten würde. Plötzlich wurde mir bewusst, dass das Scheitern meines Plans wahrscheinlicher war als der Erfolg, und ich biss mir auf die Lippen, um nicht in Tränen auszubrechen.

Obwohl wir getrennt zu Sandra Scherings Wohnung fuhren, weil niemand seinen Wagen auf dem Gelände in Porz zurücklassen wollte, kamen wir fast gleichzeitig an. Die Hoffnung war, ihren Mann zu Hause anzutreffen, bevor er zur Arbeit fuhr. Tatsächlich allerdings kam er gerade auf seinem Mountainbike angefahren. Bulut hatte ihr Smartphone in der Hand und erkannte ihn anhand seines Facebook-Profils. Und in diesem Moment, in dem ich sie über ihr Handy gebeugt von der Seite sah, wurde mir klar, dass der Mann, der mich gestern verfolgt hatte, Buluts Bruder Nuri gewesen war. Sein Profil glich dem seiner Schwester auf geradezu erschreckende Weise. Wenn er mir weiterhin nachstellte, würde ich Ulf auf seine Spur setzen.

»Herr Schering?«

Es dauerte ein paar Sekunden, bis ich in die Gegenwart zurückfand und mich auf Schering konzentrieren konnte, der bis auf wenige Schritte herangekommen war. Sein Blick flackerte, als Bulut ihm ihren Polizeiausweis entgegenstreckte. Unsicher sah er zu Schellenberg, zu mir, zurück zu Bulut.

»Was ist mit Sandra?« Bernd Schering war Anfang oder Mitte vierzig mit ersten grauen Strähnen im dunkelblonden, kurz geschnittenen Haar. Seine Körpergröße von gut einem Meter neunzig war umso beeindruckender, als er sich gerade hielt und sportlich wirkte. Die teure Kleidung warb mit auffälligen Markenlabels für sich selbst, auch wenn die Knitterfalten die Vermutung nahelegten, dass Schering sie seit dem Vortag trug.

»Können wir reinkommen?«

»Ich komme gerade von der Polizeiwache, aber dort wollte man keine Vermisstenmeldung entgegennehmen.« Aus den geröteten Augen blickte nackte Panik.

Bulut nickte. Schering lehnte sein teures Rad nachlässig an die Hauswand und schloss mit zitternden Fingern die Tür auf. Bulut trug das Fahrrad ins Treppenhaus. Widerwillig zollte ich ihr dafür Respekt.

»Was ist mit Sandra?«, fragte Schering, während er in den ersten Stock stieg und die Wohnungstür öffnete. »Nun sagen Sie schon!«

»Bitte setzen Sie sich, Herr Schering.« Bulut behielt die Führung, lenkte Schering mit sanftem Griff in das helle, modern eingerichtete Wohnzimmer, wo sie ihn in einen knallroten Ledersessel drückte. Schellenberg und ich nahmen auf der passenden Couch Platz, Bulut ließ sich in den Sessel neben Schering fallen.

»Ihre Frau wurde Opfer eines Verbrechens, Herr Schering. Sie ist tot, es tut mir leid.«

Bulut machte das gut. Sagte klar und deutlich, was los war. Kein Herumgeeiere, das Platz für Missverständnisse ließ.

»Wo?«

Die Frage überraschte mich, sie war nicht unbedingt das, was Angehörige zuerst wissen wollten, aber sein nächster Satz lieferte die Erklärung.

»An diesem bescheuerten Fitnesscenter? Diesem Drecksloch am Arsch der Welt?« Die Worte und die Heftigkeit, mit der er sie hervorstieß, standen in krassem Gegensatz zum gehobenen Stil der Einrichtung und seiner Kleidung.

Bulut nickte. »Waren Sie nicht damit einverstanden, dass Ihre Frau dort arbeitete?«

Schering schüttelte den Kopf. »Sie hat ihren Job als Physiotherapeutin gekündigt, um an der Sporthochschule zu studieren. Nebenbei hat sie in einem sehr exklusiven Fitnessstudio gearbeitet, bei dem Gesundheit und Prävention im Mittelpunkt standen. Und dann gab es Ärger mit einem Kunden.«

»Wissen Sie, wie dieser Kunde hieß?«, fragte Bulut. Wenn sie gespannt war, ließ sie es sich jedenfalls nicht anmerken.

»Hajo Reimer.« Schering spuckte den Namen förmlich aus. »Danach fand Sandra nur noch den Job in dieser Mucki-Klitsche. Dabei hätte sie überhaupt nicht arbeiten müssen, mein Gehalt reicht locker für zwei.«

Es war offensichtlich, dass dieser Punkt ein schwelender Konflikt zwischen den beiden gewesen war, und die Tatsache, dass ihre Entscheidung gegen seinen Willen jetzt zu ihrem Tod geführt hatte, machte ihn wütend. Wütend auf seine Frau, die gerade ermordet worden war. Das wiederum führte zu Schuldgefühlen, denn bestimmt wollte er auf seine tote Frau nicht wütend sein, er wollte um sie trauern. Diese widersprüchlichen Empfindungen waren Schering nicht bewusst, aber das änderte nichts daran, dass sie ihn innerlich zerrissen. Und deshalb platzte das alles aus ihm heraus.

Wenn er Glück hatte, würde er sich die Wut auf seine Frau eines Tages eingestehen können und sich dieses Gefühl verzeihen, denn es hatte seine Berechtigung. Wenn er Pech hatte, schwelte das Gemenge jahrelang unerkannt weiter und vergiftete seine Erinnerung und die Trauer. Da ich ihn nicht kannte, wagte ich keine Prognose, wie er dieses Gefühlschaos überstehen würde. Ich jedenfalls war erleichtert, dass er so reagierte, denn seine Wut war für mich besser zu ertragen als Trauer. Die nackte Verzweiflung, wie wir sie gestern bei Reimer senior erlebt hatten, hätte ich gerade nicht verkraftet.

»Herr Schering, momentan sieht es so aus, als hätte der Mord an Ihrer Frau tatsächlich etwas mit den Morden an

Hajo Reimer und Thomas Rübenack zu tun«, sagte Bulut. »Wissen Sie, ob es noch andere Berührungspunkte Ihrer Frau zu Hajo Reimer gab? Oder ob sie auch Thomas Rübenack kannte?«

Scherings Blick fand wie aus weiter Ferne zurück in sein Wohnzimmer. »Mit Hajo Reimer ist sie zur Schule gegangen. Der andere Name sagt mir nichts.«

»Dürfen wir uns die privaten Unterlagen Ihrer Frau ansehen?«

»Natürlich.« Wie ferngesteuert erhob Schering sich, durchquerte den Flur und öffnete eine Tür, ohne das Zimmer zu betreten. »Ihr Arbeitszimmer. Schauen Sie sich an, was immer Sie interessiert.«

Das sogenannte Arbeitszimmer war weit mehr als das. Neben dem Schreibtisch und einem Aktenschrank gab es einen Lesesessel, ein Regal voller Bücher, ein Keyboard und eine Kommode mit mehreren Schubladen. Schellenberg öffnete den Aktenschrank, in dem die Ordner mit präziser Handschrift säuberlich beschriftet waren, manche mit Jahreszahlen, andere mit »Buchhaltung« und »Steuer«. Er blätterte wahllos, wie mir schien, in einigen Ordnern herum, stellte sie aber alle wieder zurück. »Was hast du, Sibel?«

Bulut nahm ein Fotoalbum aus dem Schrank. »Darf ich?«, fragte sie Schering, der zusammengesunken an der Wand neben der Tür lehnte. Vielleicht war ihm beim Anblick des Zimmers klar geworden, dass seine Frau es nie wieder betreten, nie wieder an ihrem Schreibtisch sitzen oder in ihrem Sessel lesen würde. Ich stand im Türrahmen, schluckte gegen den Kloß im Hals an und hielt mich bereit, ihn zu stützen, falls er umkippte.

»Natürlich«, murmelte Schering. »Sandra hat für jedes Jahr ein Album angelegt. Vorn müsste das Datum drinstehen.«

Bulut schlug das Album auf, fand offenbar ein Datum, das sie nicht interessierte, und stellte den Band zurück. Dann zählte sie ab und griff erneut zu. Schellenberg trat zu ihr und sah über ihre Schulter. Bulut blätterte schnell, dann ein paar Seiten langsam, dann wieder schneller.

»Dürfen wir einige Sachen mitnehmen?«, fragte Schellenberg. »Natürlich bekommen Sie alles vollständig zurück.«

Schering nickte kraftlos und machte eine Handbewegung, die sein Desinteresse unterstrich. »Nehmen Sie, was Sie brauchen.«

Bulut legte alles, was sie mitnehmen wollte, auf den Schreibtisch, setzte sich auf den Drehstuhl und begann die Schubladen aufzuziehen, nur um sie sofort wieder zu schließen. Ich ging davon aus, dass nur der übliche Kleinkram wie Stifte, Papier oder Briefumschläge darin lagen. Bis auf die letzte Schublade. Die war verschlossen.

»Haben Sie einen Schlüssel?«

Schering schüttelte den Kopf wie in Zeitlupe, während er auf die verschlossene Lade blickte und sich vermutlich fragte, was seine Frau zu verbergen hatte. In diesem Moment entstand, das wusste ich aus langer Erfahrung als Psychologin, ein winziger Riss zwischen ihm und seiner Frau, die sich nicht mehr würde rechtfertigen können, nichts erklären, nichts zurechtrücken. Je mehr Geheimnisse ans Tageslicht kämen, desto größer würde dieser Riss werden, den nichts mehr kitten konnte. Ich bedauerte Schering von ganzem Herzen.

»Dann müssen wir noch mal wiederkommen, sobald die

Kriminaltechnik die Sachen Ihrer Frau freigegeben hat. Vermutlich hängt der Schlüssel am Bund.«

In diesem Moment schlug Schering die Hände vors Gesicht und schluchzte trocken auf. »Kann ich Sandra noch mal sehen?«

Schellenberg trat zu ihm und fasste ihn sanft am Oberarm. »Ich lasse Ihnen eine Telefonnummer da, wo Sie erfahren, wann Sie zu ihr können. Soll ich den psychologischen Dienst anrufen, oder können Sie einen Angehörigen oder Freund herbitten, der in den nächsten Stunden bei Ihnen bleibt?«

Jetzt brach Schering vollends in Tränen aus. »Mein Bruder«, brachte er mühsam hervor.

Ich schnappte nach Luft, so sehr schien die Verzweiflung des Ehemanns den Raum zu fluten und jeglichen Sauerstoff hinauszudrängen. Schellenberg ließ sich die Nummer des Verwandten geben und rief ihn an. Bis der Mann kam, packten die Kommissare ein, was sie mitnehmen wollten. Dann verließen wir die Wohnung mit einem Waschkorb voller Alben und Kartons.

»Wir fahren ins Präsidium«, sagte Schellenberg an seinem Auto. »Ich will eine kurze Besprechung, um zu sehen, welche Spuren wir bisher haben, und wie unser neues Opfer da hineinpasst. Langsam verliere ich den Überblick.«

Bulut nickte, stieg in ihr Auto und röhrte los. Schellenberg und ich waren, jeweils in unseren eigenen Fahrzeugen, kurz darauf ebenfalls unterwegs. Ich checkte während der Fahrt den Tracker an Buluts Auto und den Minisender in ihrer Jacke. Beide arbeiteten einwandfrei.

Maik, Ingo und Rüdiger warteten bereits mit Benny auf der Brücke, Schmitter kam wenige Augenblicke nach mir, dann erschienen Bulut und Schellenberg, der den Waschkorb auf das hintere Ende des Tisches stellte. Jemand hatte für Kaffee gesorgt, aber zu essen gab es nichts. Mein Magen blubberte sauer vor sich hin, während Schellenberg die neuesten Erkenntnisse kurz zusammenfasste.

»Reimer war definitiv ein windiger Hund, aber ich sehe nichts, was so gravierend wäre, dass jemand ihn dafür umlegen würde«, erklärte Schmitter bestimmt. »Sozialbetrug, Bilanzfälschung und ein paar kleinere Vergehen können wir ihm nachweisen.«

»Das heißt, ihr ermittelt weiter gegen das Unternehmen, aber für unsere Mordermittlung scheint das Thema nicht relevant zu sein.«

Schmitter nickte und forderte Schellenberg auf, ihn zu informieren, falls sich doch noch ein möglicher Zusammenhang ergab. Dann verließ er die Brücke.

Währenddessen trat Benny an das Whiteboard und umrahmte alle Einträge, die sich auf Schmitters Fachbereich bezogen, mit einem dicken, roten Stift.

»Was ist mit Reimers HIV-Infektion?«

Ingo schüttelte den Kopf. »Dazu können wir im Grunde nichts sagen. Es ist ja nicht so, dass die Frauen hier anrufen, um uns zu erklären, dass sie mit Reimer eine Affäre hatten. Außerdem sehe ich keinen Zusammenhang mit Rübenack und Schering.«

»Maik, was ist mit Evas Brüdern?«

»Das Kinderheim in Athen wird zum überwiegenden Teil von Eva finanziert. Wenn ihr Geld ausfällt, hat der Verein ein Problem. Aber es gibt keinen Hinweis auf illegale Machenschaften. Der Verein und das Heim haben offenbar einen sehr guten Ruf, die tragen sogar das DZI-Spenden-

Siegel. Kurz gesagt: Es gibt keinerlei ernst zu nehmenden Hinweis darauf, dass Evas Brüder etwas mit den Morden zu tun haben.«

»Was ist mit Eva selbst?«, fragte Bulut.

Einen Augenblick schauten alle überrascht.

»Wir haben sie nicht näher überprüft«, sagte Benny in die Stille hinein. »Es gab keinen konkreten Anfangsverdacht.«

»Gut«, sagte Schellenberg. »Frau Doktor Lauffen hat uns von Anfang an geraten, nach der Verbindung zwischen den Opfern zu suchen. Interessanterweise gibt es zwei Verbindungen, nämlich das Unternehmen, bei dem allerdings Sandra Schering fehlt, und die gemeinsame Schulzeit, wobei wir nur wissen, dass Reimer und Schering zusammen zur Schule gingen und Reimer und Rübenack außerhalb der Schule dicke Freunde waren. Reimer und Rübenack sind gleich alt, Schering mit sechsunddreißig ein Jahr jünger.«

»Die Schule liegt fast zwanzig Jahre zurück«, sagte Ingo.

»Ja, aber die Unternehmensspur ist unergiebig.« Maik.

»Was habt ihr über Sperburg herausgefunden?«, fragte Schellenberg. »Warum hat er Reimers Auto beschädigt? Gibt es hier Verbindungen zu Rübenack und Schering?«

»Die wichtigsten Infos hatte Sibel schon zusammengetragen. Ich sollte ihn vor allem finden«, sagte Rüdiger. »Aber totale Fehlanzeige. Er hat keine engen Freunde, bei denen er unterkommen könnte, besitzt weder einen Schrebergarten noch eine Jagdhütte, hat keine Zweitwohnung und ist auch nicht bei seinen Eltern. Er ist, wie man so schön sagt, vom Erdboden verschwunden. Auch sein Auto ist bisher nirgendwo aufgetaucht. Wenigstens haben wir von seinen Eltern endlich ein Foto bekommen.« Er wies auf ein neues Bild an der Stellwand, das einen nicht ganz schlanken Mann von etwa einem Meter siebzig zeigte. Jeans, Polo-Shirt und Sneaker waren Durchschnitt, aber sein feines Lächeln zeugte von gelassener Freundlichkeit. Trotzdem wirkte er distanziert, als gelte das Lächeln nicht dem Betrachter. Ich sah auf Fotos genauso aus.

Einen Moment starrten alle auf das Bild.

Schellenberg, der als Leiter der Soko die Ermittlungsrichtung vorgeben musste, räusperte sich. »Wir konzentrieren uns auf die Schulzeit der drei Opfer, die konkreteste Verbindung, die wir haben. Maik, Ingo, Rüdiger, kümmert euch um die Schule. Sprecht mit ehemaligen Lehrern, Hausmeistern, Mitschülern.« Er wies auf den Waschkorb. »Um die Fotos kümmern wir uns später.«

»Wie passt Sperburg in diese Geschichte aus der Schulzeit?«, fragte Bulut.

Schellenberg zuckte die Schultern. »Sobald wir ihn gefunden haben, werde ich ihn genau das fragen.«

»Hoffentlich müssen wir nicht die zweite Todesnachricht des Tages überbringen«, murmelte Schellenberg auf dem Weg zum Auto. Um wenigstens noch den Anschein zu wahren, dass ich einen Artikel über die psychischen Belastungen der Ermittler schreiben würde, hätte ich fragen müssen, wie sehr sie der dritte Mord, den sie nicht verhindert hatten, belastete. Tatsächlich fehlte mir die Energie. Außerdem erwartete ich keine erhellenden Antworten, daher stellte ich die Frage gar nicht erst, sondern quetschte mich wortlos auf die Rückbank des Porsche und hoffte, dass während unserer Abwesenheit niemand die Fotos von Sandra Schering überprüfte.

»Kann ich Ihnen einen Kaffee anbieten?«, fragte die kleine, untersetzte Frau freundlich, sobald Schellenberg uns vorgestellt hatte. »Ich habe gerade welchen gekocht.« Und schon eilte sie voraus ins Wohnzimmer, wo sie sich mit der Bitte, an dem großen Holztisch Platz zu nehmen, gleich wieder entfernte.

Ich schätzte sie auf Mitte sechzig, wobei ich mich schwer tat bei Frauen, die aufgrund ihrer Körperfülle keine Falten hatten. Immerhin waren Lachfältchen zu sehen in dem Gesicht, das uns offen und entspannt entgegenblickte, als sie mit einem großen Tablett zurückkam. Nur ein winziger Hauch von Sorge umschattete ihre haselnussbraunen Augen. Die Kurzhaarfrisur war nicht nur praktisch, sondern auch modern, sie trug eine bequem aussehende Jeans und eine dezent geblümte Bluse und war leicht geschminkt. Das Idealbild einer Mutter von der Art, wie ich sie mir immer gewünscht hätte. Das Wissen, dass diese Frau gleich den schlimmsten Alptraum aller Eltern erleben würde, legte sich wie eine Faust um mein Herz.

Schellenberg ließ sie den Kaffee servieren und sich zu uns an den Esstisch setzen, von dem aus man in den Garten sah. Dann nannte er ihr den Grund unseres Besuchs.

Brigitte Grauner brauchte mehrere Anläufe, bis sie wirklich verstand, was passiert war. Nun verschränkte sie die Arme vor der Brust und weinte eine Weile, bevor sie aufstand und aus dem Wohnzimmer stürzte. Trotz der geschlossenen Türen konnten wir hören, wie sie sich im Badezimmer übergab. Schellenberg sah aus, als würde er ihr gleich Gesellschaft leisten, auch Bulut saß still und mit gesenktem Kopf auf ihrem Stuhl. Ich glaubte, sie blinzeln zu sehen. Obwohl ich im Präsidium vor unserer Abfahrt heimlich eine Pille geschluckt hatte, setzte mir die aus tiefstem Herzen aufsteigende Verzweiflung dieser Frau mehr zu, als ich glaubte, ertragen zu können. Aber nun war es zu spät, nun saß ich hier und konnte nicht weg.

»Entschuldigen Sie bitte«, sagte Brigitte Grauner, als sie zurückkehrte. »Sie wollten ja ein paar Fragen stellen.« Kraftlos und mit mühsam aufrechterhaltener Beherrschung ließ sie sich wieder auf den Stuhl sinken. »Ich weiß nicht, wie ich Ihnen helfen könnte, aber bitte, fragen Sie.«

»Möchten Sie ihren Mann anrufen?«, fragte Schellenberg.

Sie schüttelte entschieden den Kopf. »Er ist bei der Dialyse.«

Schellenbergs Schultern sackten, sofern möglich, noch tiefer. »Frau Grauner, Ihre Tochter wurde mit derselben Waffe und aller Wahrscheinlichkeit nach von demselben Täter getötet wie auch Hajo Reimer und Thomas Rübenack. Wir wissen inzwischen, dass Sandra und Hajo gemeinsam auf der Schule waren. Können Sie uns mehr über diese Zeit erzählen?«

Ein Schatten flog über ihr Gesicht. »Der Hajo, das war ein Schlimmer.«

Bulut kramte ihr Notizheft aus der Jacke und schrieb mit.

»Er hatte nur Unfug im Kopf und glaubte, weil sein Vater ein erfolgreicher Unternehmer war, könnte er sich alles erlauben. Wir waren sehr unglücklich darüber, dass Sandra sich gerade in den verliebt hat.«

»Was hat er denn angestellt?«

»Ach, ich weiß gar nicht, ob er wirklich viel angestellt hat, aber er hatte keinen Respekt. Vor nichts und niemandem.« Sie zog ein Taschentuch aus der Hosentasche und schnäuzte sich geräuschvoll. Trotzdem klang ihre leise Stimme noch belegt, als sie weitersprach. »Er schwänzte die Schule, verleitete auch Sandra, das zu tun, obwohl sie eigentlich überhaupt nicht der Typ dafür war. Sie war gut in der Schule, das Lernen fiel ihr leicht, machte ihr sogar Spaß. Sie war in einem Leichtathletikverein und gewann Medaillen bei Wettkämpfen im Sprint und im Hürdenlauf. Aber dann kam dieser Junge und fand das alles affig. Sandra war zu der Zeit so …« Brigitte Grauner wischte ein paar Tränen aus den Augen und von der Wange. »Sie war halt mitten in der Pubertät, ging nicht mehr zum Training und hing stattdessen mit Hajo herum. Die anderen Jungen in dem Alter waren unsicher. Halb Kind, halb Mann, Pickel im Gesicht, die Stimme schwankend zwischen Sopran und Bass, ein Bartwuchs, der mehr an Kükenflaum erinnerte. Die meisten waren bemitleidenswert. Hajo war anders. Er hatte ein Ego, als gehörte ihm die ganze Welt.«

»Wussten Sie, dass Ihre Tochter vor einiger Zeit wieder mit Hajo Reimer zu tun hatte?«

Sandras Mutter wischte sich die Augen trocken und putzte sich erneut die Nase. Die Trauer in ihren Augen wich einer unverhohlenen Wut. »Ja, das hat Sandra mir erzählt. Sie war so unglücklich darüber.«

»Können Sie uns Genaueres darüber sagen?«

»Sandra studierte Sporttherapie. Nebenbei arbeitete sie in einem sehr angesehenen Fitnesscenter mit medizinischem Anspruch, wo sie nach dem Studium als Leiterin der Prävention übernommen werden sollte. Hajo Reimer war dort Kunde und begann Sandra zu umwerben. Sie ließ ihn abblitzen, aber er wurde zudringlich. Als sie damit drohte, ihn anzuzeigen, drehte er den Spieß um und beschuldigte sie, ihn belästigt zu haben.«

»Und der Chef hat ihm geglaubt und sie rausgeworfen?«, fragte Bulut ungläubig.

»Sandra wollte sich das nicht gefallen lassen.«

»Was wollte sie tun?«, fragte Bulut.

»Ich weiß es nicht«, flüsterte Brigitte Grauner. »Aber sie hat geschworen, dass Reimer sein Verhalten noch bedauern würde.«

Freitag, 18. Mai, 11:00–16:00 Uhr

Ich hätte zu gern gewusst, was Schellenberg und Bulut dachten, aber außer den Fahrgeräuschen war in Schellenbergs Porsche kein Laut zu hören. Der Besuch bei dieser warmherzigen Frau, die trotz der schweren Krankheit ihres Mannes eine derart bodenständige Fröhlichkeit ausstrahlte, war sicher einer der emotionalsten Momente der vergangenen Tage gewesen. Schlimmer als das Zusammentreffen mit Sandras Mann, dessen in Wut umgeleitete Trauer uns eine gewisse Distanz ermöglicht hatte. Wieder zwei Opfer, die in keiner Kriminalitätsstatistik auftauchten. Das Mitleid vor allem für Brigitte Grauner lag mir wie ein Stein im Magen. Ich wusste, dass mich der Blick aus ihren tränennassen Augen mein ganzes Leben verfolgen würde.

Gegen elf Uhr erreichten wir das Fitnesscenter. Die Spurensicherung war inzwischen abgezogen, nur ein etwa vierzig Quadratmeter großer Bereich des riesigen Parkplatzes, wo die Leiche gelegen hatte und das Auto noch stand, war weiterhin mit Stellwänden abgesperrt. Wer von dem Mord nichts wusste, konnte glauben, dort seien Arbeiten an einem Kanalschacht im Gange.

Der Mitarbeiter an der Rezeption, dessen Namensschild ihn als Andi auswies, begrüßte uns mit aufgesetzter Fröhlichkeit und einem »Was kann ich für euch tun?«. Bulut zückte ihren Polizeiausweis und legte ihn mit Nachdruck auf die Theke.

»Wir möchten mit allen Mitarbeitern sprechen.«

Andis Lächeln bröckelte. »Also im Moment ist nur die Frühschicht da.«

»Dann rufen Sie die anderen bitte an. Und wir benötigen einen Raum, in dem wir uns in Ruhe mit den Leuten unterhalten können.«

Bulut war eindeutig zu forsch, fast schon aggressiv, aber Schellenberg ließ sie gewähren. Offenbar lagen nach dem Besuch bei Sandra Scherings Mutter auch ihre Nerven blank.

»Äh, ich weiß nicht, wie ich die alle erreichen kann. Da müsste ich erst auf die Filialleitung warten, das ist Frau Schering, die kommt freitags um fünfzehn Uhr.«

»Frau Schering kommt heute nicht. Und Sie haben bestimmt eine WhatsApp-Gruppe.«

Andi errötete.

»Bringen Sie uns in Frau Scherings Büro und holen Sie die Leute her. Und zwar sofort.«

Während wir auf das Eintreffen der Mitarbeiter warteten, schauten Schellenberg und Bulut sich in Sandra Scherings Büro um. Es war winzig, beherbergte einen Schreibtisch mit Computer und etliche Aktenschränke. Der Dienstplan, auf dem die Rezeption, die Centeraufsicht, Trainingspläne und Kursangebote organisiert waren, nahm eine ganze Wand ein.

»Der ist veraltet«, sagte Andi, als er hereinkam, um uns Kaffee und Wasser zu bringen. »Der tatsächliche Dienstplan wird digital verwaltet. Wollen Sie ihn sehen?«

Bulut nickte.

Andi nahm ein Tablet vom Schreibtisch, wischte darauf

herum und hielt es Bulut hin. »Das Tablet ist für alle immer einsehbar, weil wir ja im Zweifelsfall, wenn jemand ausfällt, gleich reagieren müssen.«

»Wie funktioniert die Filialleitung in Teilzeit?«, fragte Bulut.

»Gut. Man muss halt vorausschauend arbeiten, aber darin ist Sandra unschlagbar.«

Eine halbe Stunde später waren fast alle Mitarbeiterinnen und Mitarbeiter anwesend. Die vier, die fehlten, würden vorerst nicht kommen, weil sie andere Jobs hatten und in einem Fall gerade eine Zahnoperation über sich ergehen ließen, wie eine Kollegin zu berichten wusste. Wir saßen und standen in der sogenannten Teeküche, wo sich die Spinde befanden sowie Kühlschrank, Kaffeemaschine und Esstisch für die Mitarbeiter. Mit siebzehn Anwesenden war der Raum hoffnungslos überfüllt.

»Ich bin Kriminalhauptkommissar Schellenberg und habe eine traurige Mitteilung für Sie: Sandra Schering wurde gestern Abend auf dem Parkplatz getötet.«

Sie hatten es gewusst oder zumindest geahnt, den sozialen Medien sei Dank. Trotzdem war der Schock in jedem Gesicht zu lesen.

»Wer konnte gewusst haben, dass Frau Schering die letzte war, die das Fitnesscenter verließ?«

»Jeder«, stammelte eine sonnenbankgebräunte Rothaarige mit Nasenpiercing. »Sie schloss jeden Abend ab.«

Auch zwei Stunden später, nachdem Schellenberg und Bulut mit allen Angestellten einzeln gesprochen hatten, war keine einzige wesentliche Information hinzugekommen. Man hatte Sandra respektiert, weil sie toll arbeitete, und gemocht, weil sie nie die Chefin raushängen ließ, weil sie mit anpackte und Humor hatte. Niemand konnte sich vorstellen, warum jemand sie hätte töten wollen. Und niemand hatte etwas gehört oder gesehen, auch diejenigen nicht, die nur wenige Minuten vor Sandra das Gebäude verlassen hatten. Wir waren schon draußen, als die Rothaarige mit dem Nasenpiercing die Tür aufriss und nach Schellenberg rief.

»Moment, mir ist etwas eingefallen! Ich weiß nicht, ob es wichtig ist, aber Sandra hat Miriam nach einem Anwalt gefragt.«

Bulut warf einen Blick in ihr Notizbuch, das sie aus der Jackentasche gezogen hatte. »Miriam Schultheiß? Die Kollegin, die gerade den Weisheitszahn gezogen bekommt?«

Die Rothaarige nickte. »Es war irgendwie total dringend und eilig und so.«

»Wann war das?«, fragte Schellenberg.

»Auf jeden Fall diese Woche, vielleicht Montag oder Dienstag.«

»Okay, wir haben Miriams Kontaktdaten«, sagte Bulut nach einem weiteren Blick in ihr Buch. »Danke.«

Die Rothaarige nickte. »Hoffentlich habe ich jetzt keinen Scheiß gebaut«, murmelte sie noch, während sie sich umwandte und zum Eingang zurückging. Schellenberg und Bulut schauten ihr kopfschüttelnd hinterher.

Obwohl Miriam Schultheiß nach ihrer Zahnoperation undeutlich sprach, hatte Schellenberg den Namen sowie Adresse und Telefonnummer des Anwalts nach zweimaligem Nachfragen verstanden. Bulut notierte, was die Freisprechanlage hergab, und tippte die Nummer in Schellenbergs

Handy ein. Der Anwalt war zwar telefonisch zu erreichen, verwies aber auf seine Schweigepflicht.

»Jetzt habe ich aber langsam die Schnauze voll«, schimpfte Schellenberg, als er das Gespräch beendete. Es war der erste Gefühlsausbruch, den ich von ihm miterlebte, und ich glaubte, den Grund für seine Dünnhäutigkeit zu kennen. Das Zusammentreffen mit Sandra Scherings Mutter hatte uns alle mitgenommen. Selbst in ihrer grenzenlosen Trauer hatte sie sich um Haltung bemüht, hatte Schellenberg und Bulut für ihre Arbeit gedankt und ihnen Mut zugesprochen. Diese leidgeprüfte Frau mit dem Herzen am rechten Fleck hatte jede nur erdenkliche Unterstützung verdient. Ein arroganter Anwalt, der mit süffisantem Unterton schon das Wort Schweigepflicht ausgesprochen hatte, bevor er überhaupt kapiert haben konnte, was Schellenberg von ihm wollte, brachte nun die aufgestauten Emotionen zur Eruption. »Mal sehen, wie standhaft er bleibt, wenn wir persönlich vorbeischauen.«

Während Schellenberg sich auf dem Weg durch die Stadt beruhigte, war Bulut bei der Ankunft definitiv in der richtigen Stimmung, um dem Juristen alles zu entlocken, was sie wissen wollte. Das machte sie ihm in dem Moment klar, als er uns die Tür zu der als Kanzlei genutzten Zwei-Zimmer-Altbauwohnung im Erdgeschoss öffnete. Die Türen zu den anderen Räumen waren geschlossen, so dass wir nur sein eigenes Büro zu sehen bekamen.

»Wir haben drei Mordopfer und eins davon war gestern hier, um mit Ihnen zu sprechen. Worum ging es?«

Bulut und Schellenberg hatten sich auf die angebotenen Stühle vor seinem Schreibtisch gesetzt, mir war ein Hocker an der Wand zugewiesen worden.

Zunächst wurde der ach so coole Anwalt blass. »Ein Mordopfer? Meinen Sie etwa die Frau, die heute früh …?«

»Muss ich meine Frage wiederholen, oder erinnern Sie sich daran?«, unterbrach ihn Bulut.

Er legte die Fingerspitzen vor dem Kinn zusammen. »Ich habe Ihnen bereits am Telefon gesagt, dass ich dazu leider keine Auskünfte geben kann.« Der Mann war um die dreißig, trug einen Anzug, dessen Preisniveau weit über dem der abgenutzten Einrichtung lag, und hatte die Haare mit Gel zu etwas geformt, das er für eine Frisur halten mochte. Entweder hatte er das Büro unrenoviert von einem Vorgänger übernommen oder die Möbel vom Sperrmüll geholt. Auf jeden Fall gehörte er zu denen, die sich mehr schlecht als recht durchs Leben schlugen.

»Wir können es auf die sanfte oder auf die harte Tour machen«, sagte Bulut mit eiskalter Stimme, die mir eine Gänsehaut über den Rücken jagte, »aber eins ist klar: Wir gehen hier nicht raus, ohne die Antwort auf unsere Frage bekommen zu haben.«

»Wollen Sie mir drohen?« Die sorgfältig gestylte Fassade des Anwalts bröckelte, die vor dem Kinn zusammengelegten Fingerspitzen wurden weiß.

»Ich weise Sie lediglich darauf hin, dass es in der anwaltlichen Schweigepflicht einen Ermessensspielraum gibt – ebenso wie beim Tatbestand der Behinderung der Justiz.«

Dass er so schnell einbrechen würde, hätte ich nicht gedacht, aber entweder war er noch nicht lang genug im Geschäft oder einfach nicht nervenstark genug, um sich gegen Bulut behaupten zu können. »Sie sagte, sie habe Informationen, die eventuell in einem Mordfall weiterhelfen könnten. Von mir wollte sie wissen, ob sie, für den Fall, dass sie sich als Zeugin meldete, erklären müsste, woher sie die Informationen hätte.«

Als er schwieg, hakte Bulut genervt ein. »Und weiter?«

»Sie sagte, dass diese Informationen eine Straftat beträfen, von der sie gewusst, die sie aber nicht angezeigt habe.«

»Um welche Straftat ging es?«

Der Anwalt bemühte sich nicht einmal, das zufriedene Lächeln zu unterdrücken, das sein Gesicht noch jünger machte. »Das hat sie mir nicht verraten.«

Ich stieß die Luft, die ich unwillkürlich angehalten hatte, möglichst unhörbar aus.

Benny starrte Löcher in die Luft, als ich auf der Brücke ankam. Schellenberg und Bulut waren noch zur Kantine abgebogen, um ein paar Brötchen zu besorgen, denn unsere Mägen hatten auf der Rückfahrt geklungen wie ein Froschkonzert bei Vollmond.

»Schlechte Neuigkeiten?«, fragte ich.

Benny erschrak, schüttelte den Kopf, schob seine Brille hoch und legte die Hände auf die Tastatur.

»Ist der Kaffee fertig?«, fragte Schellenberg, der in dem Moment mit einem Tablett hereinkam.

Benny sprang auf und verließ die Brücke. Schellenberg stellte die Brötchen auf den Tisch und verschwand ebenfalls wieder.

Er hätte mir keinen größeren Gefallen tun können, denn so blieb ich allein auf der Brücke zurück. Allein mit dem Waschkorb voller Fotos von Sandra Schering.

Wenig später saßen wir zu viert am Tisch, aßen pappige Brötchen, tranken viel zu starken Kaffee und starrten entweder auf die Tafeln mit den vielen Infos oder schauten gedankenverloren in unsere Tassen. Maik, Ingo und Rüdiger berichteten telefonisch, dass sie vom Gymnasium die Listen der damaligen Schüler und Lehrer bekommen hatten und sie der Reihe nach kontaktierten. Bisher war einiges an Hintergrundmaterial, aber noch keine wirklich nützliche Information zusammengekommen. Eine erste Übersicht mit allgemeinen Daten über die Schulzeit von Reimer und Schering hatten sie an Benny gegeben. Trotz der insgesamt dürftigen Lage wirkten die Ermittler, als hätten sie endlich die Witterung einer heißen Spur aufgenommen. Noch schwach, aber vielversprechend. Mit dieser Hoffnung kämpften sie gegen die Erschöpfung an. Ich spürte, wie eine Nervosität von mir Besitz ergriff, die ich ebenso sehnsüchtig erwartet wie gefürchtet hatte.

Das Finale nahte.

»Okay, weiter geht's.« Bulut ließ eine Kaugummiblase platzen und griff nach dem Korb mit den Fotos. »Schauen wir mal, ob uns die fotografierfreudige Sandra ein paar Antworten auf Zelluloid gebannt hat.«

Mit müden Augen und langsamen Bewegungen schauten Bulut und Schellenberg Fotos durch, während Benny sich wieder an seinen Computer setzte.

Eine halbe Stunde später hatten Schellenberg und Bulut die Fotoalben durchgesehen. Schellenberg kniff sich in die Nasenwurzel und stöhnte. »Ich bin inzwischen so blind, dass ich vermutlich einen rosa Elefanten auf einem Foto nicht mehr wahrnehmen würde.«

»Darf ich?«, fragte ich und deutete auf die Alben.

Obwohl Bulut ein langes Gesicht zog, nickte Schellenberg. Ich griff nach einem beliebigen Album und schlug es auf. Die neueren Fotos zeigten Sandra und Bernd Scherings Urlaubsreisen. Sie mochten Berge und das Meer, Mountainbiking und Tauchen, Europa, Ägypten und die Karibik. Die beiden waren ein schönes Paar, wirkten entspannt miteinander, posierten für die Bilder eher amüsiert als mit dem Anspruch, besonders gut auszusehen. Mal schnitten sie Grimassen, mal trugen sie ihre Tauchermasken, mal Sonnenbrillen mit bunten Federn, die das halbe Gesicht verdeckten. Sie hatten Spaß miteinander. Von der Verstimmung, die wegen Sandras neuem Job zwischen ihnen geherrscht hatte, war auf den Fotos nichts zu sehen. Und diese Fotos waren neben persönlichen Erinnerungen nun das, was Bernd Schering von seinem Leben mit Sandra blieb. Mein Magen hob sich, aber ich schluckte gegen den Würgereiz an. Alle Entscheidungen waren längst gefallen, jetzt half auch nachträgliches Bedauern niemandem mehr.

Am wenigsten mir.

Je weiter die Aufnahmen in der Vergangenheit lagen, desto weniger tauchte Sandra selbst auf. Stattdessen hatte sie eine Phase gehabt, in der sie Landschaften fotografiert hatte, wahlweise im Nebel, in der Dämmerung, zu besonderen Jahreszeiten oder mit speziellen Lichteffekten. Dann kamen Häuser und Straßen und eine Phase mit großen und kleinen Tieren, vom Esel bis zur Libelle. Ihre Fotos waren gut, daran bestand kein Zweifel. Aber für die Ermittlungen waren sie uninteressant.

Bis Bulut nach dem Karton griff, in dem sich die ganz alten Aufnahmen befanden. Ein Abschlussfoto der Abiturklasse, auf dem Sandra, nicht aber Hajo Reimer zu sehen war, erregte Buluts Aufmerksamkeit. Sie reichte es an Schellenberg weiter, der es mir gab.

»Waren die Schering und Reimer nicht in derselben Klasse?«, fragte Schellenberg.

»Reimer war ein Jahr älter und einen Jahrgang über ihr«, korrigierte Benny. »Die einzige Gemeinsamkeit war die Foto-AG, an der beide in der neunten und zehnten Klasse teilnahmen.«

»Wow.« Schellenberg pfiff leise durch die Zähne. »Was weißt du noch über ihre Schulzeit?«

»Sandra Schering war zwei Jahre lang Klassensprecherin und ziemlich gut, außer in Französisch. Reimer bekam während seiner Schulzeit unzählige Verwarnungen, meist wegen Zuspätkommens, aber auch wegen Rauchens auf dem Schulhof, einmal wegen einer Schlägerei. Er war ein miserabler Schüler und hätte das Abi nicht bestanden, wenn er nicht die letzten zwei Jahre in einem Internat verbracht hätte.«

»Er war die letzten beiden Jahre seiner Schulzeit nicht in Köln?«, fragte Schellenberg überrascht.

»Nein.«

»Wir nehmen an, dass die Verbindung aus der Zeit stammt, in der alle drei in Köln zur Schule gingen, richtig?«

Benny und Bulut nickten.

»Welcher Zeitraum wäre das?«, fragte Schellenberg.

»September neunzig bis Sommer siebenundneunzig«, antwortete Benny.

Bulut hatte zwar zugehört, aber dabei die Bilder weiter durchgesehen. Einige verwackelte Aufnahmen von irgendwelchen Konzerten sortierte sie gleich aus. Fotos, auf denen einzelne Personen erkennbar waren, betrachtete sie konzentriert. Plötzlich klopfte sie auf den Tisch. Die Spannung im Raum stieg rasant an.

Auch ich hielt die Luft an.

»Drei auf einen Streich«, sagte Bulut. »Schering, Reimer und mit ziemlich hoher Wahrscheinlichkeit auch Rübenack.«

Sie reichte das Foto Schellenberg, der aufstand, zum Fenster ging und das kleine Papier ins Licht hielt. Dann war es mindestens eine ganze Minute lang absolut still im Raum, sogar Benny saß vollkommen reglos da. Nur von draußen drangen die üblichen Geräusche herein: Schritte auf dem Flur, Gespräche unter Kollegen, Telefonklingeln, das Sirren des Kopiergerätes, das Geräusch, mit dem die Kaffeemaschine den Rest Wasser ausbläst.

»Wir müssen wissen, wann und wo das aufgenommen wurde.« Schellenberg kam zum Tisch, reichte das Foto an Bulut zurück und rief Elisabeth Reimer an. Er bat sie umgehend ins Präsidium und ließ sie, wie mir schien, kaum zu Wort kommen. Dann versank er in brütendes Nachdenken und ließ sich auch von Benny nicht stören, der von seinem Platz aufstand, um den Tisch herumging und Bulut über die Schulter schaute. Er starrte das Foto an, bis Bulut es ihm genervt reichte.

»Nun nimm es schon, bevor du mir noch länger wie ein liebeskrankes Pferd in den Nacken pustest.«

Ich beobachtete Benny aufmerksam. Er wurde rot, stammelte eine Entschuldigung und betrachtete das Foto, bevor er es vorsichtig ablegte, als könne es bei rauer Handhabung zerbrechen. Dann schlich er zurück zu seinem Computer, legte die Finger auf die Tasten, tippte aber nicht.

»Darf ich?«, fragte ich leise und griff nach dem Bild. Bulut schob es mir mit einer ruppigen Geste herüber.

Ja, das war es.

Ein Farbfoto, leicht grünstichig, aufgenommen bei strahlendem Sonnenschein vermutlich um die Mittagszeit, weshalb die Jugendlichen stark blinzelten. Trotzdem war Hajo Reimer sehr gut zu erkennen, denn schon damals hatte er eine Ausstrahlung, die den Blick sofort auf ihn lenkte. An seine rechte Schulter gelehnt stand ein Mädchen, das ich leicht als Sandra Schering identifizieren konnte. Fünf der anderen sechs Jugendlichen kamen mir unbekannt vor und auch Thomas Rübenack hätte ich nicht erkannt, wenn ich nicht bereits gewusst hätte, dass er es war. Seine Figur war das, was man damals noch pummelig nannte, das Gesicht voller Pickel und das Haar lockig und so lang, dass es sein halbes Gesicht verdeckte. Ich vermutete, dass Bulut ihn an den weit auseinanderstehenden Augen erkannt hatte.

»Interessant wäre die Frage, ob das vierte Opfer, das der Mörder noch auf der Liste hat, auch auf diesem Foto ist«, murmelte Bulut. »Und wenn ja: Wer, zum Teufel, ist es?«

Als die Pforte anrief, um Besucher für die Soko zu melden, bat Schellenberg, die Dame heraufzuschicken.

»Es sind zwei. Ein Herr Schering und Frau Reimer.«

Sosehr Schellenberg sich auch Mühe gab, die Angehörigen höflich und zuvorkommend zu behandeln, so sehr war er doch auch Ermittler auf der Jagd nach einem Mörder. Elisabeth Reimer sollte Fragen beantworten, die Schellenberg ihr stellte, Scherings unerwartetes Auftauchen jedoch bot die Chance auf Antworten, zu denen der Soko die passende Frage noch gar nicht eingefallen war. Frau Reimer musste also warten.

»Das hier habe ich in der verschlossenen Schublade gefunden.« Bernd Schering sah noch zerknitterter aus als wenige Stunden zuvor, die unrasierten Wangen eingefallen und grau, die Augen gerötet und fiebrig glänzend. Er warf einen braunen Packpapierumschlag auf den Tisch, der mit einem Metallclip verschlossen war. Bulut nahm den Umschlag, öffnete ihn und schüttete einen Haufen Geldscheine auf den Tisch.

»Zwanzigtausend, ich habe schon gezählt.«

»Wissen Sie, woher das Geld stammt?«, fragte Schellenberg.

»Jedenfalls nicht von ihrem Konto, das habe ich überprüft.«

Es wäre schon ein unglaublicher Zufall, wenn es sich bei dem Geld auf dem Tisch nicht genau um das gehandelt hätte, das Reimer kurz vor der Hochzeit von seinem Konto abgehoben hatte. Schellenberg und Bulut starrten die Scheine und dann einander an. Ich hatte den Eindruck, dass sie sich wortlos darüber abstimmten, ob sie Schering einweihen sollten. Dann nickte Bulut mit einer so winzigen Bewegung, dass ich sie mir auch eingebildet haben konnte.

»Hat Ihre Frau Hajo Reimer erpresst?«

Schering sah einen Moment so aus, als wolle er sich diese Unterstellung verbitten, aber dann ließ er sich auf einen Stuhl fallen, stützte die Ellbogen auf den Tisch und legte den Kopf in die Hände. Auch wir drei nahmen Platz.

»Womit denn?«, fragte Schering leise.

Niemand antwortete.

»Sandra hat wegen dieses Typen einen guten Job verloren. Das Geld stand ihr zu. Vielleicht hatte Reimer ein schlechtes Gewissen.«

»Und deshalb verschenkt er zwanzigtausend Euro, statt seine Beschwerde zurückzuziehen und den Chef des Fitnesstempels um die Wiedereinstellung Ihrer Frau zu bitten?« Buluts Tonfall machte klar, für wie unwahrscheinlich sie diese Erklärung hielt.

»Was lief da sonst noch zwischen Reimer und meiner Frau?«, fragte Schering. Er starrte Bulut an, dann Schellenberg, dann mich. »Sie wissen doch was. Sagen Sie es mir!« Er schlug mit der flachen Hand auf den Tisch.

»Wir wissen es auch nicht, Herr Schering«, sagte Schellenberg ruhig. »Aber wir werden es herausfinden.«

Freitag, 18. Mai,
16:00–24:00 Uhr

Elisabeth Reimer war im schwarzen Kostüm mit weißer Bluse wie immer perfekt gestylt und ließ ihrem Ärger freien Lauf. »Sie zitieren mich schon wieder hierher, als sei ich die Hauptverdächtige. Ich lasse alles stehen und liegen und komme so schnell wie möglich – und Sie lassen mich warten wie eine lästige Bittstellerin. Wissen Sie eigentlich, aus wessen Steuergeldern Sie bezahlt werden?«

»Jedenfalls nicht aus Ihren, Frau Reimer, denn Ihr Unternehmen ist so marode, dass Sie nicht einmal mehr Steuern zahlen können«, gab Bulut zurück.

Schellenberg warf ihr einen verärgerten Blick zu, aber die Antwort hatte Elisabeth Reimer immerhin so weit aus dem Konzept gebracht, dass sie sich auf den ihr angebotenen Stuhl im Besprechungsraum fallen ließ und für einen Moment still war. Nachdem die Empörung verpufft war, verrieten ihre Züge eine tiefe Erschöpfung und einen großen Schmerz. Ob er sich aus dem Verlust des Sohnes oder dem Zustand des Unternehmens nährte, blieb ihr Geheimnis.

Schellenberg schenkte Frau Reimer ein bemühtes Lächeln. »Können wir zur Sache kommen?«

Elisabeth Reimer streckte den Rücken durch und zauberte die Arroganz zurück auf ihr Antlitz, das vor meinen Augen mit dem meiner Mutter verschwamm. Ich spürte den unbändigen Drang, meine Fingernägel in die gepuderte Haut zu rammen und ihr die Maske vom Gesicht zu reißen, wie es die Spione im Film immer mit den Latex-Masken der Gegner taten. Allerdings wollte ich das, was sich dahinter verstecken mochte, vermutlich noch weniger sehen.

»Wissen Sie, wo die Aufnahme gemacht wurde?« Schellenberg reichte ihr das Foto mit den Jugendlichen, das sie kaum eines Blickes würdigte.

»Das habe ich noch nie gesehen.«

Bulut beugte sich so ungestüm über den Tisch, dass Elisabeth Reimer zurückzuckte. »Das war nicht die Frage, Frau Reimer. Ihr Verhalten legt den Verdacht nahe, dass Sie keinerlei Interesse daran haben, mit uns zusammenzuarbeiten. Da frage ich mich doch nach dem Grund. Vielleicht, weil Sie nicht nur die beiden Erpresser Ihres Sohnes ermordet haben, sondern den missratenen Zögling gleich noch mit? Vielleicht ist Ihnen ein toter Sohn lieber als einer, der den Namen der Familie beschmutzt.«

Ich hielt die Luft an, denn Buluts Ausbruch war mir zwar mehr als verständlich, aber korrekt war er nicht. Erstaunlicherweise reagierten weder Schellenberg noch Elisabeth Reimer auf die Unverschämtheit, so dass Bulut unvermindert scharf fortfuhr.

»Helfen Sie uns bei unseren Ermittlungen, indem Sie unsere Fragen beantworten, oder wir behandeln Sie tatsächlich als Hauptverdächtige, wie Sie uns eben schon unterstellten. Das sieht dann allerdings ganz anders aus als dieses nette kleine Gespräch hier.«

Einige Sekunden regte sich niemand, dann zog Elisabeth Reimer eine Lesebrille aus ihrer Jackentasche, setzte sie auf, griff nach dem Foto und studierte es aufmerksam. Allein das leichte Zittern ihrer Hände bewies, dass die zur Schau getragene Gelassenheit wenig mit ihrem wahren Gemütszustand zu tun hatte.

»Ich vermute, dass das Foto auf der Segelfreizeit der Pfadfinderschaft entstanden ist.«

»Wann war das?«, fragte Schellenberg freundlich.

»Das müsste siebenundneunzig gewesen sein.«

»In dem Jahr, in dem Ihr Sohn das Kölner Gymnasium verlassen hat und auf das Internat ging?«, fragte Bulut.

Elisabeth Reimer war offensichtlich irritiert darüber, dass Bulut derart detaillierte Kenntnisse über das Leben ihres Sohnes hatte, nickte aber.

»Hatte das eine mit dem anderen zu tun?«, fragte Schellenberg.

»Nein. Warum sollte es?«

»Das würden wir gern von Ihnen erfahren«, erwiderte Bulut.

Obwohl meine Nerven zum Zerreißen gespannt waren, musste ich mir fast ein Lächeln verkneifen. Die beiden Ermittler lieferten eine erstklassige Interpretation des Erfolgsstücks ›Guter Bulle, böser Bulle‹, das zumindest in Fernsehkrimis immer wieder gern aufgeführt wurde.

»Frau Reimer, vielleicht erzählen Sie einfach, was es mit dieser Freizeit auf sich hat.« Schellenberg. Guter Bulle.

Wie lange hatte ich auf diesen Moment gewartet? Und jetzt fragte ich mich plötzlich zum ersten Mal, wie viel die Mutter von Hajo Reimer wirklich wusste. Ob sie die Wahrheit kannte? Ich schmeckte Blut und stellte fest, dass ich mir vor Aufregung in die Backentasche gebissen hatte. Zum Glück waren Schellenberg und Bulut selbst so angespannt, dass sie meinem Gemütszustand keine Beachtung schenkten.

»Irgendeine Pfadfindergruppe hatte diese Segelfreizeit organisiert. Kurz vor dem festgelegten Termin sprangen vier oder fünf Kinder krankheitsbedingt ab. Zwei Jungen hatten sich beim Fußballturnier verletzt, ein Mädchen musste mit einer Mandelentzündung ins Krankenhaus, was mit dem anderen Kind war, weiß ich nicht mehr. Der Leiter wollte die Reise erst absagen, aber dann wären all diejenigen, die fahren wollten, natürlich sehr enttäuscht gewesen. Also startete er einen Aufruf über die Schulen und bot die Freizeit auch für Nichtmitglieder an. So kam Hajo kurzfristig dazu, Thomas Rübenack machte ihm wie immer alles nach und ich glaube, dass die anderen Plätze auch noch besetzt wurden.«

»Zum Beispiel von Sandra Schering«, sagte Schellenberg.

»Heißt so das Mädchen, das sich so besitzergreifend an ihn lehnt?«

Schellenberg zog die Augenbrauen hoch. »Kannten Sie sie nicht?«

Elisabeth Reimer schüttelte den Kopf. »Sollte ich?«

»Sie war nicht nur auf derselben Schule, sondern auch seine Freundin.«

»Hajo hatte keine Freundin.«

Sowohl Schellenberg als auch Bulut ließen diese Aussage unkommentiert. Vermutlich war jedem in diesem Raum klar, dass Elisabeth Reimer jedes Mädchen, mit dem Hajo nach Hause gekommen wäre, zum Teufel gejagt hätte – es sei denn, es wäre vom Schlag einer Kate Middleton gewesen. Also hatte der Sohn das einzig Vernünftige getan und seiner Mutter nichts erzählt.

»Was ist bei dieser Segelfreizeit vorgefallen?«, fragte Schellenberg.

Richtige Frage!

»Was soll vorgefallen sein? Nichts!«

Falsche Antwort.

»War Ihr Sohn danach irgendwie anders? Nervös, aufgeregt, in sich gekehrt, stiller als zuvor oder lauter?«

Elisabeth Reimer schüttelte den Kopf.

Das Schlimmste war: Ich glaubte ihr.

»Wer hat diese Freizeit genau organisiert? Wie hieß dieser Pfadfinderstamm?«

Schulterzucken.

»Warum ging Ihr Sohn nach dem Sommer auf ein Internat?«, fragte Bulut scharf.

»Er war in der Schule sehr abgelenkt und verbrachte nachmittags zu viel Zeit mit diesem Rübenack. Auf dem Internat gab es festgelegte Lernzeiten, die auch eingehalten wurden. In der Umgebung konnte er sich deutlich besser konzentrieren.«

Schellenberg übernahm. »Danke sehr, Frau Reimer, das war auch schon alles. Falls Ihnen noch etwas zu der Segelfreizeit einfällt, lassen Sie es uns bitte wissen.«

Elisabeth Reimer riss sich die Brille von der Nasenspitze, stand abrupt auf und verließ den Raum grußlos. Ich zitterte am ganzen Körper und musste eine geradezu übermenschliche Kraft aufbringen, um meine eiskalten Hände von den Armlehnen zu lösen. Mit gesenktem Kopf hoffte ich, der Aufmerksamkeit der Ermittler zu entgehen. Tatsächlich verließen sie den Besprechungsraum, in eine lebhafte Diskussion über die Glaubwürdigkeit von Elisabeth Reimer vertieft. Nach wenigen Sekunden hatte ich mich so weit im Griff, dass ich ihnen folgen konnte.

Kurz vor der Brücke holte ich Schellenberg und Bulut ein.

»Ich will die Teilnehmerlisten dieser Jugendfreizeit«, sagte

Schellenberg, noch bevor er die Brücke ganz betreten hatte, »und ich will mit dem Leiter sprechen.«

Er hatte ins Leere gesprochen. Benny war nicht da. Auch seine Jacke war weg.

»Sibel, kümmerst du dich darum?«

Bulut ließ wie zur Bestätigung eine Kaugummiblase platzen.

»Und dann sprechen wir mit Frau Doktor Lauffen.«

Bulut und Schellenberg hoben gleichzeitig ihre Handys ans Ohr, was mir die Gelegenheit gab, den kalt gewordenen Rest Kaffee aus meiner Tasse hinunterzustürzen. Er half gegen den trockenen Mund, schmeckte aber so scheußlich, dass ich mich zum Schlucken zwingen musste. Schellenberg beendete sein Gespräch und machte zum ersten Mal seit Tagen einen fast zufriedenen Eindruck.

»Wir haben Glück, Doktor Lauffen ist in der Nähe und kommt gleich hier vorbei.« Er winkte mich an das andere Ende des Raumes, damit wir Buluts Gespräch nicht störten, und lehnte sich gegen den Tisch. Ich musste mich mit Gewalt von einem Blick zu meinem Abhörgerät abhalten. Nun standen Schellenberg und ich einander gegenüber, aufgrund der beengten Verhältnisse näher als üblich.

»Also, wenn die Fallanalytikerin kommt, muss ich die wichtigen Fakten parat haben und die richtigen Fragen stellen. Sie haben diesen Wust an neuen Informationen aus der Distanz beobachtet. Was ist Ihrer Meinung nach davon relevant?«

Natürlich fühlte ich mich geschmeichelt. Natürlich hatte Schellenberg recht, dass ich eine andere Perspektive hatte als seine Kollegen und er. Allerdings glaubte er, mein Blickwinkel sei der einer Außenseiterin. Ich musste mich wahnsinnig auf diese Rolle konzentrieren und hoffte, dass meine Reaktion glaubwürdig wirkte, als ich sagte: »Sie wissen, dass ich eine Erklärung unterschrieben habe, nach der ich mich in keiner Weise in die Ermittlungen einmische.«

Schellenberg winkte ab. »Sie dürfen am Tatort nichts anfassen, aber ich darf Sie schon nach einer Einschätzung fragen.«

Ich nickte nachdenklich. »Die Segelfreizeit ist die offensichtlichste Verbindung zwischen den drei Opfern. Insofern würde ich vermuten, dass der Grund für die Morde in diesem Umfeld zu suchen ist.«

»Das ist neunzehn Jahre her«, wandte Schellenberg ein.

»Ja«, sagte ich. »Das ist eine lange Zeit. Es muss einen aktuellen Anlass geben.«

»Und der wäre?«

Ihm die Antwort zu verweigern kostete mich den Rest meiner Kraft, so dass ich keinen Ton mehr herausbrachte. Ich zuckte die Schultern.

»Der Anlass kann alles sein«, sagte Frau Dr. Lauffen zwanzig Minuten später. »Jemand, der damals etwas Falsches getan hat, ist jetzt in einer Position, in der es ihm schaden würde, wenn dieser Fehltritt herauskäme.«

»Zum Beispiel?«, fragte Bulut.

»Spekulationen dieser Art sind nicht mein Fachgebiet, aber ganz allgemein wäre eine Situation denkbar, in der jemand beruflich eine höhere Position erreichen oder in die Politik gehen möchte. Wenn der Fehltritt schlimm genug war, um diesen Karriereschritt zu verhindern, entsteht ein ungeheurer Leidensdruck.«

»Aber wenn dieses Geheimnis neunzehn Jahre lang bewahrt wurde, muss es doch einen sehr triftigen Grund für die Befürchtung geben, dass es nun herauszukommen droht.«

»Sie haben ja auch zwei Fälle von Erpressung. Dieser Arbeitsvertrag, der keiner ist, und zwanzigtausend Euro in bar. Das sind sehr handfeste Indizien, dass die Sache gerade wieder aktuell wird.«

»Fast zwanzig Jahre später!«

Dr. Lauffen nickte ungeduldig. »Bei der Beurteilung, wie brisant eine Sache ist, kommt es nicht darauf an, wann sie geschehen ist, sondern welche Auswirkung sie heute hat.«

»Wir schauen also zuerst, wer von den damaligen Teilnehmern heute ein politisches Amt hat oder anstrebt oder einen Karrieresprung plant«, sagte Schellenberg und machte sich eine Notiz.

»Es könnte auch ein Betreuer sein«, warf Dr. Lauffen ein.

»Okay.« Schellenberg schrieb erneut etwas auf. »Kommen wir auf Ihr Fachgebiet zurück. Was sagt uns Ihre Täter-Profil-Analyse?«

»Nun«, Dr. Lauffen setzte ihre Lesebrille auf, nahm einige Unterlagen zur Hand und räusperte sich, »alle drei Taten, sofern die Details bisher bekannt sind, waren minutiös vorbereitet und durch die Nachrichten als zusammengehörend gekennzeichnet. Es gab doch auch beim dritten Opfer einen Zettel mit dem Zählstand?«

Schellenberg nickte.

»Der Täter hatte die Tatorte perfekt ausgekundschaftet, die Opfer befanden sich jeweils in einer Situation, in der sie von der Schussposition aus gut zu sehen und gut zu treffen waren. Im Fall des Opfers aus Aachen gehe ich davon aus, dass der Täter das Opfer zum Tatort bestellt hat, denn das Opfer war, sofern bekannt, nicht regelmäßig an diesem Ort anzutreffen. Der Täter schaffte es, unerkannt zum Tatort und wieder wegzukommen. Er hinterließ jeweils eine Nachricht, aber fast nichts, was auf seine Identität verweist. Der Schuhabdruck bietet keinen Ansatzpunkt für eine Identifikation, der Fingerabdruck theoretisch schon, aber da der Täter nicht aktenkundig ist, hilft uns das momentan auch nicht weiter.«

Bulut ließ eine Kaugummiblase platzen. Alles bisher Gesagte war längst bekannt.

»Die Präzision der Vorbereitung lässt darauf schließen, dass der Täter mit der Planung vor Wochen, wenn nicht gar Monaten begonnen hat.«

Schellenberg schrieb erneut in sein Notizbuch.

»Was können Sie uns sonst noch sagen?«

»Der Täter wohnt mit großer Wahrscheinlichkeit in Köln, kennt sich in Aachen gut genug aus, um einen hervorragend geeigneten Tatort zu wählen, und er ist mobil, was wir gleichsetzen können mit der Annahme, dass er ein eigenes Auto zur Verfügung hat.«

»Mann oder Frau?«, fragte Schellenberg.

»Ich tippe auf eine Frau.«

Beide Köpfe fuhren hoch. »Warum?«

»Die Distanz zu den Opfern. Die vollständige Vermeidung physischer Nähe, vielleicht aufgrund körperlicher Schwäche, vielleicht aber auch aus anderen Gründen.«

»Die da wären?«

»Ein grundsätzlich gestörtes Verhältnis zur Körperlichkeit, wie es zum Beispiel Opfer von körperlicher Gewalt haben. Oder die Erinnerung an eine körperliche Demütigung.«

Bulut wurde ungeduldig. »Beispiele, bitte!«

»Wir reden über eine Jugendfreizeit, richtig? Da ist von Bettnässen bis Strip-Poker alles denkbar.«

»Moment«, wandte Schellenberg ein. »Sandra Schering ging zu einem Anwalt, weil sie Zeugin einer Straftat wurde. Wir reden also weder von Bettnässen noch von Strip-Poker.«

Warum sprach niemand das Wort aus, das doch so offensichtlich gesagt werden musste? Vergewaltigung. Ich musste an mich halten, um es nicht selbst herauszuschreien.

»Ein Vergewaltigungsopfer«, sagte Bulut. Endlich. In diesem Moment liebte ich sie.

»Der Presseartikel über Reimers Hochzeit hat das Ganze ausgelöst«, murmelte Schellenberg. »Rübenack hat Reimer damit erpresst, die alte Geschichte der schönen Eva zu erzählen.«

»Sandra Schering hat von Reimer ebenfalls zwanzigtausend Euro bekommen«, ergänzte Bulut.

»Aber wie passt Sperburg da hinein?«

»Warum gehen Sie davon aus, dass das Vergewaltigungsopfer weiblich sein muss?«, fragte Dr. Lauffen.

Einen Augenblick schienen alle die Luft anzuhalten. Dann legte Schellenberg die Hände auf den Tisch und drückte sich stöhnend hoch. »Sibel, du bleibst hier, hältst den Kontakt zu Maik, Ingo und Rüdiger und informierst mich, sobald etwas Interessantes reinkommt.«

»Rolf …« Buluts Miene zeigte deutlich, was sie von dieser Anweisung hielt.

Schellenberg machte eine beschwichtigende Geste in Richtung Bulut und nickte mir zu. »Wir besorgen die Teilnehmerlisten der Segelfreizeit.«

Sandras Mutter, deren Nummer Schellenberg bereits wählte, während wir noch die Treppe hinunterliefen, besaß keine Unterlagen mehr von der Segelfreizeit. Immerhin glaubte sie sich zu erinnern, dass die Freizeit vom Pfadfinderstamm Löwenherz ausgerichtet worden war, worüber sie mit Sandra gescherzt hatte. Falls die Erinnerung richtig war, bedeutete das eine große Hilfe, denn in Köln gab es allein knapp hundert Stämme und Siedlungen, wie Schellenberg im Internet herausfand. Im Jugendamt, das Pfadfinderfreizeiten mit kommunalen Geldern unterstützte und deshalb eine gute Anlaufstelle für die Teilnehmerlisten der Segelfreizeit gewesen wäre, war freitagabends niemand mehr zu erreichen. Blieb das Pfarrbüro, in dessen Gemeinde der Stamm Löwenherz aktiv war. Ohne große Hoffnung wählte Schellenberg die Nummer. Es klingelte sicher acht Mal. Gerade als er aufgeben wollte, wurde das Gespräch angenommen. Wir standen neben seinem Porsche, Schellenberg hatte das Telefon am Ohr, weshalb ich leider nur seine Seite des Gesprächs mithören konnte, während er sein Anliegen erklärte. Dann hörte er zu. Die Sekunden verstrichen, wurden zu Minuten, dehnten sich endlos. Ich beobachtete, wie Hoffnung in seinen Augen aufflackerte, der Zweifel Schatten warf, neue Hoffnung glimmte und zum Schluss ungläubige Erleichterung den Sieg davontrug.

»Gut, dann kommen wir jetzt gleich«, sagte er entschlossen und legte auf, als wolle er seinem Gesprächspartner die Gelegenheit zum Widerspruch nehmen.

»Ich hoffe, Sie haben keine Stauballergie«, sagte er mit einem Lächeln, das ich bisher nur ein einziges Mal an ihm gesehen hatte. Warmherzig, fast fröhlich. Der Gesprächspartner musste ein besonderer Mensch sein, denn allein die Aussicht auf eine Ermittlungsspur hätte nicht diese Herzlichkeit ausgelöst. »Wir dürfen auf den Speicher des altehrwürdigen Pfarrhauses von Sankt Vigil kriechen und dort nach den Teilnehmerlisten suchen.«

Die Tatsache, dass der Ermittlungserfolg zum Greifen nah schien, verursachte mir Magenkrämpfe. Ich war froh, mich in den Autositz drücken zu können, und hoffte, dass Schellenberg den Schweiß auf meiner Stirn nicht bemerkte. Ich hätte mir keine Sorgen machen müssen, denn den Kommissar hatte das Jagdfieber gepackt. Er konzentrierte sich ausschließlich auf die bevorstehende Aufgabe.

Die Pfarrsekretärin, mit der Schellenberg telefoniert hatte, war sicher über siebzig, aber ihre Augen strahlten wie die einer jungen Frau. Ihre Hand bestand nur aus faltiger Haut über zerbrechlich wirkenden Knochen, aber der Händedruck war fester als erwartet. »Ich heiße Lindenbeck, Kindchen, aber das müssen Sie sich nicht merken. Ich werde mir Ihren Namen auch nicht merken, das kann ich seit über zwanzig Jahren nicht mehr. Nur den Namen von meinem Erwin, Gott hab ihn selig, hat mein Gedächtnis gespeichert. Den Herrn Pfarrer nenne ich immer nur Herr Pfarrer, der weiß gar nicht, dass ich keine Ahnung habe, wie er heißt.« Sie kicherte. »So, nun kommen Sie, Sie wollen ja die alten Unterlagen von den Pfadfindern suchen. Ich kann Ihnen sagen, dass ich Sie nicht beneide.«

Immerhin mussten wir nicht kriechen, wie Schellenberg angekündigt hatte, aber angenehm war es auf dem Speicher trotzdem nicht. Es war noch heißer als draußen, sicher an die dreißig Grad, und der Staub lag zentimeterhoch. Jeder Schritt, jede Bewegung, jeder Atemzug setzte ihn in Bewegung, so dass die Luft innerhalb von Sekunden von flirrenden Teilchen erfüllt war, die in Augen und Nase eindrangen. Wir mussten beide mehrfach niesen, bevor wir uns endlich im Halbdunkel orientieren konnten.

Hunderte Kartons standen hier oben, manche beschriftet, andere nicht. Das einzige Licht war eine funzelige Glühbirne, die innerhalb kürzester Zeit nach verbranntem Staub stank.

»Kommen Sie zurecht?«, rief die Lindenbeck von unten hinauf.

»Gibt es ein Ordnungssystem?«, schrie Schellenberg gegen ihre Schwerhörigkeit an.

»Die alten Sachen müssten hinten stehen.«

Um nach hinten zu gelangen, musste man etwa vierzig Kartons zur Seite räumen. Vorne standen jeweils zwei Kartons aufeinander, weiter hinten dann drei oder vier. Unsere Blicke trafen sich. Ich las in seinem ein ungläubiges Entsetzen. Mich streifte kurz die Befürchtung, gleich in ein hysterisches Lachen ausbrechen zu müssen. So kurz vor dem Ziel machten meine Nerven fast nicht mehr mit.

Schellenberg fing sich als Erster. »Ich hoffe, Sie haben heute Nacht nichts anderes vor.« Kurz darauf erschütterte ein weiterer Niesanfall den Speicher. Ich schenkte mir einen Kommentar und begann mit zitternden Händen, Kartons umzuschichten.

Die gute Nachricht war, dass wir nach einer halben Stunde ein System erkannten. Die noch bessere Nachricht, dass die älteren Kartons mit Jahreszahlen versehen waren, was man bei den neueren aus nicht nachvollziehbaren Gründen unterlassen hatte. Es dauerte eineinhalb Stunden, bis wir den Karton mit der Jahreszahl neunzehnhundertsiebenundneunzig gefunden hatten, und weitere dreißig Minuten, um festzustellen, dass alle Unterlagen zu einem internationalen Sommerlager gehörten, das der Stamm mit ausgerichtet hatte. Zehn Minuten später öffneten wir den zweiten mit der Jahreszahl beschrifteten Karton, in dem wir endlich die Teilnehmerliste der Segelfreizeit im Juli des fraglichen Jahres fanden. Es standen achtundzwanzig Namen auf der Teilnehmerliste. Hajo Reimer war dabei, Thomas Rübenack, Sandra Grauner. Nico Sperburg stand nicht auf der Liste.

Aber einer, mit dem Schellenberg offenbar nicht gerechnet hatte, denn er wurde weiß wie die gekälkte Wand, an der er sich abstützte. Er vergewisserte sich noch einmal, bevor er mich ansah mit einem Blick, in dem sich Fassungslosigkeit, Schmerz und Trauer mischten. Dann reichte er mir die Liste. Der Name von Teilnehmer Nummer vierzehn lautete Heitershausen, Benjamin. Der Aktenführer der Soko, die die Morde an seinen drei Mitseglern untersuchte.

Schellenberg sagte kein Wort auf der Rückfahrt, ich ertrug das Schweigen nur schwer. Zu gern hätte ich gewusst, was er über die schockierende Entdeckung von Bennys Namen auf der Teilnehmerliste dachte. Fühlte sich Schellenbergs Inneres weich und verletzlich oder hart und kalt an? Formulierte er im Geiste Fragen oder glaubte er bereits die Antworten zu kennen? Aber ich drang nicht in ihn. Er hatte mich um diese Auszeit gebeten, um seine Gedanken zu ordnen, und ich hielt mich daran.

Durch ein weitgehend ausgestorbenes Präsidium stiegen wir hinauf zur Brücke. Bulut erkannte Schellenbergs emotionalen Ausnahmezustand auf den ersten Blick, runzelte die Stirn und warf mir einen düsteren Blick zu. Aber sie schwieg, während Schellenberg den Tisch umrundete und sich Bulut gegenübersetzte. Wie ich sie in den letzten Tagen kennengelernt hatte, war allein schon ihr Schweigen ein Zeichen dafür, dass sie den Ernst der Situation begriffen hatte.

Schellenberg und Bulut wechselten einen Blick, den als vielsagend zu bezeichnen erheblich untertrieben wäre. Die beiden verbanden jahrelange Zusammenarbeit, gegenseitiger Respekt und ein fast unbegrenztes Maß an Vertrauen. Außerdem verstanden sie einander oft genug ohne Worte, so auch jetzt. Es war klar, dass die Ermittlung etwas zutage gebracht hatte. Einen Knaller. Dass es unangenehm werden würde.

»Benny war mit auf dieser Segelfreizeit.«

Genau so hatte ich Schellenberg eingeschätzt. Klare Ansage. Dazu holte er die Teilnehmerliste aus der Tasche, faltete sie auseinander und schob sie zu Bulut hinüber. Die hatte das Kauen eingestellt, vermutlich auch das Atmen, jedenfalls saß sie einige Sekunden wie eingefroren auf ihrem Stuhl, den Blick unverwandt auf Schellenberg gerichtet, bevor sie nach der Liste griff. Sie überflog die Namen, ging dann noch einmal langsam von oben nach unten vor. Legte die Liste vor sich auf den Tisch, hielt den Blick darauf gesenkt. Einige Sekunden beherrschte die Stille den Raum wie etwas Stoffliches, das keine Luftbewegung zuließ, also auch keine Schallwellen. Dann verschwand dieses Etwas, löste sich auf oder zog zur Tür hinaus, jedenfalls waren sie plötzlich wieder da, die kleinen Geräusche von Buluts Kauen, vom Knarren ihres Stuhls und vom Atem der Anwesenden.

»Wo ist er?«, fragte Bulut.

Schellenberg zuckte die Schultern.

»Telefon?«

»Ausgeschaltet.«

»Warum hat er nichts gesagt?«

»Ich weiß es nicht.«

Wieder Stille. Ich beobachtete die beiden Ermittler, die einander gegenübersaßen und sich in ihren Emotionen glichen wie Spiegelbilder. Erschöpft, verletzt, planlos.

»Du unternimmst nichts, Sibel. Kein Wort zu irgendjemandem. Du versuchst nicht, ihn anzurufen oder ihn zu suchen. Das ist meine Sache.«

Bulut zögerte.

»Sibel?«

Sie nickte.

»Sie auch nicht«, sagte er dann zu mir und wartete, bis auch ich die Anweisung bestätigt hatte.

»Gut, dann machen wir Schluss für heute.«

Schellenberg erhob sich wie ein alter Mann, nickte Bulut und mir zu und verließ die Brücke mit schleppenden Schritten. Bulut blieb einen Moment unschlüssig sitzen, wechselte dann auf den Platz vor dem Computer und begann hastig zu tippen. Da sie mich keines Blickes würdigte, nahm ich meine Tasche, murmelte einen Gruß und verließ die Brücke.

Wie lang ich im Auto saß, weiß ich nicht mehr. Ich hörte das Band ab, das während des Tages alle Gespräche auf der Brücke aufgezeichnet hatte, aber außer dem, was ich selbst mitgehört hatte und einigen Belanglosigkeiten, war nichts Interessantes gespeichert. Immerhin konnte ich den Zeitpunkt bestimmen, an dem Benny verschwunden war. Kurz nachdem Bulut die drei Opfer auf dem Foto der Segelfreizeit erkannt und Schellenberg, Bulut und ich den Raum verlassen hatten, um mit Bernd Schering zu sprechen, war Benny gegangen. Auf dem Band war zu hören, wie er eine Telefonnummer wählte, aber offenbar keine Verbindung bekam. Benny fluchte. Es folgten Schlüsselklimpern, das Rascheln von Kleidung, Schritte. Dann Stille.

Bennys Verschwinden stellte mich vor ein Problem, von dem ich noch nicht wusste, wie ich es lösen sollte.

Ein Signalton meines Handys meldete, dass Buluts Auto sich in Bewegung gesetzt hatte. Der GPS-Tracker an der Innenseite des Radkastens funktionierte einwandfrei und zeigte mir den Weg, den Bulut fuhr. Vom Polizeipräsidium nordwärts über den Rhein, nach Nippes. Ich folgte ihr in ausreichendem Abstand und fluchte, als sie plötzlich in eine Lücke am Straßenrand einscherte. Wenn ich sie überholte, würde sie mich vielleicht erkennen, also bog ich scharf in die nächste Seitenstraße ein, parkte und rannte im Schutz der Dunkelheit zurück. Bulut stand an ihr Auto gelehnt und schien unschlüssig. Ich drückte mich in den Hauseingang, vor dem ich mich gerade befand, und konnte von hier aus weiter beobachten, ohne selbst gesehen zu werden. Einige Minuten verstrichen, bevor Bulut sich einen Ruck gab, die Straße überquerte und an einem Mehrfamilienhaus klingelte. Sie war die Klingelschilder mit dem Finger entlanggefahren, kannte sich also nicht aus. Sie wartete, klingelte ein zweites und ein drittes Mal. Dann ging sie zurück zu ihrem Wagen, setzte sich hinein und wartete eine weitere halbe Stunde.

Mir wurde die Zeit lang, zumal ich noch etwas Dringendes zu erledigen hatte. Außerdem musste ich etwas essen. Hunger oder Appetit mochte ich das Gefühl nicht nennen, es war eher die Schwäche, die mit einem zu niedrigen Blutzuckerspiegel einherging. Trotzdem konnte ich mich nicht losreißen und war froh, als Bulut gegen Mitternacht den

Motor anließ und losfuhr. Ich wartete, bis sie um die nächste Straßenecke verschwunden war, und sah nach, bei wem sie wohl geklingelt hatte. Der einzige mir bekannte Name lautete Heitershausen. Sie hatte sich über Schellenbergs Verbot hinweggesetzt und versucht, Benny zu erreichen. Zu welchem Zweck? In welcher Absicht? Und wo war Benny? Mir fiel auf keine dieser Fragen eine vernünftige Antwort ein.

Samstag, 19. Mai, 08:00–16:00 Uhr

Ich hatte nicht geschlafen und sah auch so aus. Bulut hatte sich Mühe gegeben, die Augenringe zu überschminken, Schellenberg hatte sich sorgfältig rasiert. Rüdiger, Maik und Ingo wirkten etwas frischer, aber auch ihnen sah man die vielen Arbeitsstunden und die Anspannung inzwischen an.

»Okay, wir teilen uns auf und sprechen mit allen Teilnehmerinnen und Teilnehmern der Segelfreizeit«, begann Schellenberg, wurde aber von Bulut unterbrochen.

»Wo ist Benny?«

»Benny ist nicht mehr Teil dieser Soko. Ingo wird seine Funktion als Aktenführer übernehmen.«

Düstere Wolken ballten sich um Buluts Stirn. »Das beantwortet nicht meine Frage.«

Schellenbergs Ton wurde schärfer. »Als Leiter der Soko habe ich dir die relevanten Informationen gegeben. Alles andere geht dich nichts an.«

Entweder wusste er wirklich nicht, wo Benny sich aufhielt, oder er hatte einen triftigen Grund, sein Wissen nicht weiterzugeben. Sein Gesichtsausdruck war undurchdringlich, aber unabhängig von der offensichtlichen Erschöpfung drückte seine Körperhaltung Tatkraft aus, vielleicht sogar Zuversicht. Ich kam zu dem Schluss, dass Schellenberg definitiv mehr wusste, als er preisgab. Die Frage war, ob er alle ermittlungsrelevanten Informationen mit der Soko teilte oder zusätzlich einer anderen Spur folgte. Wie gefährlich konnte Schellenberg mir werden? Es wurde höchste Zeit, dass ich die Dinge zum Abschluss brachte.

»Okay, wir teilen uns auf. Ich habe die Liste kopiert und für jeden einige Namen markiert. Der Leiter der Freizeit ist leider inzwischen verstorben, seine Witwe übernehme ich. Noch Fragen?«

»Suchen wir die Teilnehmer selbst oder ihre Eltern?«, fragte Bulut.

»Die Teilnehmer selbst, ansonsten die Mutter. Nur wenn beide nicht aufzutreiben sind, kontaktiert ihr den Vater.«

Rüdiger, Maik und Bulut nahmen die kopierten Listen entgegen, blätterten sie durch und nickten. Hinter die beiden Seiten, die ich mit Schellenberg von einem staubigen Speicher geholt hatte, war ein Ausdruck mit den aktuellen Daten laut Einwohnermeldeamt geheftet.

»Noch Fragen?«

Niemand reagierte.

»Dann los.«

Ich fuhr mit Schellenberg. Die ersten fünf Minuten sprach niemand, dann sagte er: »Na los, fragen Sie!«

»Was?«

»Was immer Ihnen auf dem Herzen liegt.«

Nach all den Vorbereitungen der letzten Nacht fiel es mir schwer, in die Rolle, die ich seit einer Woche spielte, zurückzukehren. Daher war ich kurz unsicher, ob ich mich durch die Frage verraten konnte. Aber wäre es nicht das Normalste der Welt, wenn die Journalistin, die über die Ermittler schreiben sollte, genau diese Frage stellen würde? Wäre es nicht sogar seltsam, diese Frage nicht zu stellen? »Was ist mit Benny?«

Er nickte. »Diese Wette hätte ich wohl gewonnen. Allerdings ist Benny das einzige Thema, das ab sofort und bis auf Widerruf tabu ist.«

»Darf ich wenigstens nach dem Grund fragen?«

Er schüttelte den Kopf.

»Okay. Dann hätte ich gern gewusst, wie optimistisch Sie sind, dass diese Spur die richtige ist.«

»Neunundneunzig Prozent sicher.«

Die Antwort fühlte sich an wie ein Schlag in den Magen. Wie viel wusste er bereits? Und von wem? Benny? Kannte er auch den Namen des damaligen Vergewaltigungsopfers? Hatte er die Zusammenhänge bereits herstellen können? Zu Sperburg? Oder – mir wurde kalt – zu mir?

»Aber was auch immer damals passierte, ist neunzehn Jahre her«, sagte ich leise, um die Unsicherheit meiner Stimme zu kaschieren.

»Sie wissen doch selbst, dass manche Verletzungen niemals heilen«, antwortete er sanft.

Wusste er …?

»Immerhin sind Sie die Expertin für das Leiden von Verbrechensopfern.«

Ich bekam wieder Luft. »Okay, aber dann suchen wir einen Auslöser.«

»Den werden wir finden. Heute.«

Lydia Meyer war vor neunzehn Jahren die Gattin des Leiters der Jugendfreizeit gewesen. Sie war seit sieben Jahren verwitwet und heute neu verheiratet. Wir trafen die Eheleute beim gemeinsamen Frühstück an.

»Ach du je, wie soll ich mich daran erinnern? Das ist ja ewig her!«

Die Haare blondiert, die Augen stark geschminkt und die Kleidung ebenso bunt wie eng anliegend und weit ausgeschnitten, war sie eine auffallende Erscheinung um die fünfzig, deren osteuropäische Herkunft von ihrem starken Akzent verraten wurde. Ihr zweiter Mann, silbergraue Mähne, blaue Cordhose und gestreiftes Oberhemd, wirkte distinguiert, fast ein wenig langweilig. Kaum hatten wir uns am Tisch niedergelassen, stand er auf, um Kaffee zu holen.

»Das war eine sehr schwere Zeit damals.« Säährschwäär-re Zeit. »Richard war Alkoholiker.«

Der einzige Erfolg dieses Besuchs war der hervorragende Kaffee.

Kevin Reichelt erinnerte sich an Hajo und Tom, die beiden Chaoten. »Arschlöcher wäre das passendere Wort.«

»Warum?«, fragte Schellenberg.

Reichelt zog an seiner Zigarette. Wir standen zu dritt auf dem winzigen Balkon vor dem Wohnzimmer, in dem seine Frau ein schreiendes Baby herumtrug.

»Hajo glaubte, dass die Welt ihm gehörte. Er hielt sich an keine Ansage. Kam zu spät zum Frühstück, half nicht beim Spülen oder Saubermachen, blieb länger weg als erlaubt, trank Alkohol, die ganze Palette.«

»War er gewalttätig?«

»Nicht wirklich. Natürlich schubste er die Kleineren herum, aber er schlug niemanden, jedenfalls nicht, dass ich es mitbekommen hätte.«

»Und die Mädchen?«

»Mann, die himmelten ihn an. Er brauchte nur mit dem

Finger zu schnippen, und schon hing ihm eine Schnepfe am Hals.« Reichelt zog wieder an seiner Zigarette. »Bis auf eine. Die gab ihm richtig Kontra. Fand es scheiße, wie asozial er war. Da ist er ausgeflippt. In seinen Augen war sie die Asoziale. Dabei meinte sie sein Verhalten und er ihr Geld.«

Ich blinzelte und wischte mir über die Augen. Reichelt fächelte den Rauch weg und entschuldigte sich. Ich bemühte mich um ein dankbares Lächeln. Nicht für seine Rücksichtnahme, wie er vermutlich glaubte, sondern für das Missverständnis über die Ursache meiner Tränen.

»Wissen Sie, wie das Mädchen hieß?«

»Ihren richtigen Namen weiß ich nicht, aber ich kann mich erinnern, dass Hajo sie Huhn nannte.«

Das hatte ich nicht gewusst.

Reichelt kniff die Augen zusammen und zog so stark an der Kippe, dass sie bis auf den Filter herunterbrannte. Er drückte den Stummel in einem am Balkongeländer angeschraubten Aschenbecher aus. »Ich glaube, eigentlich hieß sie Henni. Hajo machte erst ›die Henne‹ daraus und dann ›das Huhn‹.«

Sobald wir auf der Straße standen, zog Schellenberg seine Liste aus der Tasche und glich die Namen ab. Es gab keine Henni, aber eine Henrike Peters. Ich spürte Schellenbergs Finger, mit dem er auf die Zeile tippte, an meinem Solarplexus.

»Die hat Bulut auf der Liste«, sagte er und wählte bereits ihre Nummer, stellte auf Lautsprecher.

»Hast du Henrike Peters schon besucht?«, fragte er.

»Hast du den Anhang nicht gelesen?«

Schellenberg blätterte um, fuhr die Zeilen mit den Augen

abwärts, blieb bei »Peters, Henrike« hängen. Lenkte den Blick weiter nach links zu dem Eintrag, der statt aus einer Adresse aus ihrem Todesdatum bestand. Ich kannte es auswendig.

»Scheiße«, sagte Schellenberg.

»Das kannst du laut sagen«, bestätigte Bulut. »Zumal meine Gesprächspartner den Namen erwähnten. Beide. Unabhängig voneinander. Und obwohl ich nicht danach gefragt habe.«

»Okay, wir gehen die Liste weiter durch und treffen uns um eins auf der Brücke.«

»Und wenn wir bis dahin nicht durch sind?«

»Beeil dich.«

Ich folgte Schellenberg zu den restlichen Adressen, hörte mir an, dass die Atmosphäre auf dem Segelschiff von einigen als grässlich, von anderen als supercool bezeichnet wurde, was offenbar zum einen mit dem Alter, zum anderen mit der Nähe zu Hajo Reimer zu tun hatte. Wer in seinem elitären Club der Arschlöcher mitspielen durfte, war begeistert. Wer zu den Verlachten, Verachteten, Verarschten und Gehänselten gehörte, hatte die Woche als Qual empfunden, je nach Rang auf der Opferliste mehr oder weniger intensiv.

»Der Hajo wusste immer, was er will und wie er es bekommt«, sagte einer, der zu seiner coolen Gang gehört hatte.

»Der Hajo war ein Psychopath, für den nur eins zählte: er selbst«, presste eine Teilnehmerin hervor, die zugab, eine gewisse Befriedigung empfunden zu haben, als sie von seinem gewaltsamen Tod erfahren hatte. »Kein Wunder, dass der mal so endet«, urteilte sie. In ihrer Miene zankten Wut und schlechtes Gewissen um die Vorherrschaft.

»Wir haben unsere Tochter von den Pfadfindern abgemeldet«, erklärte eine Mutter, nach fast zwanzig Jahren immer noch empört. »Bevor sie auch noch vergewaltigt wird.«

Schellenberg fasste nach, wobei die Mutter zurückruderte. Ein Gerücht sei es gewesen, nie bewiesen. Aber wo Rauch war …

Da war es, das Wort, auf das ich die ganze Zeit gewartet hatte. Es hatte also doch jemand gewusst. Nicht nur die Kinder oder Jugendlichen. Nein, auch Eltern hatten davon gehört, aber nichts unternommen. Damals war das öffentliche Bewusstsein ein anderes als heute, sagte ich mir, um meinen Zorn zu besänftigen. Die Frau hatte sich um das Wohlergehen ihrer Tochter gekümmert, hatte ihr geglaubt und Konsequenzen gezogen. Das war immerhin mehr, als meine Mutter je für mich getan hatte. Trotzdem fiel es mir schwer, mich freundlich von der Frau zu verabschieden. Hätte sie damals nachgefragt, wären vielleicht einige Leben anders verlaufen. Und einige hätten nicht vorzeitig beendet werden müssen. Aber sie hatte nichts unternommen. Auch Schweigen war Schuld.

»Ist Ihnen nicht gut?«, fragte Schellenberg auf der Straße. »Sie sind ganz blass.«

»Es geht schon«, erwiderte ich. »Sind Sie überrascht?«

Er schwieg, bis wir im Auto saßen. »Nein. Sexualdelikte kommen oft erst nach zwanzig Jahren raus, vor allem, wenn der Missbrauch im Kindes- oder Jugendalter geschah.«

Ich nickte.

»Die Frage ist nur, wie Sandra Schering in das Szenario passt.«

Auf der Brücke hatte Ingo bereits Daten zusammengetragen, die Bulut, Rüdiger und Maik telefonisch übermittelt hatten. Bulut stellte eine Tüte mit türkischen Snacks auf den Tisch, Maik holte Kaffee und Schellenberg und Rüdiger glichen weitere Details mit Ingo ab.

Noch während alle nach Snacks griffen und Kaffeebecher füllten, begann Schellenberg mit der Besprechung.

»Sibel, du fängst an.«

»Details oder Fazit?«, fragte Bulut.

»Fazit. Wenn die Bilder, die wir uns alle von der Situation machen, nicht übereinstimmen, reden wir über Details.«

»Die Kinder waren auf der Segelfreizeit in Gruppen eingeteilt, die den üblichen Pfadfindergruppen entsprechen. Wölflinge unter zehn Jahren und Rover über sechzehn waren nicht dabei. Die Jungpfadfinder von zehn bis dreizehn haben nicht viel mitbekommen von dem, was die Älteren trieben. Die Pfadfinder, also dreizehn- bis sechzehnjährige Jungs und Mädchen, spalteten sich während der Woche in zwei Lager: Hajo-Fans und Hajo-Feinde.«

Um den Tisch herum wurde genickt.

»Reimers engste Vertraute waren Thomas Rübenack und seine Freundin Sandra Schering. Sie hieß damals noch Grauner, aber der Einfachheit halber …«

»Gut«, sagte Schellenberg.

»Reimer drangsalierte alle, die nicht reich, nicht gut aussehend oder einfach irgendwie anders waren. Nur ein Mädchen ließ sich nicht verarschen, Henrike Peters. Es geht das Gerücht, dass Reimer sie vergewaltigt haben soll. Rübenack und Schering haben entweder mitgeholfen oder wussten davon und haben geschwiegen.«

»Ingo?«, fragte Schellenberg.

»Kein Eintrag in unseren Polizeiakten, bei keinem von den Jugendlichen«, sagte Ingo. »Es könnte natürlich sein, dass es einen Vorgang gab, der irgendwann gelöscht wurde, weil alle Beteiligten zum Tatzeitpunkt unter sechzehn waren und danach nie wieder auffällig wurden, aber da wir von keinem einzigen Zeugen eine Aussage in diese Richtung bekommen haben, vermute ich, dass die Vergewaltigung, wenn sie denn tatsächlich stattgefunden hat, nie aktenkundig wurde.«

»Was ist mit Henrike Peters passiert?«, fragte Schellenberg.

»Sie ist ab neunzehnhundertachtundneunzig im System«, sagte Ingo. »Drogenmissbrauch, Beschaffungskriminalität, das Übliche. Dann war sie eine Zeitlang in Holland, kam zurück nach Köln, das gleiche Spiel. Zweitausendelf ein offenbar erfolgreicher Entzug. Zweitausendzwölf starb ihre Mutter.«

Ich brauchte all meine Selbstbeherrschung, um nicht aufzuspringen und loszuschreien. Alle Daten stimmten, aber sie wurden heruntergeleiert, als handele es sich um einen bürokratischen Vorgang. In Wahrheit waren diese Daten die Eckpunkte von Rikes Leben, einem Mädchen aus Fleisch und Blut, das an dem, was andere ihr angetan hatten, zugrunde gegangen war. Mutwillig zerstört. Und mit Rike war auch aus meinem Leben die Freude verschwunden. Die Emotionen drohten mich zu überwältigen, während Ingo sprach und die anderen reglos zuhörten, als sei das eben die tausendste Wiederholung des immer gleichen Scheiterns. Ich setzte mich auf meine Hände, weil ich Angst hatte, dass sie sich selbstständig machen und sich um Ingos Hals legen würden, damit er endlich aufhörte, Rike als kriminelle Wiederholungstäterin darzustellen.

»Ist irgendjemandem der Name Nico Sperburg in dem Zusammenhang über den Weg gelaufen?«

Kollektives Kopfschütteln.

»Okay. Zwei Fragen: Wie passt Sperburg in unsere Geschichte? Und was hat die Mordserie nach so langer Zeit ausgelöst?«

»Henrike Peters Tod«, schlug Rüdiger vor. »Sie hat Selbstmord begangen.«

Rotes Blut auf weißer Seide, das ich in Wahrheit nie gesehen, mir aber wohl tausende Male vorgestellt hatte. Mein Magen krampfte sich zusammen, hob sich. Ich schluckte trocken. Zum Glück waren alle Ermittler im Jagdfieber und so konzentriert bei der Sache, dass niemand mich beachtete.

»Hey, das ist zehn Monate her«, sagte Maik.

»Wenn man fast zwanzig Jahre auf Rache gewartet hat, machen weitere zehn Monate den Kohl auch nicht mehr fett«, entgegnete Bulut.

»Hieß Sperburgs Freundin nicht Sabine?«, fragte Maik.

»Kein Problem«, sagte Ingo. »Der vollständige Name lautet Henrike Sabine Jolanta Peters.«

»Jolanta?«, fragte Bulut spöttisch.

»Vermutlich die Oma«, sagte Rüdiger mit schiefem Grinsen. »Ich heiße Rüdiger Heinrich Leonid. Rate mal, weshalb.«

Bulut prustete los, Maik und Ingo grinsten.

Auch Schellenberg gestattete sich ein Lächeln. »Wir müssen mehr über Sperburg und Henrike oder Sabine Peters herausfinden. Und wir müssen Sperburg finden.« Und dann definierte er Fragen und Ziele und verteilte Aufgaben.

Der Adrenalinschub, ausgelöst durch Ingos Vortrag über Rikes Geschichte, war vorbei. Eine so unsägliche Erschöpfung bemächtigte sich meiner, dass ich glaubte, nie wieder aufstehen zu können. Die Stimmen der Ermittler entfernten sich von mir, obwohl ich weiterhin in ihrer Mitte saß. Sie wurden leiser und verschwanden in einem Nebel, der um mich herum aufstieg. Ich hörte nicht mehr zu. Die Kripo wusste, was sie wissen musste. Sie war, dank des Fotos, das ich in Sandra Scherings Bilderkarton geschmuggelt hatte, auf der richtigen Spur. Meine Aufgabe in dieser Soko war erfüllt. Einen Moment saß ich einfach nur da und spürte das unbändige Verlangen, der Erschöpfung nachzugeben, aber dazu war es zu früh. Noch durfte ich die Zügel nicht lockerlassen.

Mit einer Kraftanstrengung, die sich anfühlte, als wöge mein Arm einen Zentner, nahm ich mein Handy in die Hand und tat, als nähme ich einen Anruf entgegen. Leise schlich ich aus dem Raum, das Handy am Ohr. Ich trat in den Gang, spielte mein Spiel zehn Sekunden lang weiter und steckte dann das Handy weg. Leise schlich ich zurück und holte meine Tasche.

»Tut mir leid«, flüsterte ich Schellenberg zu, als er eine kleine Pause machte. »Meiner Mutter geht es schlecht. Ich muss weg.«

Er verlor den Faden, stammelte »Oh, das tut mir leid« und wusste offensichtlich nicht, was tun. Er stand auf, machte einen Schritt in meine Richtung, blieb stehen. Ich wollte nicht den Eindruck erwecken, dass dies ein Abschied für immer war, also nickte ich ihm nur kurz zu, murmelte eine Entschuldigung für die Störung und verließ die Brücke.

Mein zweites Handy übertrug die weitere Besprechung auf der Brücke laut und deutlich auf meinen Beifahrersitz.

Ich fuhr in die Nähe des Heims, in dem meine Mutter im Sterben lag. Die gesamte Soko wusste, dass ich auf dem Weg zu ihr gewesen war. Natürlich konnte ich mein Auto nicht vor dem Pflegeheim abstellen, denn dann bestünde die Gefahr, dass jemand mich aussteigen und weggehen sah. Stattdessen wählte ich einen Supermarkt-Parkplatz, auf dem jetzt, am Samstagmittag, ein wimmelndes Chaos herrschte. Niemand beachtete mich.

Ich warf meine Handtasche so auf den Beifahrersitz, dass sie umkippte und der Inhalt sich im Fußraum verteilte, darunter mein Portemonnaie und das offizielle meiner beiden Handys, auf dem sich nur unverdächtige Daten befanden. Das Zweithandy, in dem die Übertragung von der Brücke eben zu Ende gegangen war, steckte ich in die Sporttasche, die ich aus dem Fußraum hinter dem Fahrersitz hob. Nach einem letzten prüfenden Blick auf die Inszenierung ging ich zur nächsten Straßenbahnhaltestelle.

Den Weg zum Parkplatz des Restaurants im Gewerbegebiet legte ich mit Straßenbahn und Bus zurück, stieg in Sperburgs Auto und fuhr zu der verlassenen Kfz-Werkstatt. Der GPS-Tracker, den Bulut an mein Auto gehängt hatte, war zerstört, mein offizielles Handy befand sich auf dem Supermarkt-Parkplatz, der Funkwellenabtaster zeigte keinen Tracker an Sperburgs Wagen und einen Verfolger konnte ich nicht erkennen. Trotzdem fuhr ich einige Umwege, um ganz sicher zu sein. Ich wurde nicht überwacht.

Sperburg lag auf der Matratze und stierte dumpf an die Decke. Als er mich hörte, wandte er mir das Gesicht zu. Seine Augen hatten weniger Mühe, mich zu fokussieren als erwartet. Offenbar reagierte sein Körper nicht mehr so stark auf die Drogen, die ich ihm seit zehn Tagen gab. Wie immer erschrak er bei meinem Anblick, was an der Teufelsfratze mit den rot glühenden Hörnern über dem langen schwarzen Mantel liegen mochte, trotzdem war er eindeutig wacher, als mir lieb sein konnte.

»Warst du artig?«, fragte ich. Der Sprachverzerrer, den ich in die Maske geklebt hatte, gab meiner angenehmen Altstimme einen teuflischen Tonfall.

»Was willst du von mir?«, fragte er.

Diese Frage stellte er jedes Mal, wenn ich auftauchte, denn die Drogen raubten ihm nicht nur seinen Willen, sondern auch das Kurzzeitgedächtnis. Er wusste, wer er war, wusste, wer Henrike Sabine Peters war und was Reimer, Rübenack und Sandra Schering ihr angetan hatten. Er wusste auch, was er selbst Rike angetan hatte, als er die Hochzeit auf unbestimmte Zeit verschob, nachdem sie erfahren hatte, dass sie wegen der Komplikationen bei der Abtreibung keine Kinder mehr bekommen konnte.

Sperburg hatte Rike in den Tod getrieben.

Er wusste, dass er schuldig war.

Er wusste nur noch nicht, dass er deshalb sterben würde.

»Du kannst die Maske abnehmen, Ina.«

Ich versuchte, nicht zusammenzuzucken, denn diese Reaktion hätte er trotz Maske sicher registriert. Die Frage war müßig, trotzdem hätte ich gern gewusst, wie er mich erkannt hatte. Ich war so vorsichtig gewesen. Hatte ihm die K.-o.-Tropfen in die Limo-Flasche geträufelt, die in seinem Kühlschrank stand. Den Schlüssel zu seiner Wohnung hatte ich von Rikes Schlüsselbund. Sperburg hatte weder vor noch nach seinem Zusammenbruch je danach gefragt. Wie er überhaupt jeglichen Kontakt mit mir abgebrochen hatte, was mir nur recht war. Ich hatte ihn nie wirklich gemocht, zu weich war er mir erschienen, zu unbestimmt, zu wenig engagiert. Trotzdem hatte ich mich mit Rike über ihre Liebe gefreut und ihr alles Glück der Welt gewünscht.

Vergeblich.

Sperburg schaffte es, sich aufzusetzen. Ich hob den Taser, den ich immer griffbereit hatte, wenn ich in seiner Nähe war. Sollte dieser Mann gewalttätig werden, hätte ich ohne Waffe keine Chance gegen ihn. Zwar war er nicht größer als ich, wog aber sicher dreißig oder vierzig Kilo mehr. Das meiste davon hatte er sich seit Rikes Tod angefressen.

»Ich will wissen, was das hier soll.«

Er war in einer seltsamen Stimmung, was natürlich an der ganzen Chemie lag, die durch seine Adern tobte. Der Cocktail war ziemlich gewagt, denn der Grat, auf dem ich sein Bewusstsein vor mir hertreiben wollte, war schmal.

Offenbar hatte ich mich verrechnet.

»Warum bist du hier? Warum nicht in Hamburg, bei deinem ach so wichtigen Job, für den du Sabine verraten hast?«

Es gab mir jedes Mal einen Stich, wenn er Rike Sabine nannte, aber noch mehr erzürnte mich der Vorwurf, ich sei nicht für sie da gewesen, als sie mich brauchte. Woher hätte ich wissen sollen, dass sie die Rasierklinge schon in der Hand hielt, als ich ihren Anruf wegdrückte, weil ich in einem wichtigen Interview steckte? Nein, er war derjenige, der ihren Tod verschuldet hatte, er, Nico Sperburg, der ihr erst einen Heiratsantrag gemacht und sich dann Bedenkzeit ausbedungen hatte, als er erfuhr, dass sie keine Kinder bekommen konnte. Er hatte ihr, bildlich gesprochen, das Messer in die Hand gedrückt. Und er würde dafür bezahlen.

Sperburg versuchte aufzustehen, aber dazu war er zu

schwach. Seit Tagen aß er fast nichts, bewegte sich kaum, trank zu wenig, und wenn, dann den Chemiecocktail, den ich ihm einflößte. Er mochte bei einigermaßen klarem Verstand sein, stellte jedoch keine ernste Gefahr dar. Ich legte den Taser weg und hielt ihm die Wasserflasche an den Mund. Er presste die Lippen zusammen. Ein leichter Druck auf den Kehlkopf öffnete sie, während seine Hände versuchten, meine Arme zu greifen, den Druck um seinen Hals zu lösen und mich wegzuschieben. Noch wurde ich mit ihm fertig, ohne ihn fesseln zu müssen, was ich auf jeden Fall vermeiden wollte. Fesselspuren an den Handgelenken würden Fragen aufwerfen, von denen ich nicht wollte, dass jemand sie stellte. Die Indizien mussten zur Geschichte passen, daher schlug ich ihm nur leicht gegen die Schläfe. Er verdrehte die Augen und erschlaffte. Ich flößte ihm genug Flüssigkeit ein, um ihn die nächsten Stunden in Schach zu halten, ließ ihn in seiner halb sitzenden, halb liegenden Position an der Wand lehnen und ging nach nebenan.

Mein sorgfältig ausgearbeiteter Plan war gescheitert. Benny hatte darin eine wichtige Rolle gespielt, aber Benny war seit fast vierundzwanzig Stunden verschwunden. Dieses Problem hatte mir bereits in der vergangenen Nacht den Schlaf geraubt und meine Nerven auch heute zum Zerreißen gespannt. Anfangs hatte ich noch gehofft, dass ich Bennys Verbleib in Erfahrung bringen könnte, aber diese Hoffnung war bald der Ernüchterung gewichen. Immerhin hatte ich inzwischen eine Idee, wie ich die neue Situation zu meinen Gunsten nutzen konnte. Im Grunde war der neue Plan sogar besser als der ursprüngliche. Jetzt musste ich ihn nur noch in die Tat umsetzen.

Von Sperburgs Handy schrieb ich eine über Proxy-Server anonymisierte E-Mail an die Nachrichtenredaktion des Westdeutschen Rundfunks. Die Forderung war einfach: Benjamin Heitershausen, der als Zwölfjähriger mit angesehen hatte, wie Hajo Reimers, Thomas Rübenack und Sandra Schering eine am Boden liegende, blutende und weinende Rike Peters bespuckt hatten, sollte im Fernsehen berichten, was damals geschehen war. Wenn er sich öffentlich für sein feiges Schweigen entschuldigte, durfte er weiterleben. Entschuldigte er sich nicht, würde auch er sterben, wie es die bei den bisherigen Opfern gefundenen Nachrichten angekündigt hatten.

Benjamin Heitershausen war die Nummer vier.

Um der Forderung Nachdruck zu verleihen, hatte Sperburg diese Psychotussi entführt, die als Zecke im Fell der Mordkommission das Blut der Ermittler gesaugt hatte, um auch daraus wieder Kapital zu schlagen. Sie, die das Leid der Opfer, über das sie schrieb, zu einer heftig sprudelnden Einkommensquelle gemacht hatte, würde so lange in Sperburgs Gewalt bleiben, bis die Wahrheit über den strahlenden Hajo Reimer, den Versager Rübenack und die nette Sandra ans Tageslicht gekommen war. Dann, und nur dann, würde Sperburg sie freilassen.

Damit das Ganze richtig spannend wurde, sollte Benny seine Erklärung live abgeben, und zwar heute um neunzehn Uhr vierzig an einem Ort, den Sperburg kurzfristig bekanntgeben würde. Der Zeitpunkt fiel in die halbstündige Nachrichtensendung ›Lokalzeit‹, eine der zuschauerstärksten Sendungen im Regionalfernsehen überhaupt.

Bis dahin blieben noch dreieinhalb Stunden Zeit.

Samstag, 19. Mai,
16:00–19:30 Uhr

Als mein anonymes Prepaid-Handy klingelte und ich den Anruf annahm, brauchte ich einen Moment, um zu realisieren, dass das weitere Klingeln, das ich hörte, eine Übertragung von der Brücke war. Auch dort klingelte ein Telefon, und dieses Geräusch hatte meine Abhöreinrichtung aktiviert.

»KK Schwiers.« Die Stimme gehörte Ingo. Richtig, er saß als Aktenführer auf der Brücke und versuchte, aus den vielen hereinkommenden Datenfäden ein erkennbares Muster zu stricken.

»Ja, richtig, die Soko Reimer. Haben Sie eine Information für uns?«

Die Hinweise aus der Bevölkerung, die bei der Suche nach Nico Sperburg helfen sollten, liefen über eine andere Telefonnummer, daher war ich ziemlich sicher, was der Grund dieses Anrufes war. Ich wurde nicht enttäuscht.

»Moment, sagten Sie, entführt?« Kurze Pause. »Eine E-Mail? Bitte leiten Sie mir diese Nachricht umgehend weiter.« Er diktierte eine Mailadresse. »Augenblick, ja, ich habe sie.« Kurze Pause. »Gut. Bitte geben Sie mir eine Telefonnummer, unter der ich Sie jederzeit erreichen kann. Wirklich jederzeit.« Ich hörte die Tastatur klappern. »Danke. Wer weiß bisher von dieser Forderung?« Wieder kurze Pause. »Das sind schon drei Leute zu viel. Bitte unternehmen Sie zunächst gar nichts, bis ich mich wieder bei Ihnen melde. Vor allen Dingen halten Sie diese Angelegenheit streng vertraulich. Erzählen Sie es nicht herum. Nein, auch nicht Ihrem Chef. Es ist mir egal, ob Sie das für eine Beschneidung der Pressefreiheit halten. Es geht hier um ein Menschenleben, und deshalb tun Sie, was die Polizei Ihnen sagt.«

Ingo informierte Schellenberg telefonisch, dann verließ er die Brücke, vermutlich, um Kriminaldirektor Watermann auf den neuesten Stand zu bringen. Die Abhöreinrichtung schaltete sich ab.

Die Erschöpfung, die mich plötzlich überfiel, war abgrundtief. In den vergangenen zehn Tagen hatte ich wie ein Roboter funktioniert, angetrieben von meinem Wunsch, Rike endlich Gerechtigkeit widerfahren zu lassen, und aufrechtgehalten durch die Segnungen der pharmazeutischen Industrie. Ich wusste, dass ich so kurz vor dem Ziel nicht aufgeben durfte, war aber sowohl körperlich als auch seelisch am Ende.

Noch nie zuvor hatte ich mich so vollkommen leer gefühlt. In mir war nichts mehr, was sich noch mobilisieren ließ. Keine Kraft, kein Ehrgeiz, nicht einmal Wut. Dabei war es die Wut, die ich brauchte, um weiterzumachen. Ich versuchte, sie zu entfachen, indem ich mich an den Moment erinnerte, da ich von Reimers Hochzeit in der Zeitung gelesen hatte. Rike war damals seit fünf Monaten tot, ich war durch die Hölle gegangen und in der Therapie gelandet. Mein Leben lag in Scherben. Mal schlich ich wie ein Geist durch die Wohnung, die ich mit Johannes teilte, mal verkroch ich mich auf Rikes Couch in Köln. Ohne Halt und ohne Ziel trudelte ich von einem Tag in den nächsten und hasste mich selbst dafür. Brachte es nicht fertig, Rikes Apartment aufzulösen, hatte mein Elternhaus, das seit dem Zusammenbruch meiner Mutter auf den Verkauf wartete, noch nicht einmal betreten. Und dann der Schlag ins Gesicht. Der Vergewaltiger, der niemals zur Rechenschaft gezogen worden war, heiratete die Liebe seines Lebens. Erlebte die Geborgenheit einer Ehe, bekam vielleicht sogar eigene Kinder. Der Gewalttäter lebte das Leben, das Rike hätte haben sollen. Das er ihr gestohlen hatte. Das durfte ich nicht zulassen. Dieser Gedanke hatte mich damals aus meiner Apathie gerettet.

Auch jetzt gab er mir neue Kraft.

Reimer hatte seine gerechte Strafe bekommen, ebenso wie Rübenack und Sandra. Nur Sperburg, der Rike erst in den Himmel gehoben und dann in die Hölle zurückgestoßen hatte, war noch übrig. Bevor nicht auch er für seine unverzeihliche Tat gebüßt hatte, war mein Schwur, den ich an Rikes Grab geleistet hatte, nicht erfüllt.

Ich öffnete das Glas mit den Pillen, die mir Mut und Kraft geben würden, und stellte erschrocken fest, dass nur noch drei übrig waren. Sie würden reichen müssen. Ich nahm eine, verschloss das Glas sorgfältig und schleppte mich hinaus zu Sperburgs Auto. Eine Sache musste ich noch überprüfen.

Auf schnellstem Weg fuhr ich in Rikes Apartment, in dem ich in den vergangenen Wochen die meiste Zeit verbracht hatte. Der Geruch nach Desinfektionsmittel, der mich an der Wohnungstür überfiel, war ekelerregend.

Je klarer mir geworden war, was ich tun musste, um die Vergangenheit ein für alle Mal hinter mir zu lassen, desto weniger konnte ich mich von ihr lösen. Konnte meinen Plan, das Apartment auszuräumen, nicht durchziehen, konnte weder Ledercouch noch Plasmafernseher im Penthaus genießen, weder Queensize-Bett noch bodengleiche Dusche.

Stattdessen wuchs ich förmlich in Rikes Apartment fest, legte mich Nacht für Nacht auf die Couch, die zu kurz war, als dass ich mich darauf hätte ausstrecken können, und die sich trotzdem anfühlte wie ein warmer, feuchter Boden, in dem ich Wurzeln schlug, die mich mit Wasser und Nährstoffen versorgten und mir Halt gaben. Vor allem das. Halt.

Damit war es jetzt vorbei. Die Couch war ebenso weg wie die Küchenzeile, das Bett, auf dem Rike gestorben war, der Schrank, der Tisch, die Stühle und alles andere. Der Vermieter, der sich nie für meinen Namen, sondern immer nur für das Bargeld am Monatsanfang interessiert hatte, würde mit der zusätzlichen Miete, die ich in seinen Briefkasten geworfen hatte, zufrieden sein. Ich hatte einen Dienstleister beauftragt, die Wohnung auszuräumen und zu putzen, und zwar so gründlich, dass keine Spur von mir zurückbleiben würde. Er hatte seine Arbeit gut gemacht. Ich legte den Wohnungsschlüssel auf den Fußboden, ließ ein letztes Mal den Blick schweifen, dann wandte ich mich ab. Es war nur noch ein Zimmer. Es hatte seine Schuldigkeit getan. Und von hier aus führte keine Spur zu mir.

Ich startete den Wagen und schrak zusammen, als mein Handy klingelte.

»Wo ist Benny?«, fragte Bulut, während Schellenberg versuchte, die Besprechung zu beginnen.

»Zum letzten Mal, Sibel, ich werde es dir nicht verraten!«

»Wenn du mir nicht vertraust, kann ich ja gehen.«

Ich hörte einen Stuhl über den rauen Nadelfilz kratzen, hörte das Geräusch, das die Jacke machte, als sie von der Rückenlehne genommen wurde, und Schritte, die sich energisch entfernten.

»Setz dich hin und hör zu!«, befahl Schellenberg in einem Ton, den ich noch nie von ihm gehört hatte. »Wenn du danach immer noch gehen willst, bitte.«

Eine Schranktür klapperte, vermutlich lehnte Bulut sich dagegen. Hinsetzen würde sie sich, wenn überhaupt, erst nachdem sie ihren Willen bekommen oder zumindest kapiert hatte, warum Schellenberg Bennys Aufenthaltsort geheim hielt.

Es war mühsam, der Besprechung auf der Brücke zu folgen, denn das Mikrofon war zwar gut, übertrug aber auch die Geräusche, die alle sechs oder sieben Personen machten, die sich im Raum aufhielten. Papiertütenknistern, Schlüsselklimpern, Räuspern. Außerdem klang ab jetzt alles dumpf. Vermutlich stand jemand vor der Steckdose, in der das Ladegerät mit Abhörfunktion immer noch unentdeckt seinen Dienst tat.

»Wir gehen davon aus, dass Sperburg der Absender der Mail mit den Forderungen ist. Wir wissen nicht, wo er sich zurzeit aufhält, aber alle Indizien, die wir haben, weisen auf ihn. Die Schuhabdrücke an den Tatorten, die mögliche Übereinstimmung des Fingerabdrucks, die Tatsache, dass er verschwunden ist. Er hat sich einen Unterschlupf gesucht, von dem aus er seine Morde begeht und wo er sich sicher fühlt.«

»Er besitzt keine Grundstücke, keine Jagdhütte, kein Ferienhaus, nicht einmal einen Kleingarten«, warf Ingo ein. »Und sein Autokennzeichen, das wir zur Fahndung ausgeschrieben haben, ist nicht aufgetaucht.«

Hätte ich noch Humor besessen, hätte ich gelächelt. Sperburgs Autokennzeichen befanden sich an einem verbeulten, mindestens zwanzig Jahre alten Toyota, dessen schlammverkrustetes Kennzeichen ich an Sperburgs Skoda angebracht hatte. Der Tausch in der dunkelsten Ecke des Rastplatzes war eine Sache von wenigen Minuten gewesen und dem Besitzer des Toyotas offenbar bisher nicht aufgefallen.

»Sperburgs Plan mit Bennys öffentlichem Geständnis ist clever: Er nennt uns einen Standort, den er, also Sperburg, gut überblicken kann und wo er freies Schussfeld hat. Durch die kurze Vorbereitungszeit wird das SEK es schwer haben, den Bereich zu sichern. Eigentlich eine perfekte Planung.«

»Bis auf die Tatsache, dass Sperburg nicht entkommen kann«, warf Bulut ein.

»Richtig.«

Diese Stimme kannte ich nicht, vielleicht gehörte sie dem Leiter des SEK. Dem Tonfall nach zu urteilen definitiv ein Mann der Tat, nicht der Worte.

»Entweder hat er eine so hervorragende Stelle gefunden, dass er doch entkommt, oder es ist ihm egal.« Schellenberg.

»Gehen wir denn auf seine Forderungen ein?«, fragte jemand, vermutlich Rüdiger.

»Wir haben keine andere Wahl«, sagte Schellenberg. »Er hat eine unbeteiligte Geisel in seiner Hand.«

»Unbeteiligt?«, murmelte Bulut.

»Frau Doktor Lauffen, Sie wollten noch eine Einschätzung abgeben.«

Sie wartete, bis alle anderen Geräusche verstummt waren. »Wir wissen nicht, was Nico Sperburg antreibt.« Mehrere Geräusche waren zu hören, ein Schnauben, ein ungläubiges Lachen, Stühlerücken. »Es kann Hass sein, aber auch ein schlechtes Gewissen, wie es bei Hinterbliebenen von Menschen, die sich das Leben genommen haben, oft der Fall ist. Sie fragen sich, ob sie die Selbsttötung hätten verhindern können, wenn sie aufmerksamer gewesen wären oder sich anders verhalten hätten.«

Die Geräusche des Widerspruchs blieben aus, stattdessen murmelte jemand Zustimmung.

»Wenn das Motiv Hass ist, wird Sperburg vermutlich überleben wollen. Wenn ihn sein schlechtes Gewissen antreibt, ist ihm das vermutlich egal, weil sein eigener Schmerz durch den Tod der Schuldigen nicht vergeht.«

»Das Problem ist, dass Sperburg uns zu seiner Geisel führen muss«, sagte Schellenberg.

»Das Problem ist, dass wir einen Präzisionsschützen haben, dem alles egal ist«, sagte der, den ich für den SEK-Leiter hielt.

»Oberste Priorität muss die Befreiung der Geisel haben.«

»Oberste Priorität hat der Schutz Unbeteiligter.«

»Was ist denn nun mit Benny?«, fragte Bulut.

Die Übertragung brach abrupt ab. Deutschland, Funklochland. Ein schneller Blick zur Uhr bestätigte, was ich schon wusste: Ich konnte nicht zurückfahren, um den Rest der Besprechung zu hören, denn bis neunzehn Uhr vierzig hatte ich noch viel zu erledigen und erschreckend wenig Zeit. Mit dem unguten Gefühl, etwas Wichtiges zu verpassen, fuhr ich also weiter und überprüfte im Versteck als Erstes Sperburgs Verfassung. Er war nicht bei klarem Verstand. Gut. Ich setzte ihm die Kopfhörer auf und wählte irgendwas von Jean-Michel Jarre – ein sicheres Ticket in ferne Welten. Über seine bereits geschlossenen Augen zog ich die Schlafbrille. Dann schaltete ich den Baustellenstrahler an und begann mit dem Aufräumen.

Alles, was in Nico Sperburgs Wohnung an Rike erinnerte,

hatte ich hierhergebracht. Das Foto, dessen Fehlen die Kripo bemerkt hatte, ebenso wie weitere Fotos von gemeinsamen Unternehmungen. Eine Postkarte, die Rike ihm von einer Fortbildung geschrieben hatte. Die Trauringe, die Notizen der Hochzeitsplanung, einige ihrer Kleidungsstücke. Aus diesen Erinnerungsstücken hatte ich einen Altar gebaut, dessen Mittelpunkt das gerahmte Foto bildete. Nico und Rike am Meer, die Haare vom Wind zerzaust, aber glücklich lachend. Ich selbst hatte dieses Foto gemacht zu einer Zeit, als das Leben verheißungsvoll vor uns zu liegen schien. Unmittelbar bevor das Foto entstanden war, hatten die beiden mir von ihrer Verlobung erzählt. Es war der zweitglücklichste Moment meines Lebens. Der glücklichste war der Heiratsantrag, den Johannes mir wenige Wochen zuvor gemacht hatte.

Kurz danach war alles kaputtgegangen.

Ich riss mich von den Erinnerungen los und ging zum Tisch. Die handskizzierten Pläne der Baustelle, von der aus Reimer erschossen worden war, lagen dort ebenso wie ein Stadtplan von Aachen und Notizen über die Gewohnheiten von Sandra Schering. Alles in Sperburgs Handschrift. Etwas zittrig, aber was konnte man von ihm erwarten? Er war kein eiskalter Killer, sondern ein verzweifelter Ergotherapeut. Auch Rübenacks Portemonnaie befand sich hier, sein Handy lag ohne Akku im Rhein, das würde niemals gefunden werden. Die Waffe, die ich einschließlich hundert Schuss Munition in meinem Elternhaus gefunden hatte, war schon jetzt mit Sperburgs Fingerabdrücken übersät. Eine Mauser Modell 98, eine der am weitesten verbreiteten Jagdbüchsen der Welt, die vermutlich dem Vater meiner Mutter gehört hatte. Sie war offenbar nicht registriert, zumindest hatte ich im ganzen Haus keine Waffenbesitzkarte gefunden.

Das Auftauchen der Waffe hatte damals meine wochenlange Nervosität beendet. War ich nach Rikes Tod und dem Zusammenbruch meiner Mutter wie ein aufgezogenes Spielzeug unermüdlich in Bewegung gewesen, so brachte mir der Anblick des dunkel schimmernden Laufs eine lange nicht gekannte Ruhe. Stundenlang hockte ich im Wohnzimmer meiner Mutter auf dem Boden und starrte auf die Waffe. Keine Therapie der Welt konnte die Gerechtigkeit wiederherstellen, deshalb hatte mir das ganze Gerede nicht geholfen. Natürlich wusste die Psychologin in mir, dass ich mir nicht hatte helfen lassen wollen.

Diese Waffe hingegen bot die Lösung, das war mir in dem Moment klar, in dem ich sie fand. Sie jetzt, zum vierten Mal innerhalb von zehn Tagen, wieder in die Hand zu nehmen, fühlte sich genauso gut an wie damals, als der Plan erst langsam Gestalt annahm. Ein Plan, dessen Ausführung so unglaublich einfach gewesen war. In meiner Erinnerung blitzte der Moment auf, in dem ich, Reimers Herz im Visier, zum ersten Mal den Abzug drückte, um zu töten. Das war etwas ganz anderes als das Schießen auf kleine Stofffetzen, die ich in die Bäume in direkter Nachbarschaft des Truppenübungsplatzes Ostholstein gehängt hatte. Die Schüsse meiner privaten Übungseinheiten fielen dort nicht auf, der Erfolg stellte sich schnell ein. Kein Wunder, war ich doch nach dem Rudern beim Bogenschießen gelandet. Nachdem ich von der meditativen Wirkung geschwärmt hatte, hatte Sperburg das Angebot für seine verhaltensauffälligen Jugendlichen entdeckt. Die Ruhe und Konzentration, die ich mühsam hatte lernen müssen, lagen ihm im Blut. Helfen würde es ihm nichts mehr.

Bei Rübenack war der Schuss wegen der Dunkelheit schwieriger gewesen, bei Sandra Schering hatten meine Nerven fast gestreikt. Aber nach jedem Treffer war eine geradezu himmlische Ruhe über mich gekommen, die ich auch jetzt ansatzweise spürte.

Die Sehnsucht, das warme Holz des Kolbens ohne Handschuhe zu berühren, wurde fast übermächtig und nur mit größter Willensanstrengung legte ich die Waffe aus der Hand.

Ich hatte durch die Erinnerungen schon wieder kostbare Zeit verloren und zwang mich zur Konzentration, die mir zunehmend schwerer fiel. Neben den Dokumenten, dem Portemonnaie und der Waffe lagen die diversen Tablettenschachteln und Blisterstreifen, aus denen sich Sperburgs geistiger Zustand erklären ließ. Manches davon hatte Rike hinterlassen, anderes bekam man im Internet so kinderleicht wie den aktuellen Bestseller von Matt Haig.

Meine Spuren zu verwischen war ebenfalls nicht allzu kompliziert. Wenn ich Sperburg besuchte, hatte ich immer den Mantel und die Maske getragen, darunter ein Haarnetz, Handschuhe sowieso. Nur in dem Raum, in dem Sperburg seine Geisel festgehalten haben würde, lag eine Matratze mit Haaren, Hautschuppen und Fasern des Pullovers, den ich heute, am Tag meines Verschwindens, getragen hatte. Auch zwei Stücke Kordel mit Hautpartikeln, lang genug, um als Hand- und Fußfesseln zu dienen, würde die Kripo dort finden, sofern sie jemals hier auftauchte. Mehr nicht.

Ina Reich selbst würde auf ewig verschollen bleiben.

Wieder rutschte meine Aufmerksamkeit weg, verlor den Fokus auf die Details, um die ich mich kümmern musste, und wiederholte in nervtötender Dringlichkeit etwas, das Dr. Lauffen gesagt hatte. Wenn Hass der Antrieb war, würde der Mörder überleben wollen. Bei einem schlechten Gewissen nicht. Dabei hatte sie das wahre Motiv übersehen: das Verlangen nach Gerechtigkeit. Darum ging es. Dass es nicht in Ordnung war, fremde Leben zu zerstören und seelenruhig das eigene Leben zu genießen. Glücklich zu werden, erfolgreich, angesehen. Wie konnte die Welt sich ungerührt weiterdrehen, wenn ein wunderbarer Mensch wie Rike vernichtet wurde, mehrmals gar, erst durch die gemeinsame Schandtat der drei Jugendlichen und fast zwanzig Jahre danach durch die Spätfolgen und den Verrat, den Sperburg an ihr beging?

Ich war die Einzige, die ihr schon damals geholfen hatte, wenn auch nur in dem Maße, in dem es mir als dreizehnjährigem Mädchen möglich gewesen war. Und ich war die Einzige, die jetzt wieder zu ihr hielt, von dem lächerlichen Säureangriff abgesehen, den Sperburg in einem Anfall ohnmächtiger Wut auf Reimers Auto verübt hatte.

Ich war diejenige, die dafür sorgte, dass die Täter von damals entlarvt wurden. Dass ihre Angehörigen sich schämen mussten, so wie Rikes Mutter sich geschämt hatte für die Tochter, die plötzlich nicht mehr zur Schule ging, die auf die schiefe Bahn geriet, ohne dass die Mutter den Grund dafür hätte ahnen können.

Gerechtigkeit war das Motiv. Nicht Hass und schon gar kein schlechtes Gewissen. Gerechtigkeit. Das würde die Öffentlichkeit wohl nicht erfahren.

Schade. Aber damit konnte ich leben.

Sperburg hustete, was mich daran erinnerte, wo ich war und dass der schwierigste Teil noch vor mir lag. Ich musste den Todesschützen an seinen letzten Tatort bringen und dafür sorgen, dass er zum vorherbestimmten Termin in der richtigen seelischen Verfassung war. Und ich selbst musste verschwinden, bevor das große Finale begann. Die Angst, nur einen einzigen Faktor falsch bedacht zu haben oder an der Umsetzung zu scheitern, schnürte mir die Luft ab. Alles hing davon ab, dass der Zeitplan stimmte.

Ich zog die Kleidung, in der die Soko mich zuletzt gesehen hatte, aus und steckte sie in einen Müllbeutel. Zog eine Laufhose, ein Shirt und Joggingschuhe an, alles in Dunkelblau, eine Farbe, die ich praktisch nie trage, da es die Lieblingsfarbe meiner Mutter war. Die Haare steckte ich unter ein Baseballcap und setzte eine Brille auf, deren Gläser sich im Sonnenlicht automatisch tönten. Mein geheimes Handy klippte ich an den Oberarm, ließ es aber ausgeschaltet, um mich nicht abzulenken.

Den Kleidersack und die Waffe legte ich in den Kofferraum, steckte Sperburgs Handy und ausreichend Munition in die Taschen seiner Jacke und führte ihn selbst zum Wagen. Stumpfsinnig ließ er alles mit sich geschehen, rutschte auf dem Beifahrersitz in eine bequeme Position und ließ sich anschnallen. Dann fuhr ich los.

Ich hielt neben dem Grundstück einer Spedition, warf meine Klamotten über den Zaun in den Müllcontainer und stieg unbehelligt wieder ein. Die Fahrt erforderte meine gesamte Konzentration, denn einen Unfall konnte ich mir nicht erlauben. Ich fühlte mich zu Tode erschöpft und überreizt, aufmerksam und abwesend, alles gleichzeitig. Mehr als einmal bremste ich im letzten Moment vor einer Ampel oder wich Radfahrern aus, die vollkommen willkürlich zwischen den Autos hin und her flitzten. Als wir endlich am Ziel angekommen waren, klebte mir das Polyestershirt am Körper und ich roch unangenehm nach saurem Schweiß.

Ich bugsierte Sperburg in die Hütte, deren Schloss ich mit einem Brecheisen aufgestemmt hatte, das ich meinem Gefangenen in die Hände drückte, um es dann achtlos auf den Boden zu werfen. Die Hütte stand am Ende eines Feldwegs an der schmalen Seite einer Lichtung im Königsforst. Am entgegengesetzten Ende der Lichtung befand sich eine zweite Hütte. Ich kannte diese Lichtung seit Jahrzehnten, weil Rike und ich regelmäßig in diesem Waldstück gespielt hatten. Vielleicht fanden die Ermittler diesen Zusammenhang heraus, vielleicht auch nicht, mir war es egal. Wichtig war, dass hier perfekte Bedingungen herrschten. Der Ort war abgeschieden, so dass nicht mit unbeteiligten Opfern zu rechnen war. Und er war innerhalb der kurzen Zeitspanne, die dem Übertragungswagen nach der Nachricht von Sperburg bleiben würde, zu erreichen. Außerdem stellte ich mir vor, dass das SEK verwirrt wäre, denn ich hatte auch die Tür der anderen Hütte aufgebrochen. In welcher der beiden Hütten würde Sperburg sich verstecken? Und folgerichtig stellte sich die Frage, hinter welchem Baum die Einsatzkräfte sich verstecken sollten, wenn man nicht wusste, ob der Angriff von rechts oder von links zu erwarten war.

Die Hütte, in der Sperburg nun auf seinen letzten Auftritt wartete, wurde von Waldarbeitern oder Jägern genutzt, sie war klein und bot kaum genug Platz für den Tisch, die Stühle drum herum und mehrere Schränke, deren Inhalt mich nicht interessierte. Ich drückte Sperburg auf einen Stuhl, nahm sein Handy, schrieb die Nachricht mit den Anweisungen, wo Benny seinen großen Auftritt haben sollte, an das Lokalfernsehen und stellte sie auf zeitversetztes Senden, so dass dem Übertragungswagen genau zwanzig Minuten blieben, um hierherzufinden. Es war knapp, aber zu schaffen.

Einer deutlich längeren Nachricht, die ich bereits vorbereitet hatte, gab ich die gleiche Sendezeit. Diese Mitteilung enthielt eine Zusammenfassung dessen, was Reimer, Rübenack und Schering vor neunzehn Jahren der damals fünfzehnjährigen Henrike Sabine Peters angetan hatten, und beschrieb die Rolle, die der zwölfjährige Benjamin Heitershausen gespielt hatte. Sollte die Kripo Benny nicht vor die Kamera lassen oder Sperburg das Finale versauen, würde Schmierblatt-Ulf, der Empfänger der Nachricht, die Öffentlichkeit über jedes Detail aufklären. Die Schuldigen würde er beim Namen nennen, Hintergründe recherchieren und die dramatische Geschichte dieser Tragödie über Tage, wenn nicht Wochen, ausdehnen. Wenn er die SMS sofort las, schaffte er es vielleicht sogar noch, zum Show-down vor Ort zu sein, wenngleich das SEK den Bereich sicher weiträumig absperrte. Immerhin wäre er der Erste hinter dem rot-weißen Flatterband.

Mehr konnte ich nicht für ihn tun.

Die ganze Sache hatte länger gedauert als geplant, daher wurde es höchste Zeit, Sperburg seine letzte, für die heutige Aufgabe optimierte Medikation zu verabreichen. Der Cocktail enthielt eine Kräutermischung, die als Cannabisersatz gehandelt wurde, aber bei vielen Menschen paranoide Wahnvorstellungen verursachte, sowie das unter dem Namen Badesalz bekannte Mephedron, das Psychosen auslösen kann und aggressiv macht. Zudem vierhundert Milligramm Koffein, das der Körper in etwa zwanzig Minuten vollständig absorbiert haben würde. Im Zusammenspiel mit den anderen Substanzen sollte Sperburg um neunzehn Uhr vierzig in einem hochnervösen, paranoiden und aggressiven

Zustand sein. Die Waffe, mit der er bereits drei Menschen erschossen hatte, lag in seiner Hand. Ich hatte ihn in den letzten Tagen viele Stunden lang Ego-Shooter spielen lassen. Sobald sich das SEK als Feind zu erkennen gäbe, müsste bei Sperburg eigentlich der Ballermodus einsetzen. Es wäre ein Wunder, wenn diese explosive Mischung nicht in einer tödlichen Schießerei enden würde.

Noch vierzig Minuten bis zum Show-down.

Ich schaute mich ein letztes Mal um. Meine Mission für die Gerechtigkeit hatte sechs Monate gedauert, hier war sie für mich zu Ende. Mehr konnte ich nicht tun. Ich öffnete die Tür einen Spalt breit, sah niemanden und schlich mich leise hinaus. Umrundete die Hütte, bis ich auf ihrer Rückseite war, lief etwa fünfzig Meter querfeldein und bog auf einen Waldweg ein, der mich zu meinem neuen Auto bringen sollte. Ich hörte ein Motorengeräusch hinter mir und machte Platz, indem ich auf dem Randstreifen lief, wo die Erde von Wildschweinen durchwühlt und uneben war. Ich kam aus dem Rhythmus und musste mir eingestehen, dass die Tarnung als Joggerin in einem Waldstück voller Freizeitsportler nur in der Theorie gut funktionierte. In der Praxis war meine körperliche Verfassung derartig desaströs, dass ich in meiner unpassenden Verkleidung auffallen würde, weil ich wirkte, als bräche ich gleich mit einem Kreislaufkollaps zusammen. Ich verlangsamte also meine Schritte, um wieder zu Atem zu kommen, und ließ das Auto an mir vorbeifahren.

Ich hätte es am Motorengeräusch erkennen müssen.

Ein alter Porsche.

Schellenberg.

Er fuhr direkt an mir vorbei.

Er hat mich erkannt, war mein erster Gedanke. Er hatte den Kopf in meine Richtung gedreht, oder nicht? Ich starrte den roten Lichtern hinterher, die bereits fünfzig Meter entfernt waren. Es war noch taghell, warum leuchteten die Rücklichter? Natürlich: Schellenberg bremste!

Ich drehte mich um und rannte in den Wald, weg von dem Fahrweg, weg von der Hütte. Die Bäume standen dicht, die Blätter behinderten die Sicht. Gut. Wenn ich schlecht sah, sah auch Schellenberg mich nicht.

Setzte er zurück? Hörte ich hinter mir Motorengeräusche? Oder eine schlagende Autotür? Ich blieb stehen, hörte aber nichts anderes als meinen eigenen Atem, das Blut in meinen Adern und meinen rasenden, stolpernden Herzschlag. Vielleicht gab es auch gar nichts anderes zu hören? Doch, ein tiefes Brummen näherte sich von dort, woher auch Schellenberg gekommen war. Es war ein großer Motor, mehrere gar. Durch die Bäume sah ich Schatten vorbeiziehen, dunkle Vans vielleicht. Das SEK? Ich schaute auf die Uhr. Zwanzig nach sieben. Viel zu früh, die Mails an den Fernsehsender und an Ulf waren gerade erst abgeschickt. Und dann kapierte ich.

Ich hatte einen wirklich dummen Fehler gemacht.

Die Kripo hatte Sperburgs Handy geortet in dem Moment, in dem ich es wieder in Betrieb gesetzt hatte.

Ich hatte keine Zeit, mich darüber zu ärgern, keine Zeit, mich darum zu kümmern, was hinter mir geschah. Es gab nur noch ein Ziel: Ich musste mein Auto erreichen. Darin befand sich mein belgischer Pass, für den ich tausend Euro Aufpreis bezahlt hatte, weil er echt war und die Inhaberin aus St. Vith stammte, das im deutschsprachigen Teil des dreisprachigen Landes lag. Ich trug ihn nicht bei mir, damit ich nicht in Erklärungsnot geriet, wenn ich aufgegriffen und erkannt wurde. Sollte mir das passieren, musste ich die Rolle des orientierungslosen Kidnapping-Opfers spielen. Auch die Nummern der Bankkonten und der Schlüssel zu einem Schließfach am Bonner Hauptbahnhof waren im Auto, wobei ich auf den Inhalt des Schließfaches zur Not verzichten konnte. Es enthielt Bargeld und Gold. Anonym. Selbst wenn ich es nicht dorthin schaffte, würde es mich nicht verraten.

Hinter mir knackten Äste. Tiere? Menschen? Jogger oder das SEK? Ich versuchte, schneller zu laufen und dabei leiser zu sein, versuchte, meine Atmung zu kontrollieren, die immer flacher wurde, weil zur körperlichen Anstrengung eine beginnende Hysterie hinzukam. Ich erreichte einen schmalen Pfad, hetzte nach rechts, weil ich glaubte, dass das die richtige Richtung sein musste, und kam jetzt schneller voran. Aber gleichzeitig wurde ich unsicher. War ich schon zu weit? Am Auto vorbeigelaufen? Zurück konnte ich nicht, denn dann lief ich meinem Verfolger direkt in die Arme. Sofern da jemand war.

Und dann sah ich das ersehnte Ziel zwischen den Bäumen auftauchen. Den silbernen Kleinwagen mit belgischem Nummernschild. Ich fischte den Schlüssel aus der winzigen Tasche der Jogginghose, drückte den Knopf, sah die Lampen kurz aufblinken und erreichte mit letzter Kraft die Fahrertür. Ließ mich auf den Sitz fallen. Brauchte drei Anläufe, bis ich den Schlüssel mit zitternden Fingern ins Zündschloss gesteckt hatte. Schaute aus dem Fenster und sah Schellenberg, der mit schmerzverzerrtem Gesicht den Hügel hochhetzte. Noch hatte er mich nicht gesehen, aber wenn er jetzt den Blick hob, würde er mir geradewegs ins Gesicht blicken.

In diesem Moment zerriss ein einzelner Schuss die Stille.

Schellenberg wandte sich um.

Ich gab Gas und jagte davon. Ob Schellenberg mich erkannt hatte? Ob er schon ein Funkgerät in der Hand hielt, um Streifenwagen in den Wald zu beordern oder zu den Ausfahrten zu dirigieren, damit ich ihnen in die Falle ging, sobald ich den Schutz des Königsforstes verließ? Ich wusste es nicht, hätte aber auch nichts mehr dagegen tun können.

Für meine Flucht hatte ich die naheliegenden Routen ausgeschlossen. Weder würde ich die nächste Autobahnauffahrt im Norden nehmen, noch den Weg nach Süden zum Flughafen Köln/Bonn einschlagen. Stattdessen fuhr ich in westlicher Richtung, denn dort endete schon sehr bald der Zuständigkeitsbereich der Kölner Polizei. Kompetenzgerangel konnte mir nur dienlich sein, also fuhr ich durch den unendlich scheinenden Wald und über die Dörfer nach Bonn. Meine Blicke waren genauso oft nach hinten gerichtet wie auf die Straße vor mir. Ich hielt mich mit einer winzigen Toleranz nach oben an die vorgegebenen Geschwindigkeiten und versuchte auch sonst, nicht aufzufallen.

Das Handy hatte ich auf Empfang gestellt, aber außer gelegentlichen Wortfetzen, die ich aus dem Flur vor der Brücke aufschnappte, bekam ich keine Information. Der Einsatz wurde sicher an anderer Stelle beim SEK koordiniert oder über die reguläre Einsatzzentrale. Niemand schien auf der Brücke Dienst zu tun. Ich wusste nicht, ob Nico Sperburg tot oder lebendig war, ob er im letzten Fall meinen Namen genannt oder ob Schellenberg mich wirklich erkannt hatte. Wie abgeschnitten von der Welt fuhr ich weiter, holte das Kapital für meinen Neustart aus dem Schließfach in Bonn und lenkte den Wagen auf die Autobahn. Bei Frankfurt stand ich im Stau, kurz vor Nürnberg riss mich das Handy aus meiner Lethargie. Hektisch steuerte ich den nächsten

Parkplatz an und wunderte mich, wie ich dorthin gekommen war. Die letzten dreihundert Kilometer hatte mein Bewusstsein nicht zur Kenntnis genommen.

Es war eine Nachbesprechung der Soko Reimer mit dem SEK und dem Leitenden Kriminaldirektor. Nico Sperburg war tot, Schellenberg im Krankenhaus. Herzinfarkt, Notoperation, Genaueres noch nicht bekannt. Bulut war vom Dienst freigestellt, denn der tödliche Schuss auf Nico Sperburg war aus ihrer Waffe gekommen, während das SEK auf Beine und Schultern gezielt hatte. Der Leiter des SEK nahm Bulut in Schutz, die Untersuchung der Umstände, die zum Gebrauch der Dienstwaffe mit Todesfolge geführt hatten, war die übliche Vorgehensweise. Da das Gelände weiträumig abgesperrt gewesen war, konnte der nach dem Schusswechsel eingetroffene Übertragungswagen nur SEK-Einsatzfahrzeuge filmen, die das Gelände verließen. Durch die getönten Scheiben waren keine Details zu erkennen.

Über Benny wurde kein Wort verloren. Neuer Leiter der Soko Reimer wurde Ingo Schwiers, der die Koordination der Suche nach der gekidnappten Journalistin Ina Reich übernahm. Es dauerte einen Moment, bis ich realisierte, dass ich gemeint war.

Offenbar wurde meine Inszenierung für bare Münze genommen. Niemand verdächtigte Ina Reich, mit der Sache zu tun zu haben. Es gab keine Fahndung nach mir oder meinem neuen Auto. Man hielt mich für das vierte Opfer von Nico Sperburg, wollte die Hoffnung, mich lebend zu finden, aber noch nicht aufgeben. Dann wurde die Besprechung beendet, die Übertragung stoppte. Ich schaltete das Handy ab und brach in Tränen aus. Irgendwann schlief ich ein.

Den Parkplatz bei Nürnberg verließ ich im ersten Licht

des neuen Morgens. Über Wien, Bratislava, Budapest, Belgrad, Skopje, Thessaloniki und Ioannina erreichte ich vier Tage und zweieinhalbtausend Kilometer später Patras.

Mein Plan hatte funktioniert.

Ich war frei.

Ich fühlte weder Genugtuung noch Erleichterung.

Ich fühlte nichts.

Epilog

Zwei Monate sind vergangen, seit ich in Patras ankam. Die ersten Tage wohnte ich in einer kleinen Pension, seit Monatsanfang in einer Zwei-Zimmer-Wohnung, deren Miete ich bar zahle.

Unter gut zweihunderttausend Einwohnern falle ich nicht auf. In Griechenland gibt es kein zentrales Melderegister und selbst wenn, bliebe ich mit meinem belgischen Personalausweis unter dem Radar der deutschen Polizei. Aber ich werde nicht mehr gesucht.

Die deutschen Medien verbinden meinen Namen gern mit dem Wort Tragödie. Die verlassene Kfz-Werkstatt, in der Sperburg mich gefangen hielt, wurde zwar aufgrund seiner Handydaten lokalisiert, aber von dort verlor sich jede Spur. Man vermutet mich tot, umgebracht von Nico Sperburg auf dem Weg von der Werkstatt zum Show-down. Die Soko Ina Reich wurde noch nicht offiziell aufgelöst, hat aber seit siebenunddreißig Tagen keine neue Information erhalten.

Ich weiß das alles, weil meine Abhöreinrichtung weiterhin funktioniert. Niemand ist auf die Idee gekommen, die USB-Ladevorrichtung auf der Brücke einer genaueren Untersuchung zu unterziehen.

So weiß ich, dass Benny erst mit dem Foto von der Segelfreizeit kapierte, dass er ein Teil der Geschichte war. Er fuhr zu seiner Mutter, die aber keine alten Unterlagen mehr besaß. Abends erwartete er Schellenberg vor dessen Wohnungstür. Berichtete ihm, dass er zu den älteren Jugendlichen keinen Kontakt gehabt, ihre Namen entweder nie gekannt oder vergessen hatte. Auch die Erinnerung an das weinende Mädchen, das von drei Größeren drangsaliert wurde, war erst mit dem Foto wiedergekommen. Schellenberg gab Benny ein Kopfkissen, eine Decke und die Anweisung, in seiner, Schellenbergs, Wohnung zu bleiben, bis der Täter dingfest gemacht war. Denn dass Benny das Opfer Nummer vier sein musste, war mehr als offensichtlich. Ich war erleichtert, dass Benny nichts passiert war, denn er hatte nie auf meiner Abschussliste gestanden.

Auch die Anhörungen von Sibel Bulut wurden auf der Brücke geführt und auf mein Handy übertragen. Sie ist wieder im Dienst, nachdem alle Zeugenaussagen bestätigt hatten, dass sie Schellenberg, der während des Show-downs orientierungslos auf die Lichtung wankte, mit ihrem Schuss vermutlich das Leben gerettet hat. Aber sie stellt ein Problem dar, für die Kripo ebenso wie für mich, denn Sibel Bulut zweifelt am offiziellen Ermittlungsergebnis. Sie hat herausgefunden, dass Rike und ich als Kinder unzertrennlich waren und seit ihrem erfolgreichen Entzug wieder regelmäßigen Kontakt hatten. Sie weiß, dass ich nicht nur die Idee der journalistischen Begleitung einer Soko hatte, sondern auch erst ab Anfang Mai für einen derartigen Auftrag zur Verfügung stand. Sie hat keinen einzigen Beweis dafür, dass an der Mordserie irgendetwas nicht so gelaufen ist, wie die Kripo es in ihrem Abschlussbericht dokumentiert hat – aber sie hat ihre Absicht, solche Beweise zu finden, mehr als deutlich gemacht.

Neben meinen täglichen Spaziergängen am Meer habe ich in den letzten Wochen viel Zeit damit verbracht, die acht Tage, in denen ich Teil der Mordserie und ihrer Ermittlungskommission war, Revue passieren zu lassen, damit wenigstens ich mich an die Wahrheit erinnere und nicht selbst zu guter Letzt den in der Öffentlichkeit kursierenden Falschmeldungen erliege.

Die Medien haben nämlich die Geschehnisse und die zugrunde liegende Motivation bis zur Unkenntlichkeit verzerrt. Sperburg wird mal als Irrer dargestellt, mal als Amokläufer. Das Wort Gerechtigkeit taucht nirgendwo auf. Natürlich sollte mir die Meinung der Zeitungsleser gleichgültig sein, aber es widert mich an, wenn Reimer weiter als Opfer bezeichnet wird, obwohl er der Ursprung allen Übels war. Immerhin fand ich vor drei Tagen im Internet die Information, dass eine Gruppe extremer Frauenrechtlerinnen Sperburg posthum einen Preis verliehen hat. Ich stellte mir vor, dass sie mir den Preis verliehen hätten, denn in Wahrheit bin ich es, die ihn verdient hat. Aber es wollte sich keine Freude einstellen.

Überhaupt gibt es wenig Freude in meinem Leben. Die gegen jede professionelle Erfahrung erhoffte Erleichterung, dass Rike endlich Gerechtigkeit widerfahren ist, blieb aus. Stattdessen sehe ich nachts, wenn ich wach liege, die neuen Opfer, die ich erst dazu gemacht habe. Reimers Eltern, seine Frau Eva, Sandra Scherings Mann Bernd und ihre Mutter. Ob es jemanden gibt, der um Rübenack trauert, weiß ich nicht. Während meiner Planungen sah ich all diese Menschen als Angehörige von Verbrechern, für deren Schmerz die Getöteten selbst verantwortlich sind. In Reimers Fall kann ich mir das weiterhin einreden, aber wenn ich an Sandra Scherings Mutter denke, nimmt die Erkenntnis meiner eigenen Schuld mir den Atem. Ich sehe auch Rolf Schellenberg, der nach seinem Herzinfarkt auf eigenen Wunsch in den vorzeitigen Ruhestand versetzt wurde. Nach der Reha war er im Präsidium, um auf der Brücke seinen Ausstand zu geben. Als Bulut ihn zur Seite nahm, um ihm von ihrem Verdacht gegen mich zu berichten, widersprach er ihr nicht, sondern sagte mit eiskalter Stimme nur ein Wort, das mich wie ein Schlag ins Gesicht traf: »Waidmannsheil!«

Und Sperburg. Sein Gesicht steht mir besonders häufig vor Augen. Dass er Rike geliebt hat, habe ich inzwischen begriffen. Und zwar so sehr, dass er nicht leichtfertig mit der Frage umgehen wollte, ob er sich ein Leben ohne gemeinsame Kinder vorstellen konnte. Rikes Selbstmord hat ihn zerstört, bevor ich es tat. Und manchmal, wenn nachts der Wind um die Häuser streicht, höre ich Rike fragen: »Warum hast du gerichtet statt geholfen?«

Gelegentlich habe ich das Gefühl, beobachtet zu werden. Anfangs machte es mich nervös, ich schaute mich ständig um, stolperte so schnell es ging nach Hause, wenn ich in dunklen Schatten fremde Augen wähnte, deren Blicke mir folgten. Jetzt stehe ich am Fenster und denke, dass es vielleicht eine Erlösung wäre, wenn endlich jemand käme, um mich festzunehmen.

Eins ist mir inzwischen klar: Wo auch immer ich bin – es ist niemals zu Ende.

Ich bin niemals frei.